MAYA

À fleur de peau

Anorexie, bipolarité et autisme

Copyright © 2020 Maya
Tous droits réservés.

ISBN : 9798662810655
18,50 €

Dépôt légal : novembre 2020

Achevé d'imprimer en France

Avertissement

« Le Code de la propriété intellectuelle interdit les copies ou reproductions destinées à une utilisation collective. Toute représentation ou reproduction intégrale ou partielle faite par quelque procédé que ce soit, sans le consentement de l'auteur ou de ses ayants droit ou ayants cause, est illicite et constitue une contrefaçon, aux termes des articles L.335-2 et suivants du Code de la propriété intellectuelle. »

Avant-propos

Avec l'avènement de la psychanalyse, on a voulu expliquer l'anorexie comme étant principalement la faute de la mère, au grand dam de tant de parents et de mères détruites qui se trouvaient acculés par tant de thérapeutes sans comprendre d'où venait leur faute.
La faute des mères, toujours la faute des mères.
Parce que dans l'anorexie, il y a refus de la nourriture, cette nourriture si chère à l'image d'une mère qui donne son sein à son enfant, qui donne la vie à son bébé et qui lui donne à manger. Si donc l'enfant refuse de se nourrir, c'est qu'il est en conflit avec sa mère ! non ? Et bla et bla et bla… si c'était si simple que cela, on aurait réussi à résoudre nombre de cas complexes de troubles alimentaires qui parfois sont incurables. Si tout était question de volonté, si tout était résolu par la question de la psychanalyse, il n'y aurait pas tant de décès et de troubles alimentaires résistants et chroniques à toute thérapie classique.
Car les troubles alimentaires ne sont pas qu'une histoire de parents. Les causes sont multifactorielles.

L'enfant, l'adolescent et voire l'adulte sacrifie son corps pour une cause, pour un message qui vient bien au-delà d'une simple révolte et une crise d'adolescence.

Bien sûr pour ma part, ma mère a joué un rôle. Et j'ai cherché à détruire son œuvre, c'est-à-dire « moi », quand elle m'a implicitement dit « suicide-toi », « tu es folle », et qu'elle n'a rien fait pour m'aider, jugeant que tout était ma faute, que j'étais bonne à enfermer et que seul son bonheur prévalait à ma propre santé physique et mentale.

Mais cela n'explique pas tout.

Quand les abus ont détruit mon insouciance, elle a été là pour m'enfoncer encore plus dans les abîmes sans m'aider et sans me relever alors que je cherchais la reconnaissance.
Détruire son corps.
J'ai mis quasiment quarante ans avant de me libérer d'une araignée, me libérer d'un sentiment d'abandon et de ce désir de lui plaire, de cette envie de me détruire pour qu'elle me remarque, d'être cette pauvre fille malade pour qu'elle fasse attention à moi… j'ai mis ces années à perte pour faire en sorte qu'elle m'aime autant que je me détestais. Me libérer d'un lien toxique. D'une mère toxique.
Et c'est au détour de thérapie, et d'un groupe d'éducation thérapeutique sur les troubles alimentaires, le surpoids que j'ai compris que je n'avais pas besoin d'elle, que je m'aimais telle que j'étais.

Il ne sert à rien de chercher à ressembler à quelqu'un que l'on n'est pas, à se détruire ou à se modeler pour ressembler à autrui, il faut être honnête avec soi. Tant d'années à comprendre que finalement, je n'aimais pas les bijoux, les jupes, les vêtements féminins à petites doses, ni les soutien gorges... à comprendre que l'intérêt n'est pas de ressembler à n'importe qui, mais à se plaire soi. Que si j'ai envie de me teindre les cheveux en rouge, et que ça dérange, tant pis, que si j'ai vingt kilos de trop, c'est moi que ça regarde ! que si je ne ressemble à rien, aussi et si je n'ai qu'une paire de baskets et que je n'aime pas faire du shopping et collectionner les vêtements et les chaussures comme tant de femmes et que pour moi l'essentiel réside autre part et dans le minimalisme, c'est moi que ça regarde.

Avec la découverte de l'autisme et la bipolarité, j'ai appris une chose, je suis unique et je le revendique. J'ai des spécificités et des choses qui me dérangent, et je m'épuise plus facilement que d'autres personnes. Mon seuil de tolérance est peut-être plus faible, ma fatigabilité plus grande, alors j'ai appris à me connaître et à dire non.

C'est aussi ça s'aimer : dire non.

Alors ceux qui liront ce livre, c'est celui d'un combat contre la maladie, mais pas seulement. Car derrière la maladie il y a aussi ma famille, il y a mes troubles et handicaps, des réflexions... tout n'est peut-être pas la faute des mères, mais ma mère y a grandement contribué.

– **Partie 1** –

Anorexie

Tous ceux que j'ai rencontrés ont attribué mes troubles alimentaires à mes différentes pathologies.

Bipolarité et cyclothymie ?

Rigidités alimentaires liées à mon autisme ?

Mes multiples abus sexuels et maltraitances subies durant mon enfance ?

Ou peut être lié à une mère dysfonctionnelle ?

J'ai découvert ou plutôt ouvert les yeux sur mes troubles du comportement alimentaire, quand j'ai plongé aux un an de mon fils aîné.

Tout en occultant les différentes périodes de troubles du comportement alimentaire de mon passé. Anorexique et mère ? *Pourquoi maman tu manges pas* ? Je ne comprenais pas pourquoi cela me tombait dessus, à cet âge, à vingt-huit ans, alors que les études et statistiques disent que l'anorexie touche les adolescentes pubères.

Je scrute les études, je scrute les publications sur l'anorexie, maladie, trouble, que l'on retrouve essentiellement chez les jeunes femmes... parfois chez le nourrisson... mais pour les adultes ? Rien.

Je cherche. Anorexique après grossesse. RAS. Je me sens seule, un cas unique.

Mais je suis dans le déni, le déni de tout mon passé.

Mais je souffre de troubles de mémoire et je dissocie ce que j'ai pu être par le passé et ce que je suis maintenant.

Je ne comprends pas, ni qui je suis, ni ce que j'ai. Je sens parfois comme une autre personne m'envahir et prendre le contrôle de mon être.

Des vagues de mon être qui changent en fonction des aléas de la vie.

Je sens que je quitte ce que je suis à certaines périodes. La rupture avec les personnes que j'aime et je perds pied. La douleur me provoque un virage à 360° et je deviens Ana, comme je la nomme. Cette personne en moi qui prend le contrôle et qui cherche à tout contrôler justement, pour oublier la douleur, pour tout oublier, pour se concentrer à une seule obsession, celle de son alimentation, celle de son corps. Parce que l'être actuel n'est pas en accord avec la véritable souffrance. Cette envie d'autodestruction, de mourir, de muer, de se transformer, pour oublier que le quotidien est un enfer, de voir que finalement, les gens vous abandonnent, un jour ou l'autre.

Anorexie...

L'anorexie est une maladie qui touche environ 1 à 1,5 % pour les femmes et moins de 0,5 % pour les hommes. Ce qui en fait une maladie plutôt courante.

Nombres de personnes sont touchées, mais il y a une chose immuable, c'est que cette maladie touche pour la plupart les adolescents au moment de la puberté, là où le corps change, se transforme, que certains n'acceptent pas ou veulent modeler pour se sentir en accord avec les autres, faire partie d'un groupe, se sentir moins seul et mal dans sa peau.

Mais cette maladie touche d'autres personnes. Les personnes qui cherchent à faire un régime, personnes en surpoids, des personnes dont le métier demande à se conformer à un idéal physique (danseurs, mannequins, sportifs…) ou ceux qui présentent une maladie qui implique un régime spécifique et restrictif… (diabète, cholestérol…)

Un régime qui dérape.

Pendant longtemps, on a attribué la cause de l'anorexie à la famille et plus particulièrement les relations de l'enfant avec la mère.

C'est une maladie polyfactorielle. Psychologiques, biologiques, environnementales, sociales.

Mais il s'est révélé que des causes biologiques, une fragilité, pouvaient être responsables d'un dysfonctionnement et entraînerait un engrenage que d'autres personnes dans le même cas ne seraient pas susceptibles de tomber.

Bien sûr, le soutien de la famille est primordial dans la guérison de la personne.

Mais les causes biologiques ne sont pas seules responsables de la descente en enfer.

Les personnes ont pour beaucoup des troubles de la personnalité, un terrain dépressif, un manque d'estime de soi, une tendance au perfectionnisme…

Des causes extérieures peuvent affecter la personne qui tombera peu à peu vers l'engrenage de l'anorexie.

Des événements difficiles, des traumatismes, des abus dans l'enfance, des traumatismes sexuels...

L'anorexie du nourrisson existe bel et bien aussi. Il peut avoir des causes physiques (intolérances) ou psychologiques (stress des parents ou pression au moment du repas).

Tout cela pour dire que le biologique n'explique pas tout. Les événements extérieurs entraînent des conséquences sur la manière dont on mange nos émotions, dont on refuse de se nourrir.

Parfois les parents ne sont pas en cause, mais parfois la manière dont ils élèvent leur enfant, si cet enfant est dans une famille dysfonctionnelle et maltraitante, l'anorexie est le symptôme d'une famille malade.

Il existe bien des causes, et il s'agit d'effectuer un travail approfondi de recherche pour comprendre ce qui se joue dans cette maladie mystérieuse et pourquoi elle touche certaines personnes et pas d'autres.

Bien des gens peuvent avoir cette fragilité dans leur gène, mais pour autant elles ne tomberont pas dans la maladie, et pourtant, d'autres si. Qu'est-ce qui se joue alors dans ces vies blessées ? Broyées ?

La société a son rôle, le modèle qu'elle donne à voir, ce désir de vouloir nous modeler dans un même moule, être performant, beau, presque irréel... sans nous apprendre que la beauté d'une personne est dans sa singularité et non dans l'image qu'elle renvoie de son corps.

Une pression presque quotidienne de la société qui prône le « manger sain », ne pas être en surpoids, manger 5 fruits et légumes, tout en nous bombardant d'images de mannequins et de femmes retouchées dans les médias, nous bombardant à certaines périodes, comme l'arrivée de l'été de nouveaux régimes tous aussi dangereux les uns que les autres.

Ces mêmes images de beaux gosses musclés qui entraînent aussi certains adolescents dans un gouffre. Des images de personnes magnifiques pour nous vendre des parfums, des voitures, une perfection qui n'existe pas sur cette terre. Nous sommes tous imparfaits.

Nous cherchons tous à nous faire accepter des autres, parfois en jouant avec le feu et en oubliant qui nous sommes réellement. Et à ce jeu, certains se sont brûlés et ont perdu la vie.

L'anorexie est l'un des troubles du comportement alimentaire qui fait des victimes, trop de victimes.
La dénutrition sévère peut entraîner des troubles cardiaques et la mort.

Si nous apprenions simplement à être nous-mêmes, imparfaits, des hommes tout simplement. Et non chercher à s'élever à l'égal des Dieux.

L'anorexie, c'est cette obsession de maigrir. L'anorexie, ce n'est pas parce qu'on a envie de maigrir, mais parce qu'on ne fait rien d'autre que maigrir et qu'il n'y a plus que cela qui compte.

Il existe deux types d'anorexie.

- L'anorexie restrictive : restriction pure et dure, faite de jeûne, et de pratique excessive d'activité physique
- L'anorexie boulimie : anorexie comprenant des crises de boulimie, avec prises de laxatifs, ou diurétiques et vomissements

L'anorexie souvent est accompagnée d'hyperactivité, et d'une perte importante de poids, parfois allant de plus de 15 % de sa masse corporelle, mais parfois cachée par des vêtements amples, perte de poids excessifs en quelques mois.

La perte de poids peut provoquer la dénutrition et des conséquences dramatiques sur les os, comme l'ostéoporose, ou bien la perte de muscle, notamment le muscle cardiaque.

La personne peut à la suite de la perte de poids être en aménorrhée.

La personne anorexique est affectée d'un trouble qu'on appelle la dysmorphophobie, c'est-à-dire qu'elle ne se perçoit pas de la manière dont lui renvoie l'image de son miroir. Elle se perçoit toujours plus laide et plus grosse qu'elle ne l'est. Lorsqu'on demande de montrer sur une suite d'images de morphologie d'une personne, à corpulences différentes, elle choisira toujours la plus grosse quand bien même, elle sera la plus maigre.

La personne anorexique a un idéal à atteindre qui est toujours de plus en plus mince et inatteignable, car au fur et à mesure qu'elle maigrit, elle craindra de reprendre du poids et cherchera alors à perdre encore plus de poids pour s'éloigner encore plus de ce qu'elle croit être le summum de la laideur.

La peur de grossir, la peur d'être obèse.

Et de redevenir ce qu'elle était avant et ce qui est pour elle le summum de l'horreur.

La nourriture est devenue son obsession, et elle fait croire aux autres qu'elle mange, et compensera son obsession de la nourriture en faisant manger les autres. Les autres mangeront à la mesure de ce qu'elle ne pourra pas manger. Plus les autres mangeront beaucoup et gras, plus elle se sentira grande et forte, avec un sentiment de puissance en se disant qu'elle est capable de se contrôler, là où les autres en sont incapables. Elle imposera son régime à toute la famille, parfois jusqu'au conflit.

Toujours tout contrôler pour savourer ce sentiment de puissance qui lui permet de croire qu'elle gère tout, une manière de revaloriser son estime de soi, mais qui n'est qu'un leurre, car elle ne contrôle finalement rien.

Elle ne comprend pas les autres. Elle ne comprend pas que les autres mangent, elle croit que manger est mal, impur. À quoi cela sert-il de manger, si ce n'est que pour se goinfrer de calories, pour se rendre laid.

Elle s'isole socialement, cherche à éviter les repas et toute situation où elle aura à manger avec les autres.

Elle se rigidifie et aura des comportements très stéréotypés, dressera des listes, des plannings, comptera les calories, se pèsera plusieurs fois. Tout

21

son quotidien se verra planifié en fonction de sa maladie,

sa manière de manger en sera affectée. Les aliments qu'elle choisira aussi.

Elle cherchera à dissimuler des aliments dans sa serviette, recrachera ceux avalés, tentera de se soustraire aux repas familiaux, réduira son repas au minimum, lira des étiquettes des paquets semblables à ceux soucieux de leur santé frisant l'orthorexie, prétextera un nouveau régime alimentaire, la cause animale…

Les personnes anorexiques sont souvent perfectionnistes et on constate souvent une hyper intellectualisation et un surinvestissement de leur scolarité, à défaut d'investir le domaine social, qu'ils cherchent à fuir.

Ils sont souvent dépressifs.

Peu à peu l'anorexie détériore leur corps qui s'abîme. Perte de cheveux, ongles cassants, frilosité, anémie, peau terne, sèche et pâle, céphalées, callosités, un petit duvet recouvre alors la peau, le lanugo, des étourdissements. Le corps s'épuise…

Anorexie et orthorexie

Il existe une variante de l'anorexie sous le nom d'orthorexie, qui est une maladie du « manger sain ».

Dans cette maladie, le contrôle de l'alimentation est aussi obsessionnel que dans l'anorexie, mais le but est autre que la perte de poids pour un but esthétique. Le but est purement de santé.

On retrouve comme pour l'anorexie, un certain perfectionnisme, le contrôle de la nourriture, une anxiété, une limitation de la prise de la nourriture, des aliments qu'on exclut, parce qu'ils sont considérés comme non sains, une pratique excessive d'exercice physique.

Le souhait est d'être en bonne santé et pour cela tout est bon, dans une société où on prône le tout « 5 fruits et légumes par jour », mais pour autant, cela ne fait pas de chacun de nous un futur orthorexique.

Les personnes plus susceptibles de souffrir de ce syndrome sont celles qui ont une certaine fragilité, un manque de confiance en elle, un peu paranoïaque, toujours dans le contrôle... et dont un événement parfois majeur peut parfois faire la bascule vers la maladie... pour chercher à oublier les problèmes, une sorte de transfert sur leur alimentation comme le font les personnes anorexiques pour déplacer le problème ailleurs.

La peur de la maladie, du cancer... entretenue avec tous les scandales alimentaires.

Les aliments évités sont qualifiés d'impurs. La personne est obsédée par la qualité des aliments, a un côté clivé du bon et du mauvais, du pur et de l'impur, lit les étiquettes, peut s'abreuver de vidéos, ou de magazines, de documentaires traitant d'alimentation saine ou controversée. Toute sa manière de vivre peut en être affectée. Sa manière de choisir ses aliments, les lieux où elle les achète, les producteurs, éliminer les supermarchés, ou passer des heures à choisir les produits, circuit court, des aliments complets, non raffinés, la manière de les cuire, se cantonner à des régimes sains, type diète, manger des graines, menu végétarien, végan... l'arbre qui cache la forêt.

Le poids pour autant est peu affecté, mais la personne est plus préoccupée par son poids pour un souci de santé qu'esthétique. Elle peut s'isoler, éviter les repas et lorsqu'elle se retrouve à faire des repas extérieurs, elle compensera ses écarts par des diètes.

La personne ne se sent pas malade, elle peut même se sentir supérieure aux autres qui, pour elle, s'empoissonnent à petit feu, et elle peut manquer de considération pour ceux qui ne suivent pas de régime strict, pensant à tort qu'ils nuisent à la santé et à la planète.

Cela peut créer des conflits familiaux. Elle peut être parfois aussi tyrannique que les anorexiques dans leur propre famille.

Pour autant, ces personnes qui sont en permanence dans le contrôle, peuvent se sentir dépassés et peuvent être dépressives ou avoir des sautes d'humeur, ou se sentir coupables lors d'écarts.

Anorexie et autisme

Mais s'il y a une cause dont on n'entend pas forcément parler, c'est le lien entre anorexie et autisme. Car c'est une des causes de l'anorexie de certaines personnes.

De nombreuses études ont démontré que certaines personnes anorexiques répondaient aux caractéristiques du trouble de spectre autistique.

- Rigidité comportementale
- Problème d'interaction sociale
- Volonté de se fondre dans la masse
- Centré sur eux même, et défaut d'empathie
- Une tendance à se fixer sur les détails
- Parfois un mutisme

Une partie des tests de Quotients Autistiques se révèlent positifs pour les personnes qui sont atteintes de troubles alimentaires.

Est-ce que le trouble autistique est préexistant à l'anorexie ou est-ce que les caractéristiques autistiques se développent avec la maladie ?

Le fait est que la similitude entre les caractéristiques des traits autistiques liés à l'anorexie et liés à l'autisme sont très parlantes.

Mais les rigidités alimentaires sont une composante de l'autisme.

La personne autiste présente des **particularités sensorielles**. Elle ne traite pas les informations de la même manière qu'une personne neurotypique. Chez une personne neurotypique, les informations sont triées, hiérarchisées, intégrées, digérées, de manière rapide et instinctive alors que pour une personne autiste, c'est un flux d'information qu'elle perçoit sans pouvoir forcément les comprendre. Les analyser. Et cela peut créer de l'angoisse. Tout semble être au ralenti chez la personne autiste, car ces informations ne naviguent pas dans son cerveau et dans son corps de la même manière qu'une personne neurotypique.

C'est pour cela que là où une personne neurotypique peut faire plusieurs choses à la fois, l'autisme a besoin de décomposer les étapes, faire une chose à la fois et prendre plus de temps pour réfléchir.

Manger ou parler, parler ou manger.

Manger peut créer aussi de l'angoisse.

Alors pour certains, il leur faut du temps pour manger, il leur faut trier leurs aliments, il leur faut pouvoir faire du sens dans ce monde qui n'a pas de sens.

Il peut être hypo ou hyper sensible.

Et lorsqu'il mange, tous ses sens sont en éveil. Le chocolat peut éveiller en lui l'appétit ou la répulsion, la consistance de la purée ou de la soupe peut lui donner envie de vomir, l'odeur du poisson et la crainte d'une arête le fait fuir, il n'accepte que les aliments de couleur jaune, ne mange que des pâtes... ou peut n'aimer que la couleur verte ou la détester... la couleur, la texture, granuleuse, ou dure... l'aspect, l'odeur, le goût, la sensation sous les dents... tout est passé au détecteur de la personne autiste.

Certains sont en revanche incapables de ressentir la sensation de faim, ou de satiété. Ou même de soif.

La sensation de satiété fait que ces personnes peuvent soit manger trop ou trop peu, souffrir de potomanie (besoin de boire abondamment)

Les autistes fonctionnent avec leur sensation parfois décuplée, hypersensible, parfois coupés de leur sensation hypo sensible. Certains ne ressentent pas le froid. D'autres hurleront quand ce sera trop chaud ou trop froid.

Chez certains enfants, les repas se transforment en séances de ring, de crises, et de conflits. On les catalogue d'enfants petits mangeurs, d'enfants difficiles. Ce sont des enfants **néophobes**, ou des enfants qui souffrent de **troubles alimentaires pédiatriques**. Ce ne sont en rien des enfants capricieux, et en grandissant, ils deviennent des adolescents chétifs, on les croit anorexiques, ils sont juste autistes et souffrent de rigidités alimentaires.

Ils souffrent d'**alexithymie**, incapable d'identifier leur émotion, qui les envahissent ou d'identifier les émotions des autres. Et ça déborde. Pour parfois leur couper l'appétit. Ou leur donner envie de se goinfrer.

Manger ses émotions qu'ils ne comprennent pas.

La personne anorexique autiste ne maigrit pas pour devenir mince comme les mannequins. Elle maigrit parce qu'elle est rongée par l'angoisse, envahie par ses émotions qu'elle ne comprend pas, comme un tsunami qui la traverse et se déchaîne en elle, déferle en elle et saccage tout sans qu'elle ait de maîtrise. Et elle perd pied. Et la seule chose qu'elle trouve, c'est la nourriture, le contrôle, la seule chose qu'elle puisse contrôler, ce qu'elle ingurgite ou qu'elle n'ingurgite pas.

La personne autiste ne sait pas gérer ses émotions et peut être confrontée à deux manières de gérer une crise : le **meltdown**, ce qu'on peut appeler une crise agressive et extériorisée, une crise bruyante. La personne explose littéralement, crie, hurle, insulte, ou peut avoir des réactions agressives ou auto agressive comme l'automutilation... et le **shutdown**, une sorte d'effondrement autistique, fait de mutisme et de silence, de prostration et de repli.

Face à la nourriture, la personne autiste peut avoir ces deux réactions. S'automutiler, ou se replier sur elle-même et se terrer dans un mutisme profond parce qu'elle ne comprend pas les émotions qui la traversent, face à la nourriture, mais aussi face au monde. Car la nourriture n'est que l'objet de son transfert, n'est que l'image d'une angoisse plus profonde de ce qui l'affecte à l'intérieur et la bouffe et qu'elle projette dans la nourriture.

Le monde d'une personne autiste est différent et tout peut l'agresser. Cela l'angoisse.

Et cette angoisse peut être canalisée dans la nourriture.

Manger toujours la même nourriture peut la rassurer. Manger peut-être un danger. Un terme pour cela, la néophobie. Mettre dans sa bouche un aliment nouveau, c'est se risquer à ressentir du dégoût, quelque chose de désagréable, des sensations nouvelles, et la nouveauté fait peur pour une personne autiste qui a besoin d'immuabilité, de choses qui ne changent pas. C'est quelque chose d'inconfortable.

Et l'imprévisibilité est source de stress.

Maîtriser ce qu'elle a devant elle, ce qui la rassure, les seules choses en lesquelles elle a confiance, les douces choses qui glissent dans sa gorge. Les mêmes aliments, les mêmes marques.

Cela s'appelle des **rigidités alimentaires**, propre à l'autisme.

Et finalement, ne finit par ne manger que ce qui le rassure, un groupe restreint d'aliments qui se compte sur les doigts de la main.

Ils ne mangeront que la purée de chez grand-mère, car ils sont incapables de généralisation, et ne comprennent pas que la purée de chez grand-mère est la même que chez maman, ils veulent les céréales de telle marque et pas une autre, ils veulent le steak haché du supermarché, car il a une certaine couleur et consistance à la cuisson, mais pas celui du boucher parce qu'au final, le rendu n'est pas le même.

Il ne s'agit en aucun cas d'un caprice. Ces enfants-là sont des enfants qui ont besoin de réassurance, qui ont besoin de sentir que les choses sont immuables. La vie pour eux est dangereuse. Ils sont anxieux de natures et cherchent à se rassurer de la seule manière qu'ils peuvent.

Pour certains, c'est avec la nourriture, pour d'autres avec leurs intérêts restreints, d'autres, les autostimulations, les automutilations...

Les automutilations sont un point que j'aborderais plus tard, car parfois l'anorexie ne se dissocie pas de l'automutilation. Peut-être justement parce que c'est un tout. Ce rapport au corps que l'on détruit, dont on voudrait extraire le venin... C'est aussi une manière de faire remonter la douleur émotionnelle à la surface pour la rendre visible et plus facilement accessible et contrôlable. C'est une tentative désespérée pour la personne de se « materner », de s'occuper d'elle, alors que la tempête émotionnelle et le vide en elle font rage et qu'elle a l'impression que personne ne peut la comprendre.

Un trouble inscrit au Manuel diagnostique et statistique des troubles mentaux permet de définir le diagnostic le plus approprié pour un mal dont les autistes soufrent lorsque l'apport alimentaire se trouve insuffisant. Il s'agit **ARFID : trouble de l'apport alimentaire évitant/restrictif,** pour certaines personnes autistes qui ont un poids insuffisant ou qui ont du mal à manger, appelé alimentation extrêmement difficile, implique également l'évitement alimentaire, il n'inclut pas l'accent intense sur le poids et l'image corporelle observée chez les personnes souffrant d'anorexie.

Le lien entre l'anorexie et l'autisme, expliqué | Spectre | Nouvelles de la recherche sur l'autisme (spectrumnews.org)

Tour à tour nommé ARFID, néophobie, trouble alimentaire pédiatrique, trouble de l'oralité alimentaire... tous ces mots pour dire la même chose, un même symptôme, celui de la difficulté de s'alimenter, celui d'être sélectif dans ses aliments au point que la courbe du poids fléchit sans pour autant que la personne veuille maigrir. Une anorexie qui ne porte pas son nom, une anorexie qui n'est pas mentale.

Les personnes autistes sont plus susceptibles d'avoir des troubles du transit, et parfois certains aliments ne passent pas. La tomate ? Les choux ? Un régime sans gluten ? Le laitage ?

Les personnes autistes sont tous différentes, certains peuvent être curieux de nature, aimer manger, d'autres peuvent bouder les aliments, et les séparer par catégories ou couleurs, d'autres sont néophobes, craignent la nouveauté et ont des rigidités alimentaires au point de réduire leur alimentation à moins de dix aliments tout au plus, parfois moins, un véritable casse-tête quotidien pour l'entourage.

Ils mangent en séparant les aliments dans leur assiette, ne voulant pas que les aliments se touchent, ritualisant leur repas, parfois à l'extrême.

Certaines personnes anorexiques se comportent de manière ritualisée, pareille à un autiste, parce qu'elles sont peut-être autistes, et si elles étaient testées, le test serait peut-être révélateur.

Lorsque ces personnes sont hospitalisées pour leur TCA, elles sont parfois catégorisées comme résistantes. Et l'image de leur corps et de poids est un facteur moindre dans leur anorexie.

Le but premier étant parfois de se faire accepter dans un groupe pour une jeune fille isolée dans un lycée, par exemple.

Ou pour une autre de gérer au mieux ses rigidités alimentaires.

Ou pour une autre de palier à ses angoisses, lier aux interactions sociales, quand tout se bouscule autour d'elle

Tant de raisons que nous ne connaissons pas.

Anorexie, autisme et abus sexuels

Et parfois, l'une des causes qui s'ajoutent à celle de l'autisme, les abus sexuels.

Les femmes autistes sont des personnes manipulables et fragiles, encore plus que toute autre personne.

Des études montrent que 30 % des femmes ont subi des violences sexuelles et 3 fois plus pour les femmes autistes, c'est-à-dire 90 % pour les femmes autistes, et pour la plupart avant 15 ans.

Comment ne pas faire le lien entre certains troubles alimentaires et ce désir de changer ce corps qui ne nous ressemble pas, dans lequel on ne se sent pas à l'aise ? Vouloir faire peau neuve parfois pour oublier qu'il a été sali. Ou l'affamer pour redevenir cette petite fille avant le délit, le crime, mourir pour renaître.

Il n'y a pas besoin d'être autiste pour être victime d'abus sexuel.

Mais les personnes autistes sont des personnes facilement manipulables, car ils ne savent pas décoder les intentions des gens, ne savent pas décoder les émotions, la compréhension de la communication implicite, ni le visage des gens. Ils peuvent rire quand on se fâche, rire alors qu'ils sont censés avoir mal, être en décalage, ne rien sentir, pleurer là où il faut rire, paraître insensible quand une personne vient de perdre un être cher alors que dans leur cœur c'est un tsunami, mais qu'ils sont incapables de savoir traduire en phrase ce qu'ils ressentent...

Le risque alors, la revictimisation, c'est-à-dire, celui d'être à nouveau victime d'agressions sexuelles de prédateurs au cours de sa vie, parce que fragilisé.

Ce besoin d'être accepté, ce besoin d'être comme les autres fait que l'on peut parfois faire tout pour être aimée, sans parfois se rendre compte que l'autre n'a pas de bonnes intentions à notre égard.

Le lien entre anorexie et abus sexuels semble évident. Ce refus de s'alimenter permet à la personne de refuser les formes féminines et de devenir filiforme et ainsi se protéger des prédateurs, puisque devenir femme veut dire être abusée. La personne anorexique refuse de manger pour être moins attirante.

C'est une manière détournée aussi de gérer ses conflits intérieurs face à l'horreur des abus qu'elle a subis, détourner le regard vers le vrai problème. Cela permet d'anesthésier ses émotions. Contrôler,

contrôler un corps dont on a perdu le contrôle, que l'agresseur a profané. Une manière en soi de reprendre possession. Une mue. Se libérer de sa peau du passé pour trouver une nouvelle identité. Et ainsi reprendre le contrôle sur sa vie. Là où elle a perdu le contrôle. Pour elle, la culpabilité est prégnante, tout autant que le sentiment de salissure, et elle se sent coupable de ne pas avoir pu prendre le contrôle de son corps au moment des abus, ce qu'elle fait en contrôlant ce qu'elle mange.

Toutes les femmes anorexiques ne sont pas toutes autistes et n'ont pas toutes été abusées. Mais c'est une partie de celles que l'on retrouve dans un panel de femmes malades.

Autant pour les personnes autistes que pour les personnes neurotypiques, la nourriture est un bien de consolation, un moyen que l'on a de contrôler ce qu'on avale ou ce qu'on n'avale pas, ce qu'on met à l'intérieur de soi ou ce qu'on vomit, ce qu'on rejette.

Le corps, le seul à être le messager lorsque le mal intérieur est invisible aux yeux des autres.

Anorexie, une maladie qui peut en cacher une autre

L'anorexie est une maladie qui n'est qu'un symptôme, un symptôme d'un mal être, mais aussi parfois le symptôme de quelque chose plus grave. C'est l'arbre qui cache la forêt.

Nous avons vu si dessus qu'elle pouvait cacher des abus sexuels, un trouble du spectre autistique, elle peut cacher aussi un environnement néfaste, un harcèlement, des prédateurs, peut être un mal être dans la famille...

Mais elle peut cacher une maladie psychiatrique.

Celle dont je vais parler est celle qui me touche plus particulièrement. Le trouble bipolaire, la cyclothymie.

L'anorexie a été l'un des symptômes de ma maladie. Tout comme l'automutilation, tout comme le diagnostic de l'autisme.

Le trouble bipolaire se traduit par différentes phases :

- Maniaque (phase d'hyperactivité psychique, physique, parfois accompagnée d'hallucinations...)

- Dépressive (fatigue, inertie, pleurs, idées suicidaires...)
- Mixte (mélange de dépression et de manie)

Le trouble bipolaire se décompose selon différents degrés selon la sévérité des symptômes et la longueur des phases.

La cyclothymie fait partie des troubles bipolaires et englobe de nombreuses caractéristiques et de troubles comorbides, notamment les troubles alimentaires, qu'il s'agisse d'anorexie ou de boulimie.

En période d'hypomanie, l'hyperactivité est telle que les personnes fondent. Mais pas que.

Si tout était aussi simple que cela !

L'anorexie est définie en partie par une perte de poids consécutive par une restriction alimentaire, mais aussi par une hyperactivité, la personne cherchant continuellement à épuiser ses calories.

Chez la personne maniaque, l'hyperactivité n'est pas forcément que physique, elle est intellectuelle, elle n'arrive plus à dormir, les idées fusent sans cesse, elle n'a pas un instant de repos, elle fait plusieurs choses à la fois sans un instant de fatigue.

Et puis il y a moi, mes périodes d'anorexie, en phase la plupart du temps mixte, une vraie cocotte-minute, phase où j'étais à la fois dépressive et maniaque, où j'avais l'impression qu'un tsunami me traversait de part en part, des émotions en moi que je ne comprenais pas m'envahissaient, que seule l'automutilation me permettait d'apaiser un instant, la vue du sang... Alexithymie... je ne me savais pas encore autiste. Période souvent accompagnée de maux physiques pour traduire un mal être, un corps qui cherchait à dire stop. Bipolaire autiste, ces émotions qui ravageaient mon corps, mon esprit sans que je puisse faire un tri, sans que je les comprenne, que seuls le sang et l'assiette vide me permettaient de mettre un sens à tout cela.

Pourtant, il existe d'autres causes des troubles du comportement alimentaire.

Un moins connu, en lien à la fois aux abus sexuels et aux troubles de l'humeur : le trouble dissociatif de l'identité. (TDI)

Différents « alters » se manifestent malgré l'hôte.

Des manifestations de plusieurs identités qui peuvent tour à tour prendre le contrôle d'une personne. Le trouble dissociatif de l'identité se caractérise par des pertes de mémoire, et la manifestation de deux ou plusieurs identités.

Ce trouble est une des conséquences d'abus ou de traumatismes dans l'enfance avant que la personnalité soit unifiée, vers l'âge de 8 ans. Afin de se protéger des traumatismes, la personnalité se fractionne.

*La plupart des personnes atteintes de TDI souffrent de **dépression et d'anxiété**. Elles auront tendance à développer des **conduites à risque : abus de substances (alcool, drogue, etc.), pensées suicidaires, automutilations, pratiques sexuelles à risque, désorganisation sociale...***» précise le Dr Millêtre.

Quels sont les symptômes du trouble dissociatif TDI ? (journaldesfemmes.fr)

Les personnes atteintes de TDI peuvent présenter d'autres symptômes comme :

- Des maux de tête ou d'autres douleurs ;
- Des symptômes anxio dépressifs (qu'ils attribuent parfois à la souffrance d'un « alter ») ;
- Des addictions ou des troubles liés à l'usage de substances ;
- Des épisodes d'automutilation, et des comportements suicidaires (pensées et tentatives) ;
- Des prises de risque inconsidérées pour les patients eux-mêmes et des comportements dangereux pour les autres ;
- Des hallucinations ;
- Des pensées intrusives, des flash-back…

C'est une manière pour la personne de se protéger, c'est un mécanisme de défense. On estime à environ 10 % de la population générale souffrant de troubles dissociatifs, dont le TDI.

La personne peut se voir faire des choses qu'elle ne ferait pas en temps normal, se comporter différemment selon les alters qui prennent le contrôle de la personne.

Un alter peut avoir un comportement de contrôle et un autre qui est plutôt bordélique et éparpillé.

Un peut-être timide, et un autre provocateur.

On pourrait penser à de la schizophrénie, mais ce n'est pas le cas.

Dans la schizophrénie, la source des symptômes est ressentie comme externe, alors que dans le TDI, le patient témoigne d'une altérité en lui-même. En outre, dans la schizophrénie, le sujet perd contact avec la réalité et n'a plus d'autocritique. Alors que ce ne serait pas toujours le cas dans le TDI »

Trouble dissociatif de l'identité : comprendre « les personnalités multiples » | Santé Magazine (santemagazine.fr)

Les hallucinations auditives chez le schizophrène sont comme des personnes externes alors que pour le TDI, la personne est consciente que c'est une voix dans sa tête.

Tout cela pour vous dire que les troubles alimentaires, que ce soit anorexie ou boulimie, ou autre, peuvent avoir de multiples causes. Biologique, troubles psychiatriques, événements déclencheurs… il n'y a pas une seule réponse à la question du pourquoi on refuse de manger, pourquoi on s'autodétruit.

Mais c'est une violence qu'on s'inflige à soi-même et aussi aux autres.

Il n'y a pas de réponse type parce qu'il y a autant d'anorexie que d'anorexique.

Les thérapies proposées sont personnalisables, individuelles parce que chaque personne est unique et qu'il faut la prendre avec toute son histoire.

Voici la mienne.

– Partie 2 –

Mon histoire

Ma famille atypique

Mes enfants sont tous les trois diagnostiqués autistes, chacun présentant des troubles de l'humeur. Tristan est bipolaire, Aurélien a déjà fait une dépression, et Clément est cyclothymique en plus d'être TDAH.

Les repas ont toujours été un gros souci, et hormis mes périodes d'anorexie, je suis quelqu'un qui mange de tout, ce qui n'est pas le cas de tous.

Curieuse de nature. Pas du tout néophobe.

Et puis un jour, tout bascule.

Tout dérape, et tout s'enchaîne. Un nouveau cycle, une nouvelle personne qui me dicte mes pensées, mes rituels. Manger sain, manger vert, manger végétarien… et voir la puissance qu'engendre la perte de poids.

Tout dérape, et je me sens puissante.

Ana… telle est le nom que je me donne quand je deviens « elle ».

Mes enfants un jour me questionnent.

— Maman ? Pourquoi tu manges tout le temps des légumes ?
— Parce qu'il faut manger des fruits et des légumes chaque jour. Il est recommandé de manger 5 fruits et légumes par jour.

Je me désespère de ne jamais pouvoir être capable de faire manger un seul légume à mes enfants qui imitent leur père, rigide, et qui lui est allergique à ce qui ressemble de près ou de loin à un légume ou du vert. Autant moi je raffole de cela, autant lui est mon opposé. Il trie tout, et les enfants l'imitent. Il me fait penser parfois à un enfant. Un grand enfant. Il mange comme les enfants d'ailleurs. Si ce n'est que mon mari souffre d'une néophobie alimentaire, et qu'il trie et sélectionne les aliments. ARFID.

Et mon obsession pour les aliments sains parfois a dérivé vers l'anorexie, vers ce qui ressemblait de près ou de loin à de l'orthorexie, une envie de manger sain et une volonté de changement pour montrer l'exemple à ma famille. La peur des maladies, la peur de la mort. La peur du cholestérol et des troubles cardio-vasculaires…

Une volonté d'être parfaite. Mais voilà, au risque parfois de rechuter.

Et « elle » est là, tapie au fond de moi, prête à ressurgir, et à dicter sa loi. Me dire combien manger est mal, manger de la viande, puis des féculents... pour peu à peu ritualiser mes repas qui dégénèrent parfois dans les toilettes.

Sentir la musique que fait la faim dans les gargouillis de mon ventre, se sentir exister qu'à travers les sensations de manque que vous traduit votre corps.

Et contrôler un quotidien qui dérape avec une famille atypique, qui, bien que je les aime, me donne du fil à retordre en faisant sans cesse la moue ou la grimace à chaque fois que je présente un plat.

Trier, râler, et parfois quelques sourires, mais la plupart du temps, des rigidités alimentaires qui déteignent sur mon moral... et cette voix sourde dans ma tête me dit surtout « fais attention, tu vas grossir et devenir obèse, si tu manges comme eux » eux qui ne mangent aucun fruit et légume, cette nourriture qui me sort par les yeux, de voir toujours les mêmes plats être présentés, ces mines dégoûtées à chaque fois que je tente de leur faire un nouveau plat...

J'aime la nouveauté, et leurs rigidités m'étouffent. Je me sens une incapable, moi, la mère nourricière qui est sensée leur donner de la joie à s'alimenter, de la joie dans les plats que je concocte... et peu à peu, le champ se réduit, les aliments se réduisent... et je tombe dans leur piège, devoir moi aussi contrôler mon alimentation pour survivre aux émotions qui m'envahissent.

J'étouffe mes sanglots, mon désespoir derrière un masque, celui d'Ana, cette autre qui peu à peu occulte qui je suis au quotidien, car je ne peux pas survivre à mes propres émotions.

Concentrée sur mon contrôle alimentaire, j'en oublie combien j'ai mal, combien je souffre.

Je ne désespère pas de faire manger sainement mon entourage, mais je ne suis pas du genre à imposer mon alimentation à ma famille, j'aurais plutôt tendance à certaines périodes à me plier à leur préférence alimentaire.

La perfection n'est pas de ce monde, et tant que je ne lâchais pas prise, je rechutais inlassablement. Ce besoin obsessionnel d'être meilleure, meilleure par rapport au modèle que j'avais eu de mes parents défaillants. Je ne voulais pas être comme eux, je voulais être meilleure, je voulais montrer l'exemple, je voulais que mes enfants soient fiers de moi et soient capables de dire plus tard que j'ai fait de mon mieux pour eux que je les ai aimés du mieux que je pouvais, que j'aie tout fait pour les protéger.

Aurélien

Il a 8 ans, il refuse maintenant le laitage, je ne sais pas ce qui l'a décidé à refuser le lait à partir de cette date-là, mais il est resigné. Peut-être un goût bizarre. Il est chez grand-père me dit-il plus tard, et le lait chocolaté à une odeur bizarre, il refuse d'en reprendre à partir de cet instant.

C'est un enfant que j'ai allaité jusqu'au sevrage à ses 18 mois, lorsque je suis tombée enceinte de mon troisième enfant Clément.

J'ai toujours perçu chez Aurélien quelque chose de différent, et je n'ai jamais pu, du temps où il était encore bébé, m'en séparer, le laisser seul dans sa chambre, comme tant de mères le font lorsqu'elles sont occupées dans leur maison. Non, il y a quelque chose en lui que je perçois.

Je le porte en écharpe, ainsi je l'ai en permanence sur moi. Je m'amuse parfois à faire de même avec son grand frère, dont je m'occupe, de deux ans son aîné, qui est toujours à la maison, Tristan. J'ai ainsi les mains libres pour lui faire des câlins à foison.

Il a 7-8 ans, et les problèmes commencent.

Il a toujours eu un bon petit bidon, il a un joli visage, tout le monde dit qu'il tient de moi, le visage fin, alors que ses deux frères tiennent plutôt de leur père.

Il a toujours aimé le fromage, aime le coulommiers. Mais peu à peu, il n'en veut plus. Il n'aime plus le fromage. Puis, il refuse tout laitage.

À 9 ans, la quiche qu'il mangeait tant ne passe plus.

À 10 ans lors du confinement, les aliments se rigidifient au fur et à mesure et il est passé au régime pates. Pâtes à chaque repas et il n'en change pas. Il ne veut que ça.

Puis viennent les Tocs, il refuse que je touche à ses couverts, quand je lui coupe son jambon, et il part les changer. Il change d'assiette à chaque aliment, il ne veut pas que les aliments se touchent, une assiette pour l'entrée, une autre pour le plat, une autre pour le dessert… plusieurs couverts parfois. Il refuse qu'on le touche. Il se lave les mains.

Il est en dépression et se calfeutre dans sa chambre sous sa couette dans le noir.
Un an à manger des pâtes.

L'année suivante, c'est au tour des gnocchis. Puis il ne prend au petit déjeuner que des crêpes. Ses repas ne se résument qu'à la couleur jaune. Gnocchi, pâtes, semoule, crêpes... parfois agrémenté de jambon de pays ou de lardons, il refuse de manger réchauffé, mais ne mange même pas la moitié de l'assiette que je lui sers qui ne remplit même pas la moitié d'une assiette à dessert. Il picore.

Il a bientôt treize ans, il a un IMC en chute libre, grandit mais son poids stagne depuis bientôt trois ans. Il est maintenant en zone maigreur.

Tout est prétexte à refuser de manger. Pas réchauffé à nouveau, le steak est différent de la cantine, n'aime pas la purée, n'aime pas le riz, n'a jamais faim, drôle de goût, drôle de couleur... néophobe... pas la bonne marque.

Je le vois s'affiner de jour en jour.

C'est une angoisse en tant que parent de voir que ses propres enfants refusent de manger et dépérir à vue d'œil.

Et je sais que son but n'est pas de maigrir.
Il est angoissé, perfectionniste. C'est une tête à l'école et il refuse d'avoir de mauvaises notes, il se donne les moyens pour être le meilleur, il vise le 16 de moyenne, il n'a que des félicitations, mais pour autant, il est triste à voir, il ne sourit presque jamais,

il est d'un sérieux à faire peur, toujours dans le contrôle de lui-même, quand on l'approche, il se raidit au point qu'on a l'impression d'avoir un hérisson en face de nous qui se replie sur lui-même, nous donnant l'impression qu'on l'agresse à chaque fois qu'on cherche à s'approcher de lui.

On se demande s'il est heureux parfois.

Et lorsque parfois Florent et moi sortons entre nous avec Clément au restaurant, laissant les deux grands qui ne veulent pas sortir, ils ne mangent pas, oublient de manger.

Clément

Clément, lui, est autiste, TDAH, cyclothymique et souffre de troubles « dys » comme ses deux grands frères.

Nourrisson, il a présenté des signes d'anorexie du nourrisson. Petit mangeur ou anorexique ? Il mangeait très peu et ses pots étaient à peine entamés qu'il n'avait déjà plus faim.

J'étais à cette période en dépression.

Il avait fait une réaction allergique lors du sevrage de l'allaitement au biberon, et il a eu droit à du lait spécial pendant un bon bout de temps.

Je n'ai jamais su s'il digérait mal certains aliments, s'il avait mal quelque part, ou s'il réagissait à mon propre mal être, mais c'était une période difficile où tout le monde râlait, où les repas étaient difficiles du fait des préférences de chacun.

Je devais faire face, être forte, tout en étant au bout du rouleau.

Je gérais tant bien que mal le quotidien, ma belle-mère a essayé de m'aider à faire des repas maison pour que Clément mange mieux, mais il ne mangeait pas plus.

Il a toujours eu des périodes comme celle-ci, sûrement du fait des variations d'humeur, comme les miennes.

Des périodes où il ne mangeait que très peu, et où il perdait du poids, et d'autres où il grossissait à vue d'œil, gourmant comme pas deux.

Il fait le yoyo avec son poids, comme je l'ai fait.

Puis il a commencé un traitement, l'Abilify. Quelques mois avant, il avait perdu du poids et mangeait très peu. Une mauvaise période pour lui.

Et il s'est remis à manger et a repris du poids, et a pris du bidon, et un mois après, il a eu ce médicament, et a encore plus grossi.

Les psychiatres et médecins ont tous été formels, normalement, ce médicament ne fait pas prendre du poids.

Peu de temps après se sont déclarés des comportements boulimiques caractérisés, autant alimentaires que comportementaux (boulimie d'achats)

Tristan

Tristan est un peu pareil.

Son poids varie en fonction de ses émotions. Mais il n'a pas de rigidités alimentaires. C'est celui qui mange le mieux avec Clément.
Il ne perd du poids que lors des périodes de mal être ou lorsque pris par ses intérêts restreints, il se précipite dans sa chambre, ou oublie de manger. Ce n'est, comparé à la plupart des adolescents, pas un gros mangeur.

Il peut avoir des périodes de refus de s'alimenter, période difficile où rien ne lui plaît, ou lorsqu'il est en opposition pour tout.

Celui qui m'inquiète le plus actuellement, c'est Aurélien.

Parce que son alimentation n'a rien d'équilibré. Ni fruit ni légumes. Le seul apport de laitage est dans les crêpes qu'il mange.

Le risque de carence est là.

On dit que les rigidités alimentaires peuvent évoluer, qu'avec une thérapie, on peut améliorer les choses.

Pour le moment, mon fils est réfractaire à toute thérapie, et s'est mis à dos tous ceux qui voulaient l'aider.

Peut-être qu'un jour, il n'aura plus le choix.

Mon entourage m'a toujours jugé déficitaire, la seule coupable des problèmes alimentaires de la famille. Je suis celle qui fait le repas, donc je suis la seule responsable du refus de mes enfants, la soupe à la grimace de chacun, et de ma belle-mère qui par ailleurs m'a traitée d'empoisonneuse fut un temps où on ne connaissait pas encore les troubles des enfants, elle-même de nature orthorexique, le temps qu'elle vive chez nous avant d'emménager dans son duplex. La seule coupable. Il faut bien un coupable. C'est toujours la faute de la mère. Peut-être suis-je trop laxiste ? Que je cède trop vite ? Que le seul nœud dans tout cela est le lien entre mes enfants et moi ? Que les enfants font des caprices pour m'interpeller ? Pour autant, ils font moins les difficiles chez leurs grands-parents, c'est donc que le problème, c'est moi ! c'est si simple de tout me mettre sur le dos. Car il y a une autre personne qui vit avec moi, mon mari et lui souffre de néophobie et de ce fameux trouble de l'alimentation sélectif, a réussi à faire céder sa propre mère alors que lui enfant petit restait des heures sans céder devant son assiette de légumes ou de tomates. Et s'il lui vient tout à coup l'idée d'acheter des fruits et des légumes, les enfants le suivent, alors que je me suis échinée pendant des mois et des mois à leur en présenter sans aucun effet.

Les enfants imitent leur père.

Les enfants seront toujours différents selon avec qui ils sont, différents s'ils sont à l'extérieur ou avec leurs parents.

Pour autant, à l'extérieur, Aurélien ne mange pas plus. À la cantine, il ne mange que du pain. Et les fois où il se fait inviter, on remarque tout de suite sa difficulté à manger.

Pendant des années, j'étais l'unique responsable des maux de la famille, des troubles alimentaires de chacun, de l'orthorexie de ma belle-mère, des rigidités alimentaires de mon mari et de mes enfants, et on m'incriminait pour la merde qu'ils ne pouvaient pas manger parce qu'il fallait bien un coupable à leurs maux.

Je suis là à tenter de résoudre les difficultés de chacun, de faire des plats pour chacun, de tenter de m'adapter aux aliments de chacun, et de trouver des solutions aux rigidités extrêmes d'Aurélien qui l'amène à une maigreur qui met en danger sa santé.

Mettre en place un carnet de repas, trouver des soignants, frapper à toutes les portes pour tenter de trouver une orthophoniste spécialisée en trouble de l'oralité, tenter de convaincre Aurélien de reprendre sa thérapie avec la psychologue en TCC...

Les troubles de l'oralité peuvent évoluer, mais c'est un travail de longue haleine.

Il y a plusieurs causes, je me suis beaucoup remise en question, mais les autres n'ont apparemment jamais fait de même. Pourquoi serais-je la seule responsable ?

Mon mari

Ma belle-mère a toujours été en difficulté d'un point de vue alimentaire et même comportemental avec son fils, qui ressemble pour certains traits alimentaires à Aurélien sur sa néophobie alimentaire et sur sa personnalité à Clément. La psychologue est certaine que mon mari est aussi autiste que nous le sommes. Étant enfant il refusait de se lier aux autres, sa mère devait le récupérer le midi, car il ne mangeait rien, et nous avons listé avec la psychologue un nombre de signes, en plus du test préliminaire de Quotient autistique où il était à la limite.

La psychologue ne s'étonne par ailleurs pas à la lecture du récit de notre rencontre que nos affinités soient peut-être en lien à une particularité similaire.

2023

Mon fils aîné a fait il y a quelques semaines une tentative de suicide.

Depuis, je ne mange plus. Je ne peux plus rien avaler.

Chez moi, l'anorexie répond à un choc psychologique et non à un besoin de répondre aux dictats de la minceur.

Je suis là, à me contenter de boisson, comme un bébé qui réclame le lait maternel de sa mère. Mais ma mère n'est plus là pour moi, elle n'a jamais été là pour moi.

C'est comme si je me punissais de ne pas avoir été là au moment où mon fils avait le plus besoin de moi, là où ces personnes lui ont fait du mal et que je n'avais pas été là pour les empêcher de lui faire du mal. Coupable d'être une mère qui n'a pas su protéger son fils de la souffrance humaine. Il a subi du harcèlement durant tout son collège, et bien que j'ai alerté l'établissement, rien n'a jamais été fait pour le protéger.

L'anorexie n'a jamais été une réponse pour moi à un besoin de devenir aussi belle que les mannequins, mais une réponse à mes angoisses et aux traumatismes qui ont jalonné ma vie.

Une manière rigide de gérer mon anxiété comme une personne autiste peut le faire.

Ana

Je m'appelle Ana, du moins, c'est mon prénom quand je suis malade, c'est ce nom que j'ai voulu donné à un trouble qui fait de moi ce que je suis, à ce moment précis où tout part en vrille, où je commence à ritualiser les choses, à vouloir les contrôler... une personne prend vie, et laisse ce que je suis dès lors pour laisser la place à ce monstre, cet être qui, pour gérer les aléas de la vie, se met à compter, se met à penser en boucle sa manière de manger, sa manière de contrôler son corps, son entourage, son quotidien.

Je m'appelle Ana, et cette personne prend vit au plus profond de mon être, comme un désir d'autodestruction, un désir de redevenir cette personne que j'ai été avant... avant la chose... avant d'avoir été spoliée, violée, maltraitée, chosifiée...

Contrôler mon assiette pour contrôler ce que je ne peux pas contrôler.

D'un seul coup, toute ma vision change. Des addictions qui disparaissent pour en devoir gérer d'autres.

Il y a ce moi, qui d'un seul coup disparaît pour me transformer en une personne rigide, suspicieuse, contrôlante...

Qui suis-je ? Je suis Ana, je suis ma maladie.

Et d'un seul coup, je deviens autre.

C'est comme si une autre personne prenait vie dans mon corps.

Je cherche à contrôler, mais c'est elle qui me contrôle. C'est elle, Ana.

Ana qui dicte ce que je dois manger, qui mange pendant des semaines du saumon cru, ou de la salade.

Ana qui jubile en allant dix fois dans la même journée sur la balance, et sourire, sauter aux moindres centaines de grammes perdus.

Ana, celle qui s'autodétruit, se scarifie, qui ment, qui ment à tout le monde.

Ana, qui refuse tout contact, pas même les caresses de son mari, tant cela lui brûle la peau.

Ce sentiment pas de me sentir dissociée, de devoir me couper pour réintégrer mon corps.

Parce que je disparais, je disparais en même temps que je fonds à vue d'œil. Parce qu'une voix me souffle dans la tête ce que je dois faire pour survivre à tout ce chaos.

Mes silences

Se taire, que le corps pour se dire, dire ce silence qu'on m'a imposé, d'abord enfant par les abus, les coups, d'abord en m'interdisant de dire non, en m'interdisant d'être moi.

Ce silence, comme cri. On a voulu me faire taire alors je parle avec mon corps.

Mon corps se fait cri, parce que ma bouche se fait silence.

On a tant voulu me brimer, me bâillonner. Cette bouche qu'on a fermée, et qui refuse d'ouvrir maintenant la bouche pour se sustenter.

Puis lorsque j'ai dénoncé les abus, on a voulu à nouveau me faire taire, pour protéger la famille éclatée par ma faute au détriment de ma propre santé mentale et physique. Je suis une menteuse, une mythomane. Je ne dois pas raconter des histoires, ces histoires sales, à personne, ni en paroles, ni en écrire, les écrits, cela reste, les écrits, cela s'enjolive, cela se romance, et moi, on m'a prise pour une romancière. On a cru que j'avais romancé et grossi les abus à mon profit pour me faire plaindre et faire parler de moi et qu'on me remarque, sans reconnaître que c'était la pure vérité ! Des mots crus, des mots posés tels quels sur le papier, comme les larmes de mon corps déversé tout au long de ma vie, séchées sans qu'on les remarque.

Je suis le cri du silence, un silence assourdissant, un cri que personne n'entend ou que personne ne veut entendre.

Alors puisque personne ne veut entendre, ils vont le voir. Alors j'ai arrêté de manger un jour. Pas volontairement. Je n'avais plus faim. Après une période de vide que j'ai compensé en me gavant à en vomir en devenant grosse, en surpoids, j'ai été dégoûté de la nourriture, plus rien ne passait, je n'avais plus faim, plus rien ne rentrait, tout ressortait. Je ne souhaitais pas maigrir, je ne souhaitais pas ressembler aux mannequins, non, je voulais disparaître puisque tout le monde le voulait, puisqu'on me réduisait au silence, j'allais devenir ce silence, cette mort.

J'ai voulu mourir aussi sous la violence imposée par mon entourage familial, cette omerta familiale qui voulait que je me taise pour que règne la paix de la famille, ce semblant de famille idéale dont je brisais l'image de ma vérité à l'éclaboussure de souillure éclatante d'excréments.

Puis par la violence conjugale de mon ex-mari. Il m'imposait des relations sexuelles, me menaçant de me virer ou de me quitter, moi avec ma crainte de l'abandon, il me menaçait de sa main, de me frapper ou de m'étrangler, me forçait à une relation sexuelle alors que ses copains, familles, sœurs et mères dormaient à un mètre de notre lit. Plus d'intimité. Je n'étais qu'une salope pour lui. Il me forçait à regarder des films pornos pour pouvoir me sodomiser ensuite malgré le fait que je pissais le sang pendant des jours et des semaines en allant aux selles à chaque fois, je souffrais de constipation. Il me virait du lit dès que j'étais malade en me faisant dormir dans la salle de bain sur un matelas pourri trouvé dans la rue qu'il refilait à ses copains sans papiers qui défilaient dans le studio. J'étais devenue une pestiférée. Il m'a prise pour une allumeuse, une salope, car il n'a jamais compris ma relation incestueuse dont je tentais de me sortir avec mon beau-père, il en était jaloux et croyait que je couchais avec mon beau-père. Il ignorait ce que c'était l'inceste. Savait-il au moins ce qu'était un viol ? Et que ce qu'il me faisait en était ?

Il m'ignorait constamment sauf pour m'insulter, ou pour le sexe, ou pour réclamer de l'argent puisqu'il était au chômage, illettré, ou exploité au SMIC ou même moins que le SMIC et qu'il ne voulait rien faire pour évoluer... j'étais sa chose. Il a essayé de m'étrangler, m'a menacé de mort, espérait même que je me fasse violer dans la rue en rentrant de mon association de victimes d'inceste sur paris, car ce sera bien fait pour moi, car une femme, cela ne sort pas le soir ! J'étais sa femme, sa chose, je lui appartenais, je devais lui obéir, je n'avais rien à dire, rien à faire d'autre que ce qu'il voulait que je fasse... et j'ai tu mon calvaire pendant cinq ans, je n'avais rien, car pour moi, une femme battue, c'est une femme qui se retrouve à l'hôpital avec des fractures, je n'en avais pas. Il m'a frappé certes, pas assez fort, mais il y avait pire : les viols, les violences psychologiques, les menaces de mort, les étranglements et tout ce qui ne laisse pas de traces...

J'ai sombré dans l'anorexie lors de mon mariage avec lui, j'ai dépéri sous les yeux impuissants de mes collègues éducateurs avec qui je travaillais : maigreur extrême, teinte grisâtre, cachais mes bras sous des vêtements longs même en plein été (pour les coups et les automutilations), crises de panique, ne supportais pas qu'on s'approche de moi, sursautais au moindre bruit, malaises, crises de larmes, peurs inexpliquées...

Je ne pouvais plus rien avaler, je n'arrivais à rien garder, mon estomac refusait toute nourriture. Tout ce que j'avalais, mon estomac le renvoyait automatiquement. Cela faisait longtemps que je ne mangeais plus le matin, je picorais le midi, je tournais les aliments avec ma fourchette dans l'assiette en ne sachant quoi manger pour finalement ne manger que deux haricots verts, et le soir, je ne mangeais pas et je donnais le repas de la cantine de mon travail du midi pour nourrir mon ex-mari, car nous n'avions plus les moyens d'acheter de quoi manger.

On me prévenait du danger, on me disait de partir, mais je ne comprenais pas pourquoi j'étais en danger, je ne savais pas que je vivais la violence conjugale.

Même lorsque je suis tombée malade, le médecin qui m'avait pesé (déjà en maigreur) en est venu à pleurer en m'auscultant (c'était une femme), car elle savait que ce que je lui disais de mes symptômes révélait quelque chose de bien plus lourd que ce que j'en disais réellement. Je lui avais parlé des saignements anaux et elle m'a parlé des viols. Moi je pensais à mes cousins, mais elle n'a pas réussi à m'ouvrir les yeux sur les exigences sexuelles de mon ex-mari, qui étaient aussi des viols. Mais personne ne m'a parlé d'anorexie à ce moment-là.

Mon cœur hurlait ce que ma parole taisait. Je n'avais pas de mots pour exprimer ce que je vivais, je n'en avais pas conscience. Je ne me croyais pas maltraitée de nouveau par une personne en qui je croyais être l'homme de ma vie, celui avec qui j'avais fait des vœux du mariage pour la vie. J'étais aveugle et je refusais de voir l'innommable, refusais de voir que je m'étais trompée et qu'il fallait que je parte et que je me reconstruise ailleurs, que j'abandonne ce que j'aurais cru être le bonheur, ce en quoi je croyais depuis petite et qui me tenait en vie depuis que je survivais de tous mes abus, cet espoir qui me faisait tenir debout. Perdre ce mariage, voir qu'il n'a été que chimère et violence, c'est comme perdre cet espoir qui me fait tenir debout. C'est l'amour qui me fait vivre, j'ai cru à cet amour et à cet instant, je ne croyais jamais en aimer un autre, alors je voulais mourir, je n'avais plus d'espoir.

Mon corps voulait dire quelque chose, sa souffrance, mourir peut-être, raconter ce silence aveugle. L'amour m'aveuglait. L'anorexie ne l'était pas et tentait d'apporter son message.

Les rechutes se sont succédé dans le temps, plus ou moins longues, mais là, on a mis un nom dessus, la perte de poids a été conséquente à chaque fois, une trentaine de kilos environ, ne pesant qu'une quarantaine de kilos. Mais c'était pour mettre en mots une souffrance que je n'arrivais pas à expliquer, une souffrance post-partum en 2008, en 2013... la grossesse jouait apparemment un rôle de révélateur dans mes conflits internes, peut être liée à mon enfance, à mes viols, ou liée aussi à mon trouble bipolaire...

En 2013, j'en ai déjà parlé, cela s'explique aussi par le fait que ma belle-mère a voulu régenter ma vie, m'a étouffé, et m'a peu à peu réduite au silence, soumise à elle, à ses désirs, à sa bonne volonté, à sa manière de vivre. Même si cela partait d'un bon sentiment, si son but était de m'aider et de m'améliorer dans mon quotidien, elle s'est vite énervée quand les choses n'allaient pas dans son sens, quand je ne me conformais pas à ses désirs. Je n'avais plus le droit d'être moi-même, comme je le sentais parce que pour elle, ce n'était pas selon le manuel du savoir-vivre que je ne respectais pas les coutumes, les gens et je ne pensais qu'à moi. Je devais à tout prix changer, pour évoluer, pour son fils, pour elle, et pour les enfants, pour que je m'élève à sa classe sociale.

Elle aussi m'a réduite au silence, je n'ai pas réagi aux critiques, mutique et tétanisée à chacun de ses reproches, que j'encaissais, en ravalant mes larmes sans comprendre ce qui avait provoqué cette avalanche de critiques. J'étais soumise, je ne lui répondais pas, n'élevais pas la voix contre elle, ne la contredisais pas, j'essayais de faire tout ce qu'elle me disait, et quand même, elle se fâchait, me disait des choses méchantes, blessantes, et je ne savais pas ce qui ne m'arrivait ni ce que j'avais fait encore pour mériter cela. Je décevais constamment les gens. Mon père qui me battait parce que ma sœur et moi nous nous chamaillions, mes cousins et un petit ami qui me trouvaient une fille facile, une petite salope pour profiter de moi, mon ex qui me frappait et me violait, peut-être parce que je le méritais… ma belle-mère qui me faisait sans arrêt des reproches et que je décevais constamment puisqu'elle me le disait…

Je me suis renfermée, j'ai obéi, chaque jour, et j'ai tu la personne que j'étais. Une automate.

J'encaissais sans broncher, comme tant de fois par le passé. Je suis devenue mutique et aussi petite que par le passé. Un peu comme une fille qui se voit rabrouée par sa mère sans comprendre d'autre qu'elle a fait une bêtise.

Et la seule fois où j'ai ouvert la bouche, où j'ai osé dire ce que je pensais, c'est pour être menacée d'abandon, menacée par ma belle-mère de vouloir lui faire couper les liens entre elle et sa famille, à cause de deux paroles où je lui disais que je ne voulais pas qu'elle me rééduque et qu'elle prenait ma place dans la maison parce qu'elle voulait que je fasse tout à sa manière !! Pas de quoi monter sur ses grands chevaux, jouer la victime de sa belle-fille et couper les ponts pour si peu !!! À croire que tout le monde veut mon silence et que j'encaisse tout et toujours tout jusqu'à ce que je crève, jusqu'à ce que je craque comme lors de ma tentative de suicide en 2014, un jour où il y a eu une phrase de trop par ma belle-mère. Elle me traite de méchante, mais c'est moi qui suis trop gentille à me laisser marcher sur les pieds et à me taire et à tout encaisser.

Parce qu'à chaque fois, ce qui dérangeait dans ce petit monde, c'est que je ne rentre pas dans le moule de la société conformiste. Être conforme, être belle, être normale, être sage, ne pas en faire trop, ne pas dire des choses abominables, être une fille de bonne société, ne surtout pas faire esclandre, ne pas être un cas social, être belle et tais-toi, avoir des bonnes manières… sauf que j'étais tout sauf cela… j'étais différente, bipolaire, autiste, à la fois mutique et vindicative, je disais haut les choses, je m'affirmais comme telle, je dénonçais ce que les gens ne voulaient pas entendre, je me fichais de m'habiller à la mode, je m'habillais comme un sac à patates, je me fichais d'être dans un groupe, j'étais solitaire, atypique, et je me plaisais ainsi même si cela ne plaisait pas aux autres…. Et pourtant, on m'enfonçait la tête dans le sable peu à peu pour que je rentre dans le moule, j'étouffais… D'être ce que j'étais.

Mourir, je veux mourir, à petit feu, tout doucement, peu à peu, pas brutalement, ils vont croire à un cancer, je vais dépérir tout doucement, c'est ce silence qui me ronge et me bouffe de l'intérieur. Ce silence, c'est comme un cancer qui se développe dans mon corps et l'anorexie fait de même, c'est mon cancer à moi, parce que j'ai laissé le silence l'emporter et me bouffer de l'intérieur. De toute manière que cela soit par l'anorexie, le cancer, la maladie bipolaire ou autre maladie, mon seul désir, c'est de mourir jeune, mourir une fois que mes enfants seront en âge de travailler pour savoir quel métier ils feront. Mais mourir avant mon mari, ne pas mourir veuve, ne pas mourir seule, sans rien, abandonnée à la solitude, abandonnée par ma famille déjà morte, mon mari déjà mort, mes enfants loin de moi. Je veux mourir avant tout cela. Si je pouvais mourir dans une dizaine ou une quinzaine d'années, après avoir été éditée, après avoir exposé, j'aurais accompli l'œuvre de ma vie, mais pas plus. Je ne veux pas vieillir seule. Que cela soit l'anorexie qui m'emporte, le cancer, ou les traitements de mon trouble bipolaire ou autre, pourvu que cela soit dans pas trop longtemps.

L'anorexie est ma parole.

L'autre

Dans cette maladie, on est double, on a deux facettes. Il y a comme une ombre qui nous suit, cette autre, cette autre moi qui distille un poison lentement dans notre sang en nous sans crier gare, et qui nous dit « viens vers moi, viens dans notre monde, vers la pureté, vers le vide, la blancheur, le rien, la légèreté, comme si tu renaissais. Ce sera une mort pour une renaissance. Tu verras tes os, car la graisse n'est que pourriture, et décadence, un laisser-aller des gens qui se morfondent à la paresse... ». Cette autre m'aspire vers une spirale du néant, l'obsession constante de la pourriture qu'est la nourriture...

Elle nous tire vers le bas, comme pour nous plonger vers des eaux profondes pour nous noyer, et nous purifier d'un péché innommable. Moi j'en connais le nom. Me purifier de leur semence, de mon passé dont je me sens coupable, coupable de n'a pas avoir crié aussi fort, capable de ne pas avoir été assez forte, capable de ne pas avoir protéger ma sœur, coupable d'avoir pactisé avec le diable en contrepartie de chantage, de simples images et bonbons, d'avoir été complice... cette voix, me dit de me purifier du mal. Il faut que je me fasse du mal pour expier ma faute. Me punir.

C'est comme une voix dans ma tête qui me susurre des mots lancinants, en permanence. Et je suis entre deux feux. Devant choisir entre la volonté de vivre, ou de me détruire. Je suis constamment en lutte contre moi-même entre ces deux voix, celle qui dit du mal et celle qui dit du bien. Celle qui dit que ce n'est pas de ma faute et celle qui dit que je suis une putain.

Redevenir avant, avant la faute. Se contenter que du liquide, de peu, régresser à l'état de nourrisson qui tète le sein maternel, radieux, renoncer à couper le cordon, renouer avec la chair de la mère, refuser l'abandon à l'enfance ? C'est dans ces moments-là, que je renoue avec les aliments comme les aliments mixés, qui se mangent facilement, les graines, qui glissent dans la gorge sans accrocher, par peur de m'étouffer.

Je veux vivre, je veux aimer, je veux m'aimer pour pouvoir donner aux autres. Comment aimer les autres si je ne m'aime pas ? Comment aider les autres si ce sont les autres qui doivent m'aider et qui ont pitié de moi ? Me relever, lutter, manger. Tant d'effort. Renouer avec la vie, le plaisir. C'est tellement dur. Comme si le bonheur n'était pas pour moi, comme si je ne le méritais pas. Comme si à peine j'y touchais, il tombait comme du sable entre mes doigts. Éphémère, fugace… je suis en permanence sur le fil du rasoir, si le bonheur est là, attendant qu'il s'échappe. Je m'attends toujours au pire. Il ne m'appartient pas, je n'y ai pas droit. Le contrôle. C'est pour les autres que je vis, pour les autres que je donne de l'amour et du bonheur et que je fais le nécessaire pour les protéger du mal. Mais moi, je n'y ai pas droit. Non, on m'a appris que je n'y avais pas droit dès mon enfance, qu'il me fallait tout donner aux autres, qu'il me fallait me sacrifier pour les autres… jusqu'à la mort.

Comment vivre pour moi ? Je ne le sais pas. J'attends qu'une Autre vienne me susurrer dans mon oreille, comment vivre, comment m'aimer, comment me comporter, comment être moi, comment désirer, et renaître.

Mon enfance saccagée

Je vomis ma vie, j'ai l'impression que jamais la maladie de s'en ira, que toujours elle me poursuivra. Toujours là, dans mes veines, à venir périodiquement venir enfler et gonfler pour vomir son venin.

Tout ce passé rejaillit comme si jamais ce que j'ai pu vomir ne pouvait enfin partir de mon corps.

Cela ne partira jamais, cela revient, ou plutôt, cela s'est tapi au fond, au plus profond de mon être, au fin fond de mes cellules et revient comme une maladie me consumer chaque jour, pendant des mois, m'amaigrir, me dévorer de l'intérieur, avec toutes les souffrances qui vont avec.

Ce venin, car c'est un venin, celui de leurs mains, de leur sexe, ce dégoût d'eux, leur complicité, leur perversité, ce qu'ils ont fait de moi. Un objet, leur chose.

Je n'ai plus qu'à me consumer ou à contrôler.

Dès que cela afflue, dès que quelque chose, un grain de sable entrave ma vie bien réglée, panique à bord. Il n'y a qu'une chose à faire, reprendre le contrôle. À tout prix ! Et comme je ne peux contrôler les gens. Je contrôle la seule chose que je peux contrôler : moi, moi et ce que j'ingurgite.

J'ai la quarantaine, trois enfants et un mari, je suis bipolaire, autiste et anorexique.

Anorexie chronique.

On pense à tort que l'anorexie se cantonne aux jeunes adolescentes. J'ai découvert mon anorexie à l'âge adulte. Enfin j'ai découvert que j'étais anorexique adulte. J'avais les symptômes bien avant, mais l'on n'avait pas mis le doigt dessus.

Anorexique adulte ? J'ai cherché tant de livres sur le sujet pour comprendre pourquoi moi. Pourquoi maintenant ? Pourquoi à la sortie de la première grossesse de mon fils aîné à 28 ans ?

Puis s'en est suivi une autre, quelques années plus tard, puis une autre, pour découvrir que par le passé, j'ai souffert d'anorexie aussi.

Anorexie chronique.

Je change de personnalités comme ces vagues qui montent et descendent. Je vais bien et du jour au lendemain je bascule. Je peux pendant des mois me mettre à boire quelques verres le soir et du jour au lendemain tout arrêter en sombrant dans l'anorexie.

Je me sens d'un seul coup envahie par cette voix qui me susurre sans cesse que ce que je fais est mal et que je dois changer, maigrir. Puis elle prend possession de moi.

Pourquoi des rechutes ? Pourquoi tous les trois quatre ans, parfois cinq, je retombe dans les bras de Ana ?

Pourquoi n'ai-je rien vu jusqu'à ce qu'on nomme ma maladie ? Déni ?

Anorexique adulte

J'ai la quarantaine. Et je suis anorexique depuis l'âge de 16 ans. Tant d'années de troubles alimentaires, de phase variable en intensité et en gravité. Je n'ai jamais été hospitalisée, n'ayant jamais été au-delà de 45 kilos. Mais bien que retombant sur mes pieds à chaque fois, mais n'ayant jamais été traité pour mes troubles alimentaires vu que l'on ne les a jamais détectés, c'est devenu chronique. Tous les 5 ans en moyenne depuis l'adolescence, je rechute irrémédiablement. Je fais le yoyo à 40 kilos près.
On est anorexique adolescent comme à l'âge adulte. Adolescent, on a des aides, des unités d'hospitalisation, mais pour les adultes ? C'est le désert !!
Mes périodes anorexiques n'ont jamais été au-delà de plus de deux ans. Entre le début du régime, la descente en anorexie et le retour au poids normal.

Je suis anorexique, ou je souffre d'anorexie, dit-on. Je ne suis pas ma maladie. Mais longtemps, je me suis identifiée à elle, c'était ma seule identité.

J'ai un IMC normal et non, on ne croirait pas que je souffre d'anorexie, car pour le commun des mortels, l'anorexie, ce sont les corps maigres et décharnés qui ressemblent à ceux sortis des camps de concentration. Mais on peut être obèse et anorexique, avoir un poids normal et anorexique ou être en famine et anorexique ou être maigre de constitution par nature et ne pas être anorexique. Le poids ne veut rien dire. C'est le comportement et les pensées qui font tout. L'obsession de la nourriture et la peur de grossir de ne serait-ce que 100 grammes est un combat de chaque jour. Je pense calories tout le temps. Je contrôle mes menus et les planifie plusieurs mois à l'avance pour qu'ils ne dépassent pas un certain seuil de calories par jour. Je pèse mes plats, je me pèse plusieurs fois par jour, parfois plusieurs fois en l'espace de 5 minutes, pour avoir le chiffre le plus bas. Je suis perfectionniste, ai tendance aux tocs, je suis à tendance végétarienne, j'ai exclu beaucoup d'aliments. Il y a les aliments interdits et les aliments autorisés, les aliments qui font grossir et ceux qui ne pèsent rien sur la balance. Je fais des plats pour les autres et il faut qu'ils les mangent, à la limite si je ne les engueule pas ou ne les force pas à manger, pour les faire grossir, par peur qu'ils manquent alors que moi je me prive de plus en plus. Je n'ai jamais mis autant d'énergie à faire à manger, et à manger de plus en plus sain… je me suis prise de passion non seulement pour le végétarisme, mais aussi pour l'alimentation saine et le fait maison. Je veux tout contrôler et si je dérape, je cherche à me punir. Si c'est la nourriture, je me fais vomir. Ma peur c'est de redevenir obèse et de basculer dans la boulimie.

Par le passé, cela n'a jamais été le cas. À 15 ans, j'ai d'abord été boulimique avant d'être anorexique, mais l'anorexie ne m'a jamais plus quitté depuis et je ne suis plus jamais retombée dans la boulimie.

Anorexie mentale ? Anorexie mentale atypique, car encore avec un poids normal ? À partir de quand bascule-t-on d'un régime draconien à l'anorexie ? Lorsque j'ai découvert mon anorexie à l'âge adulte, j'ai vu le désert médical et la prise en charge des patient(es) quand elles ne sont plus des adolescentes. Hors norme, je me suis toujours sentie hors norme, et cela depuis ma naissance.

Ma découverte, du moins lorsqu'on a vraiment mis un nom à ma maladie et que j'ai compris le sens, c'était après la naissance de mon fils aîné, lors de ma dépression post-partum.

« Pourquoi tu ne manges pas maman ? », oui ? Pourquoi je ne mange pas ? Pour moi, mon anorexie avait débuté lors de ma dépression post-partum, mais j'ai vite compris que ce n'était qu'une récidive.

Mon anorexie avait bel et bien débuté à l'adolescence, mais cela n'avait jamais été diagnostiqué comme tel, passé inaperçu, car je ne suis jamais tombée de manière excessive au point d'être hospitalisée. De plus, avec un entourage aveugle à ma souffrance, une famille dysfonctionnelle qui me poussait au suicide et qui ne se préoccupait pas de savoir si j'allais bien et qui me disait plutôt lors des vacances d'arrêter de les emmerder avec mes problèmes alors que je venais juste de porter plainte contre mes violeurs, mes cousins et les copains d'un petit ami, imaginez que voir que je sombrais dans l'anorexie était le cadet de leur souci. J'étais invisible.

Anorexie mentale, trouble du comportement alimentaire associé à une perte de poids, notamment retrouvé chez de jeunes adolescentes, dans le but de perdre du poids et par peur d'en reprendre.

Y est communément associée une activité intense.

Certaines personnes pensent que les médias qui véhiculent des femmes retouchées prônent une image déformée et amènent les jeunes filles à faire des régimes à outrance pour leur ressembler.

Mais cette définition ne me correspond pas. Je ne maigris pas pour ressembler aux autres, je ne maigris pas pour être belle ou fine. Je maigris parce que je suis malade, ou que je suis tellement mal que rien ne passe. C'est comme si j'étais tellement angoissée que le corps ne voulait rien ingurgiter. Mon corps dit stop.

Je ne me fais pas vomir, c'est mon corps qui vomit tellement j'ai mal.

Je ne me force pas.

Je ne passe pas de temps à courir ni à pratiquer du sport, je suis du genre à rester assise à lire ou à écrire.

J'ai l'impression que même dans l'anorexie, je suis en dehors des codes.

Ce n'est qu'après avoir été diagnostiquée autiste que j'ai compris que les autistes anorexiques sont une branche à part de l'anorexie.

Anorexie et autisme

Il y aurait-il un lien ?

L'anorexie et l'autisme se chevauchent et selon des études, jusqu'à 20 % des personnes souffrant de troubles alimentaires persistants seraient autistes.

Par leurs ritualisations, leurs isolements (à moins que ce fût déjà un fait réel avant le début du trouble, ce qui est confirmé par certaines études. C'est peut-être d'ailleurs par une volonté de fondre dans le moule et être intégrée dans un groupe en étant mince au départ pour plaire aux autres, que l'anorexie peut s'installer), le besoin de régularité et de routine, résistance aux changements, les particularités sensorielles... peuvent jouer en faveur d'un diagnostic d'autisme en cas d'anorexie. Ne pas aimer certaines textures et donc exclure certains types d'aliments, ritualisation lors d'un repas avec organisation de l'assiette en fonction des couleurs, picorer telle texture, tel aliment pour telle particularité.

Plusieurs études disent que certaines personnes anorexiques ont du mal à se faire des amis et à maintenir des relations sociales avant même le début des troubles et persistent même après le retour à un poids normal. Les personnes anorexiques ont un schéma de pensée et de comportement rigides, un besoin de constance dans l'environnement et une résistance au changement. Ces traits sont aussi présents chez les personnes autistes.

https://femmesautistesfrancophones.com/2017/01/18/le-lien-invisible-entre-autisme-et-anorexie/

De là à ce qu'on pense que la nourriture devient un intérêt restreint propre à l'autisme, il n'y a qu'un pas.

Moi, et les aliments :

Je n'aime pas la peau du poulet ni sa graisse, je n'aime pas la viande ou très peu. Je n'arrive pas à mâcher, avaler et recrache tout.

Je n'aime pas le côté farineux de certains aliments : petits pois, semoule, tapioca, je n'aime pas la purée mousseline, ou en sachet, cela me donne envie de vomir…

J'aime le goût et la texture molle des poissons crus, en carpaccio ou en tartare… j'aime la cervelle et les abats, les aliments qui glissent sous les dents, ou qui ont du croquant comme les gésiers...

J'aime les choses qui fondent dans la bouche, facile à manger. Par peur de m'étouffer surtout.

Hypo sensible, j'aime les plats épicés au plus haut point, à m'en arracher les papilles !! J'en mangerais des piments à pleine dent ! j'aime le gaspacho avec une tonne de tabasco par exemple.

J'ai une fixation sur le vert. C'est comme si le fait de manger du vert me rendait meilleure et en bonne santé. J'aime les légumes, et j'ai une tendance à pencher vers le végétarisme, le pescovégétarisme.

Je peux rester des semaines sur un même aliment.

Côté ritualisation : je mange toujours les mêmes choses, je peux me faire un plat et en manger pendant deux semaines à chaque repas. Cela me rassure, je sais par avance ce que je mange, combien il y a de calories et cela me permet de ne pas faire d'écarts. Je compose des ramequins de mes plats en les préparant, en les pesant au gramme près. Il faut que cela fasse un chiffre précis. Mon frigo a une étagère pour moi avec tous mes petits ramequins pour chaque repas. Personne n'a envahi mon espace, je gère mon régime, mes aliments, les légumes...

Deux semaines de saumon : en carpaccio ou en sashimi, en tartare

Salade composée, tomates, gaspacho... chou sous toutes ses formes en salade, en soupe, en choucroute sans saucisses...

Ce n'est pas par envie volontaire de faire des monos diètes, je n'ai jamais voulu en faire, mais c'est comme si mon corps voulait à cette période-là tel aliment, et moi en manger tous les jours me rassure. Ce n'est pas pire qu'une tablette de chocolat entière !!! Mais en général, mes aliments sont faibles en calories ou plutôt sains, pas de bonbon, gâteau ou cochonnerie...

Personne dans ma famille n'a compris ma différence, cherché à comprendre pourquoi j'étais solitaire, pourquoi je n'étais jamais invitée nulle part, pourquoi je souffrais de mutisme sélectif, pourquoi j'avais des troubles du comportement, pourquoi j'avais des crises d'angoisse... ma mère n'a juste eu de cesse de me traiter de folle, pas de me comprendre encore moins d'aller demander conseil à un médecin ou un psy pour qu'on la juge défaillante ou qu'on voit combien elle a une fille dégénérée.

Même si j'ai été abusée enfant, et que je mets mon anorexie sur le compte à la fois de mes abus et de mes troubles, mes enfants sont aussi touchés par l'anorexie. Ils sont autistes et ils n'ont jamais été abusés. Ils sont simplement autistes et ont des rigidités alimentaires avec des périodes parfois difficiles de grandes restrictions alimentaires.

Quant à savoir s'il y a une part de transgénérationnelle dans leur trouble autistique et alimentaire, je ne saurais le dire. Les conséquences indirectes qui feraient qu'ils seraient touchés par mes propres traumatismes sans les avoir vécus.

Aurélien a commencé à évincer certaines catégories d'aliments vers ses 7-8 ans, l'âge où ont commencé mes viols. Coïncidences ?

Je pensais connaître les causes de mes TCA avant de me savoir autiste.

Mon Histoire

Pour moi, c'étaient les abus, mais pas que.

À 7 ans, les premiers viols, mes cousins. Par fellations, puis par sodomie.

Un soir, j'en ai vomi, leur sexe s'enfonçant dans ma gorge à m'en étouffer.

Ce plaisir est resté, cette satisfaction de vomir comme si toute leur semence ressortait à travers ces déchets. J'ai toujours trouvé un soulagement à chaque vomissement.

Je n'ai jamais été boulimique, ou rarement, je n'ingurgitais pas des tonnes de nourritures pour les vomir, cela m'est arrivé très peu de fois. Non, j'étais une anorexique restrictive pour la plupart du temps et le peu que j'ingurgitais me pesait l'estomac et mon estomac n'en voulait pas. Parfois je me faisais vomir à cause de la douleur, parfois, cela partait tout seul.

Flash de ce passé d'inceste qui reste gravé en moi. De ces cauchemars incessants d'une chose gluante qui m'étouffe et que je n'arrive pas à retirer de ma bouche. J'étouffe ; j'étouffe, j'étouffe de cette mère qui savait et qui n'a pourtant jamais rien fait.

Cette mère que j'ai cherchée des yeux, que j'ai cherchée des mains, que j'ai attendue, mais qui m'a depuis le début abandonné aux mains de mes agresseurs.

Cette petite fille qui criait à l'aide alors que son papa la frappait sans savoir que c'était sa maman qui l'avait amenée à l'échafaud.

« Dresse-les ou je pars de la maison », dira-t-elle.

Elle voulait le calme, au prix de notre soumission. Se taire, ne pas dire non. Ne pas faire d'esclandre, ne pas faire de bruit, ne pas exister, être une petite fille parfaite et gentille.

Nous étions des gamines insupportables ! Simplement deux sœurs qui se jalousaient et s'aimaient à la fois. Des querelles de fratrie en soi ! Ma mère ne nous supportait tout simplement pas.

Et elle avait une image d'une famille modèle que j'ai complètement défigurée ! Admettre la réalité ou être dans le déni, elle a préféré voir en moi la traîtresse.

Quelle horreur quand elle a su que j'étais une petite fille sexualisée, aux mains de mes cousins ! sa petite fille chérie, une perverse !

Non, je n'étais pas conforme à ses attentes.

Pourtant j'étais calme, soumise, docile, et je faisais ce qu'on me demandait, manipulable à souhait. Je voulais simplement qu'on m'aime.

Maman, je t'ai simplement aimé, toi tu ne m'as jamais regardé comme une mère.

Un déchet, je la dégoûtais.

Ma sœur et moi devions être conformes à ses désirs, sinon nous étions des pestiférées. Venaient alors, si je m'opposais, les insultes, les querelles. Chaque fois qu'une idée n'était pas conforme aux siennes, les querelles, les insultes, j'étais folle, bonne pour l'asile.

Mon père a fait les frais de ses manipulations et de son hystérie.

Nous avons surtout fait les frais de son délire, de son mal être parce qu'elle n'aimait plus mon père depuis la grossesse de ma sœur et nous faisait payer son malheur pour cela. « Frappe les ou je m'en vais », et c'est bien ce qu'elle voulait, mais elle ne s'assumait pas, elle vivait aux crochets de mon père, elle restait pour l'argent, elle restait pour le confort, elle restait parce qu'elle ne se sentait pas capable de s'assumer seule, encore moins capable d'assumer deux filles insupportables seule, alors elle nous fait payer pour son irresponsabilité, nous ses enfants insupportables et lui, son mari si discret, si froid, incapable de montrer sa tendresse, car il a toujours été peu démonstratif, et que ma mère ne savait pas décoder les signes, elle voulait du théâtral, de l'expansif, de l'exhibitionnisme... mon père est un brin autiste.

À 11 ans, en vacances en VVF, mes parents me laissent dans un groupe d'animation avec des jeunes pour aller dans un refuge à la montagne.

Un jeune me harcèle pour que je l'embrasse. Mon premier baiser. Un dégoût. Je lui ai cédé pour avoir la paix.

À 14 ans, je suis en vacances d'été en colonie et je sors avec un garçon gentil, qui parle d'étoiles et me fait rire. Il semble drôle et romantique. Il semble sensible et gentil.

Quand on se revoit après dans notre ville, il devient pressant et se met dans l'idée de me faire perdre ma virginité. Je refuse.

Mais au détour d'une sortie chez ses copains, ils parlent de partouze, je ne sais pas ce que c'est et ni une ni deux, je me retrouve plaquée par terre, assaillie par la troupe de jeunes. S'ensuivront pendant un an, divers agressions et viols qui s'arrêteront quand j'arrêterai de voir mon petit ami.

Mes parents divorcent. Ma mère se met avec un autre homme, divorcé aussi, qui a deux adolescents, un garçon et une fille.

Il semble gentil et affectueux, il est tendre et fait office de père, moi qui recherche la tendresse paternelle que je n'ai pas eue de la part de mon père, qui pourtant m'aime, mais est maladroit et pudique de nature et ne sait pas manifester sa tendresse alors que je cherche depuis petite des signes d'affections.

En revanche, lui est théâtral, et très exhibitionniste. Très tactile, avec tout le monde.

15 ans, un nouvel amour, amour yoyo avec un amoureux qui me prend et me jette au gré de son inconstance, me demande de changer, me dit qu'il doit choisir entre plusieurs filles et que je dois faire le nécessaire pour lui plaire. Je suis à ses genoux au gré de ses manifestations de tendresse et de ses blagues douteuses et insultes. Il est taquin et passe son temps à me titiller.

Bref, c'est à cette période-là que je m'enfonce dans les TCA. Par manque d'amour et de tendresse et de sensation de vide, je me goinfre et tombe dans la boulimie, pas longtemps.

Puis à mes 16 ans, à la suite d'une conférence au lycée sur le sida, je découvre ce que m'ont fait mes cousins : des viols ! et ma famille est effondrée, l'assistance sociale porte plainte pour moi, car mes parents ne le feront pas, trop écartelés par leur famille. Je parle aussi de mon ex-petit ami qui me partageait avec ses copains, mais autour de moi on me dit que c'est trop ambigu, car ce sont des ados de mon âge ! Et alors ? Quand on a le même âge, on ne peut pas être violée ? Et pour ma mère, je suis responsable, car je n'avais qu'à ne pas les inviter à la maison ! Mais ils m'ont violé chez mon ex-copain ! Et on ne va quand même pas m'interdire d'avoir un petit ami ?

Elle m'aurait traité de salope, ça aurait fait le même effet. J'attendais une écoute de sa part, je suis rejetée et traitée comme une paria.

J'apprendrais plus tard, que ma mère savait pour mes cousins de la part de ma sœur qui a dit ce qu'il se passait un soir, mais ma mère n'a rien fait. Et pour autant, elle n'en a jamais fait mention à la police lors de l'enquête non plus pour appuyer mon témoignage. Jamais ma mère n'a fait en sorte de me soutenir. Le dire à la police qu'elle savait sans avoir levé le petit doigt, cela voulait dire la suspecter et l'inculper de non-assistance à personne en danger.

Ma famille fait une réunion de famille pour me clouer le bec et que j'arrête de raconter des conneries à tout le monde, surtout aux assistantes sociales qui se servent de moi pour faire parler d'elles soi-disant ! Mes viols sont requalifiés par ma famille comme des jeux innocents du papa et de la maman, malgré le fait que mes cousins soient majeurs lors des viols et moi une mineure de moins de 15 ans.

Pendant que l'enquête se fait, tout le monde vit sa vie, tandis que je sombre. On me reproche de faire la gueule et de gâcher les vacances et de passer mon temps à parler à ma marraine qui est la seule à me soutenir lorsque je n'ai qu'une envie, me suicider. Je suis juste invisible.

Classement sans suite.

Ma mère se met à travailler de nuit, elle nous confie à mon beau-père.

Les gestes tendres de mon beau-père se mettent à dévier, sous mon pyjama en geste incestueux, des baisers dans le cou, du voyeurisme, un manque d'intimité, des mains sur les cuisses, fesses et seins, des mains qui dérapent...

Un soir, peu avant la plainte contre mon beau-père, il me dit en blaguant, l'étage bloqué pour travaux, me laissant le choix de dormir dans un tiroir, le canapé ou autre, il me sort tout bêtement que je n'ai qu'à dormir à la place de ma mère comme cela elle me foutra par terre à 4 h du matin quand elle rentrera de son travail de nuit. Je ne trouve pas ça drôle et l'allusion tombe bizarrement sur moi.

Bref, plainte, chantage au suicide de mon beau-père

Un signalement, classement sans suite.

Ma mère ne cessera de me faire passer pour folle et menteuse, elle qui dira qu'elle a eu des doutes, jouera le chaud et le froid. Elle sait des choses, se moque parfois en disant qu'elle est jalouse lorsque mon beau-père est surpris dans un des gestes de tendresse avec moi devant ma mère.

Mais ce n'est que la partie émergée de l'iceberg.

Mon lycée qui me suit me questionne si je veux être placée en foyer : inceste du beau-père qui a toujours toute liberté puisqu'il continue et qui a l'appui de ma mère qui est de son côté et qui ne me croit pas. Pire, elle me jette dans ses bras « tu ne te rends pas compte, il a tant souffert enfant, il a tant besoin de tendresse, il les aime les enfants, c'est sa manière d'être !! ». Me

108

culpabilise de le rendre malheureux si je ne tombe pas dans ses bras. Comme si c'était mon rôle de le consoler !

En plus mon père de son côté poursuit ma sœur à travers la cuisine avec un balai en la frappant pour une histoire d'éponge mal essorée ou autres choses futiles !

Mais personne ne me placera, je serais toujours avec ma famille dysfonctionnelle.

Et moi, entre nourriture, dépression et automédication à outrance (besoin de m'assommer peut-être ? je pique les médicaments de ma mère que j'avale comme des bonbons), automutilation, et premières tentatives de suicide.

L'art me permet de m'exprimer autant que l'écriture. J'écris depuis que j'ai 13 ans. En arts plastiques, un jour, je mets en scène mon propre suicide et le montre à ma mère ! un appel à l'aide en sorte ! elle me rejette, sa fille est folle, bonne pour l'asile, ça ne se fait pas dans la famille !! Ma mère jamais ne me soutiendra lorsque je parlerai de me suicider et ne m'empêchera pas de mettre en acte mes paroles. Pour elle, je suis bonne pour l'asile et cela ne se fait pas dans la famille, plus soucieuse de sauver les apparences d'une famille normale que de réaliser que je suis en souffrance.

Jamais elle ne cherchera à comprendre mes difficultés. Je suis folle. Elle est tellement obnubilée par son idéal de famille parfaite qu'elle en oublie l'essentiel : ses enfants sont en souffrance, et je suis atypique. Elle préfère fermer les yeux et ne verra même pas que je m'enfonce à période régulière dans les troubles de comportements alimentaires.

Elle veut simplement qu'on lui foute la paix.

Ma famille est anti psy, persuadé à tort que les psys sont pour les fous ! J'ai dû batailler plusieurs fois pour qu'on m'emmène voir un psy ! Les psys ont tenté d'ouvrir les yeux sur la maltraitance de mon père à ma mère qui minimisait tout et disait que je me faisais des idées que je n'étais pas maltraitée, car je n'ai jamais eu de bleus ni de fractures ni été enfermée à la cave, ni hospitalisée à cause de sévices ? Ah parce que pour elle relève de la maltraitance tout ce qui garde des traces visibles et qui fait la une des faits divers ? Et les autres tombés dans l'oubli ? Et les viols qui ne laissent pas de trace ? comment prouve-t-on la maltraitance lorsqu'elle ne laisse que comme unique trace des séquelles irrémédiables et psychologiques ? Mais non, ma mère ne m'a jamais cru et ne me croira jamais être une enfant maltraitée malgré les sévices des cousins !! Et ne croira jamais aux attouchements de son pervers de mari !

Voilà pourquoi je suis partie de chez mes parents dès que j'ai pu à mes 19 ans avec le premier venu. Un pervers narcissique

Ma vie d'adulte

Voilà pourquoi je suis partie de chez mes parents dès que j'ai pu à mes 19 ans avec le premier venu : un alcoolique violent, qui m'a encore plus enfoncée dans mes maladies, qui dès le premier soir m'a violée quand je lui ai dit que je n'étais pas prête à faire l'amour dès le premier soir. Mais j'ai cru à un avenir avec lui, parce que c'était mon premier à m'avoir défloré vaginalement, parce que je rêvais peut-être du grand amour, et surtout parce que je refusais que ma mère décide de ma vie, quand après avoir découché elle m'a traité de salope et m'a ordonné de faire un choix entre elle et lui parce que c'était un Arabe !

Il a été mon premier mari. Pendant 5 ans, j'ai été violentée psychologiquement, physiquement, sexuellement !

J'ai longtemps cru au mariage, j'ai voulu croire au bonheur, cru que je pouvais le sauver. J'avais toujours vécu la violence et c'est pour cela que je n'ai pas vu celle que je vivais.

Mon ex-mari me faisait croire que j'étais frigide, je me croyais comme telle, et je croyais que j'étais instable à cause de mon passé. Je refusais de croire que c'était parce qu'il m'infligeait des horreurs et me violait.

Je me suis à nouveau enfoncée dans l'anorexie, j'ai fait plusieurs tentatives de suicide, mes humeurs sont parties en vrille !

J'ai travaillé durant ces années dans un IME qui a vu ma déchéance et mon état se dégrader. Ils ont compris avant moi que j'étais en danger dans mon couple. Ils ont été ma famille. J'y ai puisé l'amitié et le soutien nécessaire avec des gens en qui je suis redevable. Ce sont eux qui peu à peu m'ont ouvert les yeux.

J'ai à ce moment-là rompu les liens momentanément avec ma mère, toujours aveugle à ma souffrance, raciste, et qui refusait de me voir seule sans mon beau-père.

Je suis partie après avoir frôlé la mort un soir où il a compris que j'allais m'en aller pour de bon. Il m'a agressé de toute part, menacé de mort, moi et ma famille, menacé de se suicider puis de retourner l'arme contre moi tout en me montrant le couteau dirigé vers moi, il faisait mine de m'éventrer, m'égorger. Pour lui, on était lié jusqu'à la mort. Il disait que de toute manière que j'étais tellement folle que personne ne voudrait de moi et que lui seul à la pitié de vouloir me garder comme femme. Il m'a harcelé toute la soirée, début de nuit, frappé, étranglé pour que je lui donne son dû : du sexe !

Lors d'un moment d'égarement, j'ai pris mon téléphone et j'ai appelé mon père, enfermée à clé dans la salle de bain, sous les menaces de mon mari de défoncer la porte !

À 24 ans, je suis sortie de l'enfer !

À 24 ans, je rencontre celui qui va être le père de mes trois enfants et qui me fera découvrir le bonheur !

Mais même si je découvre le bonheur, ce bonheur est comme un cristal prêt à éclater en mille morceaux si beau et si fragile. Je suis sur la corde raide, toujours aux aguets, sur le fil du rasoir, suspendue dans le vide ! Je ne suis jamais tranquille, comme si à chaque instant, tout peut s'évaporer et me laisser tomber dans le vide, dans le néant.

Je découvre une nouvelle famille, une belle-mère adorable et à l'écoute ! Avec mon nouveau mari, et ma nouvelle famille, on va de révélation en révélation. Je découvre peu à peu des facettes cachées de ma mère et me sens tour à tour manipulée. Ma mère tantôt adorable et tendre, tantôt aux abonnées absente et incapable de comprendre mes souffrances puisque toujours avec son pervers de mari qu'elle protège, un brin manipulateur et toxique ! Ce que je ne sais pas, c'est que ma belle-famille a déjà son avis sur ma mère, mais qu'ils n'osent dire ce qu'ils en pensent réellement. C'est ma mère et je l'aime même si elle me détruit. À chaque fois que je la vois, à chaque coup de fil, je ressors encore plus en colère, que la veille. Chaque fois une aberration de plus, un coup de poignard, un déni de sa part vis-à-vis de ma souffrance et des propos prônant la violence à tout va, voire la mort.

Parfois, juste son absence tout court, elle oublie jusqu'à mon existence pendant des mois alors que je suis enceinte.

Je découvre mon trouble bipolaire au détour de variations d'humeur intenses et rapides lors de ma troisième grossesse. Grossesse sous surveillance. C'est une grossesse surprise, mais c'est aussi une grossesse mal démarrée, trois jours avant de me savoir enceinte, je fais un cauchemar de mon beau père qui me viole et me met enceinte !! Pendant le début de ma grossesse, je suis partie dans un délire, me croyant enceinte de mon beau père, je faisais sans arrêt des cauchemars où il me violait enceinte, mon mari ne pouvait plus me toucher, je menaçais de me foutre en l'air à chaque instant, je m'automutilais. Ma belle-mère au courant m'appelait tous les jours pour éviter le pire, moi je cherchais de mon côté un hôpital pour être internée enceinte pour éviter que le pire se produise. Ma mère, elle toujours aux abonnées absentes, et n'a jamais été là pour la moindre de mes grossesses qui se sont tous sans exception terminées en dépression post-partum.

C'était sans compter les variations d'humeur : un jour, au fond du gouffre, bon à me jeter sous un train et le lendemain à rire comme une imbécile, à sortir tout le temps, flâner, vouloir danser, chanter, s'amuser et aller en boîte malgré mon gros ventre (moi qui ne suis jamais sortie en boîte !)

Je suis tantôt au fond du trou, tantôt hyperactive. On me parle de trouble bipolaire et je fais le lien avec une phase maniaque que j'ai eue à 18 ans, délire mystique où je me suis crue envoyée de dieu, où je parlais de dieu tout le temps, devant même plus de 300 personnes. J'avais des hallucinations visuelles, je sortais tout le temps, je me suis intégrée à plusieurs associations la même année, j'étais sur différents fronts à la fois, je parlais des heures au téléphone. Mon passé était un lointain souvenir. Je refaisais confiance en tout le monde, tout le monde était gentil, je pardonnais à tout le monde, même à mon beau-père qui est le seul croyant de la famille et avec qui j'avais de longues discussions sur dieu. Bref tout le contraire de moi, lymphatique, triste, lente, timide, casanière, manquant de confiance en moi, incapable d'aligner deux mots à l'oral comme au téléphone, encore moins devant 300 personnes, et quant au fait de se sentir envoyée de dieu ??? Franchement !!

Donc à mes 31 ans, deux jours avant la naissance de mon troisième fils, diagnostic de trouble bipolaire. Médicaments à vie. Et l'anorexie est une comorbidité, tout comme les troubles paniques, les troubles anxieux, mes tocs... ma trichotillomanie (et les automutilations ??)

À 32 ans, je suis en dépression post-partum qui fait suite à ma dépression prénatale.

Je débute mon traitement pour mon trouble bipolaire, mais il faut des années de tâtonnement avant d'être réellement stabilisé.

Je veux absolument travailler. Je sens un poids encore sur mon dos. Je n'ai pas travaillé depuis mes 26 ans au moment où je suis rentrée en formation d'éducatrice spécialisée. Six ans après, il est temps que je me mette au boulot. Aux 8 mois de mon fils, je trouve un travail.... De nuit dans un foyer d'adolescentes. Première nuit, crise d'angoisse... la nuit suivante je surveille les adolescentes tout en lisant et en allant sur le net et laisse le temps filer. Le retour est difficile, je manque de m'endormir en voiture plusieurs fois. Le jour je dors pendant que ma belle-mère garde les enfants puisqu'elle a emménagé chez nous définitivement.

J'ai craqué au bout de 4 mois de travail. Ma dépression a empiré, je suis à ramasser à la petite cuillère.

Mon dernier fils est suivi par la PMI du secteur, on le surveille, car il prend peu de poids, est un poil maigrichon. Il fait de l'allergie au lait industriel... quelle idiote, au lieu d'avoir repris le travail quelques mois après une dépression carabinée prénatale, j'aurais mieux fait d'allaiter mon dernier fils comme j'ai allaité mon second fils qui n'a aucun problème de santé, pendant 18 mois !!!

Je regrette d'avoir repris le travail aussi vite alors que je n'étais pas du tout en état.

Mon dernier fils ne mange rien, et c'est à peine si on me parle d'anorexie. C'est à cause de moi ? On a des séances hebdomadaires au CMP. Mais cela n'évolue pas. Je ne joue pas avec lui, je n'y arrive pas.

Et moi, je m'enfonce de plus en plus nouveau dans mes troubles alimentaires. Plus mon fils refuse de manger, plus je maigris.

La PMI en voyant mon état de détresse commence à parler de placement, on me propose d'être en hôpital psy pour me reposer, puis les enfants en étant en famille d'accueil la semaine et chez nous le week-end. On parle de mesure AEMO, mesure AED, un éducateur à domicile... je me sens accusée de mère maltraitante...

À la maison, c'est la pression constante de ma belle-mère.

Elle est venue parce qu'elle avait besoin d'un toit, mais son fils l'a fait venir parce que pour lui j'avais besoin d'aide. Elle s'est prise pour mission de m'aider à sa manière. Même si cela vient d'une bonne intention, elle est vive, directive, critique, et agressive, mal dans sa peau, car pas à l'aise puisque qu'elle n'est pas chez elle. Elle a ses humeurs et je la sais cyclothymique aussi. Je me tais, je veux lui plaire, je m'écrase, mais je sombre, dans un quotidien qui ne me ressemble pas, car je ne suis plus moi, je ne fais plus ce que je veux, je sens que l'on veut me modeler, me changer pour quelqu'un que je ne suis pas, et chaque jour son lot de critique, de reproches, de doutes, et de pleurs.

Je ne reconnais plus ma belle-mère si prévenante, si à mon écoute, et attentive devenue une autre personne en s'installant chez nous, voulant régenter ma vie et ma maison. Pour elle, au vu de mon état psychique, j'ai besoin qu'on me montre les choses, qu'on me rééduque, car mon éducation est à refaire totalement, pour que je m'organise. Même si cela partait d'un bon sentiment au départ, cela a déraillé et c'est devenu du bourrage de crâne quotidien, du harcèlement. Je me suis sentie rabaissée, une moins que rien, moi qui l'aimais tant et avais tant besoin de reconnaissance de sa part, d'être aimée d'elle et de mon mari, les décevoir tous constamment et avoir ce sentiment de tout gâcher et de prendre le risque que tous les perdre par la souffrance que je leur infligeais. Ma belle-mère est comme une mère de substitution pour moi. Elle m'a ouvert les yeux sur bon nombre de choses qui se passaient dans ma famille et elle a toujours été à mon écoute. Je l'ai aimé tout de suite. Et les premières années de cohabitation furent difficiles, car j'étais comme une enfant (d'ailleurs on m'a bien infantilisé et bien fait comprendre la chose) qui cherchait l'amour de sa mère et qui ne recevait en retour que des reproches, et qui avait l'impression de la décevoir constamment. Cela détruit une personne.

Moi cela m'a conduit peu à peu à m'autodétruire. Aux 2,5 ans de mon fils, je fais une tentative de suicide, à bout !

Au retour, mon mari menace de me quitter avant de comprendre que la cohabitation entre sa mère et moi devient grandement houleuse. Alors il commence les travaux dans le garage pour l'aménager en duplex. Duplex qui sera terminé deux ans plus tard.

La PMI cependant veut faire un signalement aux juges parce que pour eux mon instabilité est incompatible avec l'éducation de mes enfants. Ils en oublieraient presque le fait que mes enfants ont aussi un père !!! Mon mari se battra avec moi à force de persévérance et entretien pour que l'affaire soit close. Mon mari me soutiendra. Mais sans comprendre la raison de mon acte. Pour chacun, je suis juste malade et susceptible.

Plus tard, mon mari reconnaîtra que sa mère n'est pas facile à vivre avec ses humeurs, mais qu'il n'y a pas fait attention, il a toujours vécu ainsi avec elle. Moi pas. Deux ans, avec elle à me faire coacher comme une gamine prise en faute qu'il fallait rabrouer au quotidien.

Normal que durant cette période-là, je cherche à contrôler la seule chose que je puisse contrôler : mon poids.

Mais de mes 34 ans date de ma dernière TS, à mes 38 ans, je suis restée en dépression profonde. J'ai tout oublié, comment ont évolué mes enfants, leurs scolarités, leurs rires, leurs copains, leurs fêtes... c'est comme si j'étais dans un épais brouillard... une sorte d'état de sidération, de bugg, comme si j'avais été mise en pause à la suite d'un état de stress intense. J'étais en pilotage automatique et je pense que c'est une autre personne en moi qui était aux commandes, ce qui a fait que j'ai totalement occulté et oublié ce que j'ai pu faire durant ces quatre années. Amnésie dissociative.

Même mes écrits ne peuvent relater mon quotidien, je n'écrivais plus.

De mes 31 ans, début de ma grossesse catastrophique à mes 38 ans, j'ai été en dépression à différents stades, mais ce fut 7 années en enfer. Ne pas me souvenir de mes 14 premières années de ma vie hormis ce qui ressort de mes flash-backs de mes viols et maltraitances, ce n'est rien comparé à la douleur d'avoir perdu le souvenir de l'enfance de mes enfants !!!

Quatre années, comme si l'ASE me les avait réellement pris.

Seules quelques photos restent sans que je puisse les associer à un souvenir quelconque. Juste un brouillard, comme mes premières années de vie.

2018, alors que je sors peu à peu de la brume, mon fils aîné, diagnostiqué cyclothymique quelques mois après mon diagnostic de bipolarité en 2012, fait une rechute. Tentatives de fugues, crises suicidaires, cris, cassant tout sur son passage. Dans sa chambre, je n'en parle même pas, intolérant à la frustration, à tout. Je gère tout du matin au coucher, car Florent est dans la fuite et je suspecte à ce moment-là une dépression.

Tristan commence une thérapie TCC que je poursuis pour moi aussi, et la psychologue penche pour un autisme de haut niveau. Elle fait quelques tests préliminaires qui sont éloquents.

Pour autant, ça n'empêche pas Tristan de tenter de se défenestrer à deux reprises.

Nous organisons les démarches, dans le déni complet de Florent qui ne croit à aucun diagnostic et qui veut juste qu'on lui foute la paix.

S'ensuit une phase maniaque en 2019 pour moi et une rechute anorexique.

Puis les diagnostics tombent les uns après les autres : pour chacun de mes enfants, tous autistes, présentant à leurs manières des troubles de l'humeur. Et je suis autiste.

Puis un burnout de mon mari pour qui il sera révélé de la part de la psy aux vues de ses comportements passés et présents et de certaines caractéristiques, puis de tests qu'il est certainement autiste aussi.

Au gré de ma thérapie, j'ai découvert certaines vérités, en qui je devais faire confiance, et qui je devais éviter. J'ai fait le vide dans ma vie. Parfois j'ai trop vite fait confiance, naïve, et cela s'est retourné contre moi.

J'ai coupé les ponts avec ma mère, non pas que je ne l'aime pas, mais elle est toxique et s'impose avec mon beau-père, ne me respecte pas et il est hors de question qu'elle nuise à mes enfants et à ma santé.

J'ai compris sa nuisance.

Ma vie tourne autour de mon mari, ma belle-mère, mes enfants et mon père et ma sœur. Et mes psys ! Psychiatre pour mon trouble bipolaire, psychologue, et nutritionniste depuis peu.

Depuis peu, j'ai appris à vivre pour moi. J'ai compris qui j'étais, mes blessures, mes particularités. Cela fait depuis plus d'une dizaine d'années que je ne travaille plus, en tant que salariée. Ce monde n'est pas fait pour moi. Je me suis reconvertie, à une passion de mon enfance. Artiste peintre et auteure.

Je suis une personne qui écrit et qui réfléchit beaucoup. Par l'écriture, je me mets en retrait des évènements et des gens et cela me permet d'analyser les choses, et de les comprendre. Avoir un esprit critique. Comprendre. Parfois, malgré cela, je ne comprends pas, je ne comprends pas comment une mère peut laisser son enfant souffrir. Comment on peut se détourner de son enfant pour préférer son propre bonheur ?

J'ai cherché à comprendre pourquoi les choses s'étaient passées ainsi. Pourquoi pendant autant d'années, j'ai passé mon temps à me détruire, à détruire ce corps ?

Voilà ma lutte depuis mon enfance, ma lutte quotidienne.

2014

Mon amour,

Je ne saurais te dire cela à l'oral alors je te l'écris.

Je sais combien vous souffrez à cause de moi, je cumule les handicaps, les dépressions, la période d'alcoolisation, mes périodes d'anorexie et d'automutilation, et ma tentative de suicide par le passé.

Je ne te mérite pas, je ne te cause que des soucis et je me demande parfois ce qui te pousse à rester à côté d'un vrai boulet

Je cherche par tous les moyens de m'autodétruire, comme ci inconsciemment je cherchais à mourir

J'ai envie de mourir jeune pour ne plus supporter ma carcasse, pour ne plus être un poids pour le monde qui m'entoure

Je fais tout ce que je peux pour gérer le quotidien, donner le meilleur aux personnes que j'aime, mais rien à faire malgré tout l'amour que vous me donnez, personne ne m'aidera à m'aimer, je me déteste, je déteste mon corps, je déteste d'être incapable de travailler pour subvenir au besoin de la maison

Je suis un boulet, un poids, une charge qui ne sait rien faire de sa vie

L'anorexie actuelle est une manière pour moi de me donner une identité, je suis anorexique, je suis quelque chose à défaut de n'être rien du tout qu'au chômage ou mère au foyer

C'est aussi une manière de rendre visible mon mal être intérieur

Le trouble bipolaire ne se voit pas, ses conséquences non plus, ses douleurs non plus alors que l'anorexie se voit

Je ne veux pas manger, je ne veux plus manger et quand je mange trop, je vomis tellement j'ai mal au ventre.

Je voudrais mourir, mais je ne peux pas vous laisser seul alors pour moi, l'anorexie est une manière de me détruire à petit feu

Je veux te dire que rien n'est de ta faute, que si je ne suis ainsi pas épanouie, ce n'est pas de ta faute, c'est mon passé qui m'a fait ainsi, les abus, les

rabaissements, tout ce qui fait que je n'ai aucune confiance en moi et qui me fait croire que le bonheur peut s'écrouler à tout moment.

J'ai peur de te perdre à cause de moi, j'ai peur que tu ne veuilles plus de moi.

Pardon pour être ce que je suis pardon pour toi d'aimer une personne qui ne te fait que souffrir et t'inquiéter

Je comprendrais pour un jour tu ne voudrais plus de moi

Ce jour-là, je mourrais aussi.

Je t'aime

Anorexie, une identité ?

Anorexie, n'être plus qu'une maladie, justement parce que les autres ne nous voient plus. Être malade pour être visible. Parce que notre souffrance intérieure n'est pas visible. Rendre la souffrance visible.

Rendre visible l'invisible, faire de notre corps le réceptacle de notre détresse intérieure.

Ana est malade, mais pour autant, chaque jour, on me demande de me lever, on me demande de fournir chaque jour plus d'effort que mon corps ne peut en supporter, on me demande d'être performante, d'être une bonne mère, une bonne femme de ménage, d'être toujours et encore chaque jour encore plus parfaite jour après jour, pourtant, je suis lasse... je suis moche, je ne suis pas ce que vous me demandez de faire, je suis mauvaise, et je ne peux pas devenir aussi parfaite que vous. Je suis pourrie de l'intérieur.

Chaque jour, je dois me lever, et voir vos yeux fatigués et épuisés, froncés presque en colère. Je vois bien que je vous déçois chaque jour. Je suis une charge. Je suis un poids.

Chaque jour, je dois faire semblant d'être ce que je ne suis pas, une femme normale, une mère normale, faire semblant d'aller bien, faire semblant que tout va bien, puiser dans les ressources les plus profondes de mon être pour tenir pour que mes enfants soient heureux chaque jour et ne manquent de rien.

Chaque jour, faire semblant, tenir tête à la vie qui me démolit, alors que dans mon corps et mon cœur tout est ravagé.

Dire avec la maladie tout ce que mes mots n'arrivent pas à formuler.

Je ne souffre pas de maladie, je suis la maladie, je suis anorexique. Je suis elle. Ana.

C'est mon identité, car, je n'en peux plus d'être invisible aux yeux des autres. Cette autre femme qu'on ne voit pas, juste insignifiante, celle dont on détourne le regard, qui fait ce qu'elle a à faire parce qu'elle doit le faire chaque jour.

Je suis la maladie, je suis la dépression, je suis la bipolarité, je suis l'anorexie.

La dépression ne se voit pas, la bipolarité ne se voit pas. L'anorexie se voit. Maladie psychique, maladie invisible. Maladie qui fait peur, parce qu'on nous croit fous.

L'anorexie est une quête d'identité, une recherche pour se définir dans un monde chaotique, une manière de contrôler ce qu'on ne peut pas contrôler, de trouver sa place. On se définit par notre pathologie, et on s'y accroche.

Tout comme on dit qu'on est enseignant ou avocat. On ne dit pas, mon métier est avocat, on dit, je suis avocat. On se définit la plupart du temps par ce qu'on fait, tout comme on se définit à travers la maladie dont on souffre. On la fait sienne. Elle nous appartient. C'est notre identité.

C'est comme une béquille à laquelle on se raccroche, car le monde nous paraît chaotique.

C'est une manière de se débarrasser du moi d'avant pour en construire une autre, une nouvelle, de passer du stade d'avant, à une autre personne, changer de peau, effacer le corps d'avant, l'anéantir, muer comme un serpent qui se débarrasse de l'ancienne peau... Mourir pour renaître transformé.

Se séparer du passé.

Ne plus être qu'un masque. Pour faire croire que l'on est aussi parfait que les autres, pour montrer que nous sommes conformes à ce que la société et les gens veulent de nous. Pour se sentir aimé et accepté.

– Partie 3 –

L'origine du mal

La peur de m'étouffer remonte à loin. Les seuls souvenirs d'avant le divorce de mes parents à mes 14 ans viennent de mes flash-backs de mes abus sexuels et maltraitances paternelles. Je pense que ma répulsion à manger, surtout de gros morceaux comme de la viande rouge dure comme de la semelle si elle n'est pas hachée moulinée vient du fait que mes premiers viols ont été des fellations forcées où mes cousins m'ont enfoncé leurs sexes dans ma bouche. J'avais la sensation d'étouffer, finalement je me suis mise à vomir mon repas sur ma robe violette que je portais à mes 7-8 ans, détail qui m'a permis de mettre une date précise des abus sans trop savoir quand cela avait commencé. Je ne sais pas si le fait que je sois longue à manger, plus longue que la normale est dû à ces faits. Mais je pense que ma peur d'étouffer en mangeant est due à ces viols.

A 7 ans, premiers troubles du comportement, annotations à peine succinctes sur mon carnet de santé sans que l'on cherche réellement la cause de mes troubles. Juste une enfant difficile, qui refuse de dormir, qui refuse de manger de la viande, mutique et aux comportements sexuels compulsifs. Enfant qui n'aime pas les hommes.

Je n'ai jamais été trop difficile à faire manger, mangeant de tout, les légumes verts aussi, hormis les épinards, que j'aime maintenant. Mais hormis quelques aliments, on peut tout me faire manger, mais maintenant que je tends au végétarisme, cela se complique grandement !!

A 14 ans, je sors avec un petit ami, qui me partagera avec ses copains, s'ensuivent viols et agressions collectifs.

À 15 ans, se déclarent les premiers signes de troubles de comportements alimentaires. À la suite d'un petit ami instable, immature qui joue avec mes sentiments, car il ne sait pas ce qu'il veut. Incapable de se décider entre une fille et moi, même s'il ne peut se passer de moi. Peut être lié à son immaturité, ou peut être lés à une relation toxique dont il détient les rênes en me manipulant. Il me demande de changer pour qu'il me choisisse. Il joue le chaud et le froid, me prend et me jette comme bon lui semble, un jour est tendre et affectueux, me fait des câlins, un autre m'insulte et me rejette et me fait des blagues douteuses... je sens un grand vide affectif en moi. Je suis à ses pieds à attendre son amour. Je suis complètement dépendante de ses démonstrations d'amour. Et lui ne sait pas s'investir émotionnellement.

Fragilisée déjà par la dépression consécutive au divorce de mes parents et à la découverte de la maltraitance de mon père, et de mes idées suicidaires par moment, je commence à me goinfrer de nourriture, de gâteaux, bonbons, kebab, fast food. Puis viennent les premières crises de boulimie chez ma mère à m'enfiler un plat de pâtes froides de la veille à même le frigidaire, avec des bières en prime... c'est l'image dont je me souviens. Je ne me rappelle pas si je me fais vomir ou pas. C'est aussi à ce moment-là où je commence à piquer des médicaments dans la trousse à pharmacie de ma mère.

1996

J'ai 16 ans.

Rémy dit que je fais peur à voir. Je ne trouve pas. Mais je n'ai pas faim. Il part au self et moi, je le suis, mais je me prends une salade que je ne finis même pas. Je n'ai plus faim, je n'ai plus envie de manger. J'ai envie de mourir.

Chaque jour, le même rituel. Une salade. Ça me rassure.

Remy n'arrive pas à me redonner l'envie de vivre.

Voilà quelques mois que j'ai parlé à Melle Chantal qui est ma marraine puis à la police. Puis plus rien. Tour à tour démontée par ma famille, puis mes tantes, tout le monde fait comme rien ne s'était passé. Les viols des cousins, Stéphane et les viols de ses copains, leurs agressions... mises à part que tout le monde me dit que ce n'est rien ou que ma mère me dise que je suis en faute ou pire que c'est moi la salope de l'histoire, personne ne dit rien, ne me demande si ça va. Je suis invisible, oui, je suis invisible, comme un fantôme. Je n'existe plus.

La boule au ventre, le peu que je mange, me reste sur l'estomac.

J'étais grosse il n'y a pas si longtemps. Pas si grosse que ça ! mais j'ai tout perdu.

J'ai plus faim, j'ai plus envie de vivre.

Rémy ne veut plus de moi, il me dit de changer pour qu'il revienne avec moi.

Je dois changer, mais comment ? Qu'est-ce que je dois faire ?

Il ne me dit pas ce que je dois faire.

Il aime une autre fille, et il hésite entre elle et moi. Je dois changer pour qu'il me choisisse à elle.

Je suis tellement triste.

Mais comment être joyeuse quand on vient à peine de révéler des années de viols à ses parents et à la police qui même elle ne vous croit pas.

Je suis la menteuse. Et je dois me taire.

J'ai dit à Pascal et à maman que je me faisais agresser et violer par des copains de Stéphane.

— T'a qu'à pas leur ouvrir la porte m'a-t-elle renvoyé !

C'est ma faute ! Ma faute si je me suis fait violer. Même pas un câlin, même pas « ma pauvre fille », non, c'est « débrouille-toi, tu l'as cherché », et Pascal qui en rajoute une couche pour me dire que c'est ambigu, car on est entre adolescents ! bref pas de quoi fouetter un chat, je n'ai rien à redire, ni à me plaindre, des agressions entre adolescents, c'est normal !

Je me suis fait violer, mais c'est normal !

Je suis juste une pute. Une fille facile.

J'ai envie de vomir, vomir mon enfance, vomir ma vie. Je ne comprends pas. Je me sens seule. Et je ne comprends pas cette solitude si pensante.

Je ne comprends pas mes parents, je ne comprends pas pourquoi personne ne vient me parler et me demander comment je vais.

À ce jour, j'ai fait un dessin avec une jeune femme tenant un revolver à la main droite, au ciel, assise devant Dieu qui tenait en sa main le cœur de la jeune femme.

Je montre la peinture à ma mère.

Elle me demande ce que cela veut dire.

Cela parle de suicide. Maman j'ai envie de me suicider.

Argh ! que n'ai-je pas dit

Ma mère détourne le visage, je n'existe plus.

— Ma fille est folle, bonne pour l'asile psychiatrique, ça ne se fait pas dans la famille, il n'y a jamais eu ça chez nous.

Puis elle quitte la pièce.

Je suis maigre comme un clou, je maigris à vue d'œil, je parle de suicide, et elle me dit « ça ne se fait pas dans la famille, en parlant de moi à la troisième personne comme si je n'existais pas, pire je suis folle. Bonne à enfermer.

Les jours qui suivent, je suis là, cherchant dans l'appartement des médicaments de quoi faire un cocktail pour me suicider. Je crois trouver des choses pour ça. Une trousse à pharmacie de ma mère.

J'ai l'estomac retourné. Je maigris. Personne en le voit, sauf Rémy. Ma famille est aveugle.

Mais là encore, aucune envie de maigrir, aucun souci de plaire ni de ressembler aux mannequins. Mon apparence m'indiffère, ressembler aux autres et faire partie d'un groupe c'est pareil, je m'en fiche. M'habiller comme un sac à patates tant que je suis à l'aise et que cela cache mes formes, c'est là où je me sens le mieux. Les seules fois où j'ai été féminine par le passé, je me suis fait soit harceler, agresser ou violer…

Pendant les vacances, nous partons à la montagne, j'enchaîne les crises d'angoisse, normal. Mon beau père râle, peste.

- On est en vacances, ici on ne fait pas de crise d'angoisse !

Mais putain, je viens de déverser des années d'abus sexuels et vous croyez que je vais oublier cela comme si c'était une simple blague ?

Je suis sous anxiolytiques.

Mais à chaque fois qu'une crise d'anorexie passe, mon poids se régule de lui-même et je retrouve un poids normal. Je n'ai jamais eu besoin d'hospitalisation. De toute façon, personne n'a rien vu, pas même un médecin.

Je ne suis jamais tombée plus bas que 45 kilos environ. Maigre oui, mais jamais assez pour alarmer mon entourage pour qui j'étais invisible.

Classement sans suite. Mes parents n'ont jamais porté plainte pour moi pour mes cousins. Ma mère savait que j'étais violée, quand j'étais petite, elle me l'a dit bien plus tard, ma sœur le lui avait dit un soir. Pourtant, elle n'a jamais rien fait pour arrêter les viols. Bien sûr, elle ne l'a pas fait mention à la police lors de la plainte, elle aurait pu être jugée pour non-assistance à personne en danger.

Puis deux ans plus tard, plainte envers les attouchements de mon beau-père qui m'a fait du chantage au suicide, toujours classée sans suite, et cela ne l'a pas empêché de continuer à me faire des câlins en mode rapprochée sitôt que je suis revenue chez ma mère.

Le stress accumulé m'a causé un bel épisode maniaque en prime.

Je fuis plus que je ne quitte la maison de mes parents pour aller chez mon petit ami du moment. Mon futur ex-mari.

1999-2004

Je vais mal. Je ne le sais pas encore, mais je suis une femme battue. Je supporte les coups, les violences psychologiques et sexuelles de mon mari. Chaque jour j'ai droit à des violences, à supporter son silence, et à son mépris. Quand je tente de dialoguer, il ne me regarde pas, ou fait semblant de m'ignorer. Je n'existe plus, je suis un meuble.

Je ne suis là que lorsqu'il a besoin de moi. Comme boniche, comme poupée gonflable, ou pour ramasser les crachats qu'il vient de faire par terre ou l'assiette qu'il vient délibérément de jeter par terre.

Il a voulu m'étrangler. Il m'a déjà frappé. Je ne le sais pas, mais il me viole. Les mains rouges parce qu'il me les maintient lorsqu'il me force.

Quand ce n'est pas en me menaçant de mort, moi et mes proches.

Chaque jour, je suis à ses pieds, je cherche à être parfaite, à me soumettre pour éviter les reproches, je fais en sorte de lui chercher du travail les fois où il est au chômage, de faire ses démarches de recherche d'entreprises qu'il ne fait pas parce qu'il veut créer son restaurant... parce que je suis française et diplômée et que lui est illettré.

Quand ce n'est pas pour me reprocher d'être trop longtemps sur l'ordinateur avant de me frapper pour être au lit.

Je maigris à vue d'œil, je fais des malaises. Les revenus sont faibles et je suis dans l'obligation de demander les restes de la cantine de mon employeur, un IME où je suis animatrice pour enfants handicapés, afin que mon mari puisse manger le soir.

Mon mari mange le soir, mais moi, je n'ai pas faim, je n'ai plus faim.

Le midi, non plus. Je ne mange pas le matin non plus.

Mes collègues s'inquiètent de me voir maigrir à vue d'œil.

Ils me parlent d'anorexie.

— Non je ne suis pas anorexique, je ne veux pas maigrir !

Mais je maigris inexorablement. Parce que les soucis me font renvoyer chacun des repas que je mange. Ça ne passe pas. J'ai la nausée. Je vomis. Je suis dans le déni.

Inquiète, je vois le médecin. Elle est en larme et me dit que je dois porter beaucoup de choses pour être aussi mal.

Je ne sais pas de quoi elle parle.

C'est elle qui m'auscultera l'anus et me dira que les fissures anales sont certainement dues à des violences sexuelles.

Elle veut m'arrêter, mais je refuse, car je sais que si je suis à la maison, je subirais les assauts de mon mari. Mon travail est mon espace de liberté, ma famille.

Elle me dirige vers l'hôpital pour que je fasse une fibroscopie afin de voir s'il y a un problème dans mon estomac qui expliquerait mes vomissements.

Mais rien.

C'est le stress.

À cette période, je suis en conflit avec ma mère. À cause de mon beau-père que je refuse de voir. Cela fait plusieurs fois que je lui dis que je souhaite la voir seule maintenant, et que je ne veux plus voir Pascal parce que cela remue beaucoup de choses, d'autant plus qu'à chaque fois que je suis en sa présence, il fait en sorte de me toucher. La dernière en date étant qu'il s'est tenu à mes côtés à l'anniversaire de mon neveu et m'a pris par la taille alors que ma mère était à sa droite. Je ne suis pas sa femme. Mon beau-frère a tout vu. Combien de fois dois-je lui dire de ne pas me toucher, combien de fois dois-je lui retirer sa main de mon corps ? Un NON qu'il refuse de comprendre. Parce qu'il refuse de le comprendre. Je ne veux plus être en sa présence.

Je suis en conflit avec ma mère, parce qu'elle refuse d'entendre ma demande, mon besoin de liberté, mon besoin d'être respectée, de ne pas être une chose, un objet de désir.

Non, son mari est au-dessus de tout soupçon et moi je suis folle à faire des histoires, je l'emmerde.

Je coupe les ponts avec elle.

Et je perds l'appétit en même temps.

Je me sens orpheline, je me sens abandonnée.

Par mon mari, par ma mère.

Seuls mon père et mes collègues sont là à voir le désastre que je fais de mon corps.

Je ne comprends pas pourquoi on me dit tout le temps que je dois partir, car je suis en danger de mort.

Je ne sais pas que je vis un enfer chez moi, mais cela fait déjà depuis bien longtemps que mes collègues ont compris, pas moi.

Je ne fais que me détruire. Comme si je voulais mourir.

Mais je ne comprends pas.

Maigrir comme si chaque kilo était une victoire sur mes souffrances.

04 février 2004

5 mois avant ma fuite du domicile conjugal de chez mon ex-mari

Je mange très mal. Quand j'étais chez mes parents, je faisais comme si de rien n'était, mais c'est vrai qu'on m'a toujours dit et reproché d'avoir un problème avec la nourriture, soit trop, soit pas assez.

Depuis que j'ai mon chez-moi, je fais tout et n'importe quoi. Pas moyen de me faire un plat équilibré, surtout avec un mari qui voudrait manger du couscous à tous les repas 365 jours sur 365 jours.

J'ai des périodes sucrées, des périodes salées. Des périodes où je ne bouffe plus rien, à m'affamer !

Dernièrement, je n'arrêtais pas de vomir, depuis décembre, je digère de plus en plus mal ce que je mange, et en plus vomir, cela me fait plaisir. Je suis contente quand je dégueule, car la bouffe m'écœure. Si je pouvais arrêter de manger, de rester debout sans tomber dans les pommes, je serais contente en voyant le chiffre du poids descendre de kilo en kilo sur la balance. Dès que je maigris, c'est une victoire pour moi ;

Je supporte de moins en moins la nourriture, elle m'écœure.

J'ai toujours fait aux alentours de 57 kilos et j'ai déjà perdu jusqu'à arriver à 45 kilos environ

Et puis j'ai de périodes où je grignote n'importe quoi, quelquefois où je m'empiffre de pots de Nutella, de chocolat, de bonbons, mais rien que de cela. Ou parfois je me fais un mélange à gâteau, mais je mange la préparation crue sans l'enfourner, à la petite cuillère à même le saladier sans attendre la cuisson.

J'ai eu des périodes où je m'empiffrais et où je vomissais après. La nourriture et le vomi vont de pairs pour moi.

Mais depuis que j'ai des migraines où je vomis systématiquement, le vomi ne me fait plus peur, je ne crains plus de vomir. Voir le vomi de quelqu'un, si, cela me donne envie de gerber, mais vomir le contenu de mon estomac a quelque chose de jouissif pour moi. C'est comme une libération à chaque fois. Autant en période de maladie que de migraines. Vomir soulage l'estomac.

On me dit que je suis anorexique, mais je ne crois pas l'être, je n'ai pas envie de ressembler aux mannequins. Je suis juste stressée et rien ne passe. J'ai envie de vomir sans que je fasse d'effort et je ne comprends pas pourquoi, c'est sûrement le stress.

En période de fêtes, je peux m'avaler 3 douzaines d'huîtres plusieurs jours d'affilés, m'en crever la panse, et quelquefois, manquer je ne sais combien de repas jusqu'au malaise, jusqu'à l'étourdissement.

En ce moment, j'ai sans arrêt mal au cœur, je tente de remanger un peu, mais juste le strict minimum pour survivre, pour tenir debout, pour réussir à me lever le matin pour aller travailler, du coup je perds du poids et chaque kilo perdu est comme une victoire.

Ma famille a remarqué ma perte de poids, mon père dit que ce sont les soucis, mes ennuis financiers du moment où je suis obligée de demander les restes des repas du midi à mon travail pour pouvoir nourrir mon mari le soir.

Il n'a pas tort, je préfère me priver pour que mon mari mange, et tant pis pour moi, de toute manière je n'ai pas faim, je n'ai jamais faim. J'ai mal à l'estomac et j'ai des reflux œsophagiens, et je dois aller faire une fibroscopie pour comprendre mes vomissements sans cause. Non je ne veux pas maigrir ai-je dit au médecin même si quand je vois le chiffre baissé je suis satisfaite. Quelle femme n'est pas satisfaite de se trouver plus mince ? Mais mes vomissements ne sont pas provoqués, c'est le stress qui les génère.

Pour autant des idées obsédantes envahissent mon esprit.

Faire tout pour qu'on croie que je crève de faim, faire tout pour qu'on voie mon squelette et y prendre du plaisir. Franchement malsain.

Pour autant, je suis une personne qu'on peut acheter avec un bon resto. Être servie oui, mais se faire à manger, zéro. Si je pouvais me laisser crever de faim, je crois que j'en serais capable. Pas la motivation de me faire à manger, peur de manger, peur de m'étouffer

Je picore, comme par peur de m'étouffer, je prends le minimum et si je peux juste me contenter de liquide alors là c'est le summum. Me satisfaire d'aliments qui glissent, facile à manger, surtout pas de viande, des choses lisses, du poisson, des légumes, de la soupe, du jus, des choses qui coulent un peu comme un nourrisson qui attend sa tétée.

J'ai peur, j'ai peur d'étouffer.

J'ai un gros problème : quand je mange, je crains toujours de m'étouffer, je mange très lentement, j'ai eu une période où il fallait tout me hacher et pas question de manger de la viande. Alors pour avaler les médicaments, encore pires : tout en sirop ou en effervescent sinon rien. Pire qu'un nourrisson.

Et quand les ennuis recommencent, le stress rejaillit, c'est tout mon passé qui ressurgit.

On me dit que je suis en danger, mais je ne sais pas de quoi les gens parlent.

Je sais qu'en ce moment, parfois je me sens agressée par mon mari, mais c'est sûrement dû au passé, comme il dit, je ne fais pas d'effort, je suis laide à voir et je suis frigide, comme il dit. Je me force, ou plutôt il me force à faire l'amour même quand ça me dégoûte. C'est peut-être moi qui ai un problème. C'est ce que me renvoie Medhi, mon mari. Il n'a que lui qui peut m'aimer, personne d'autre ne peut m'aimer, je suis tellement folle, il a pitié de moi, faut croire, je ne suis pas aimable en tant que telle.

Alors je me force à être parfaite, mais ça se retourne contre moi, ça fait quelque temps que je m'automutile, je n'y peux rien, c'est plus fort que moi, un monstre en moi décide de vouloir sacrifier ce corps que je déteste, faire couler le sang, m'automutiler à chaque fois que je sens que j'ai fait quelque chose de mal et que Medhi me déteste pour ce que je suis, parfois en levant la main sur moi.

Je suis engluée dans une brume sans nom dont je me suis perdue et comme à chaque fois que je perds contrôle avec la réalité, que je ne contrôle plus rien, c'est mon corps que je cherche à contrôler et ce que j'ingurgite.

Ou plutôt, mon corps refuse d'ingurgiter, il rejette tout ce que j'avale.

Le médecin l'a pressenti, je vis quelque chose de grave. Mais je suis tellement enfoncée dans mes problèmes que je n'ai aucun recul.

On me dit que j'ai un comportement d'anorexique. J'ai ce refus de m'alimenter même si j'ai faim. Je ne veux pas, non pas parce que cela me dégoûte déjà, mais je ne veux pas manger, j'ai envie de maigrir, ce n'était pas mon but premier, quand mes vomissements ont commencé, mais j'ai eu envie de voir les kilos s'envoler, j'ai envie d'être maigre, pour que mon corps soit le miroir de ma souffrance intérieure.

Pour autant, en ce moment, je me sens super bien. Je sais que ce comportement, de contrôle permanent, de refus de manger me prouve que finalement, je me déteste toujours autant et que je vais très mal intérieurement, d'autant plus que depuis quelques mois, j'ai trouvé une autre manière de m'autodétruire : je me coupe au rasoir. Je lacère mes avant-bras aux yeux impuissants de mon collègue qui vient à la piscine avec moi.

— De quoi te sens-tu coupable et pourquoi te punis-tu ainsi ?

Je réponds par un silence, car je sais qu'il a touché quelque chose de vrai, mais je ne sais rien, je ne sais pas pourquoi je me fais du mal.

Et il se sent impuissant.

Je ne comprends pas pourquoi il est si tendre, si gentil, si psychologue, toujours à mon écoute et à vouloir parler avec moi alors que j'ai l'impression d'avoir en face de moi un mur de silence chez moi, avec Medhi, comme si j'étais invisible ou un meuble. Pourquoi mes collègues sont si gentils avec moi ? Et pourquoi je ne me sens pas aimée ni aimable de la part de mon propre mari ?

Et pourquoi me disent-ils que je suis en danger, je ne le comprends pas ?

Je préfère me détruire, car je ne suis qu'une merde, je ne suis bonne à rien.

Je crois être bien, c'est un leurre. J'ai l'impression de tout contrôler, que tout va bien, de tout gérer, de m'envoler haut dans les cimes, de gérer de front mon travail, et les demandes incessantes de mon mari qui veut monter une entreprise alors que c'est moi qui dois faire les démarches à sa place, je suis hyperactive, je suis partout à la fois, infatigable... non, je vais bien je vous assure...

Contrôle

Tout contrôler sans arrêt et pas forcément que la nourriture, les calories et le poids des aliments. J'ai toujours eu besoin de toujours tout contrôler, sûrement parce que je n'ai pas pu contrôler mon entourage ni la situation qui a fait que je me suis fait abuser par différentes personnes.

Contrôler ma nourriture, contrôler la nourriture de mon entourage.

Lorsque la situation dérape, que les événements de la vie fassent que je ne maîtrise plus rien, les crises de mon fils, ou les difficultés du passé, la misère, les aveux des abus, comme tout échappait à mon contrôle, je me recentrais sur moi. Je contrôlais par exemple mon poids

lorsque mes premières humeurs bipolaires sont parties en vrille lors de ma dernière grossesse. J'ai évidemment perdu le contrôle de mon propre corps, et j'avais la sensation d'être possédée par un démon sans nom puisque mon diagnostic n'avait pas encore été posé. Moi si calme, réservée, douce, je ne me reconnaissais plus, j'étais devenue incontrôlable, dépensière, colérique, destructrice, sortant tout le temps, je jetais, cassais, hurlais, je ne me maîtrisais pas comme si je m'étais transformée en monstre.

J'étais une autre, je me sentais possédée. Comme si une autre personne avait pris le contrôle de mon corps.

Alors comme toujours ce que je fais, c'est que je contrôle mon appétit, mon environnement, je contrôle mes pensées, je combats mes tocs, j'ai des périodes de folie du rangement et de tri, je combats mes pensées obsédantes et insultantes au quotidien des gens qui me croisent !

Dans l'anorexie, les troubles alimentaires ou comme moi dans le trouble bipolaire, il y a cette sensation de perte de contrôle, cette sensation d'être possédée par une entité qui nous tire vers le bas. On croit contrôler les choses, mais c'est cette chose qui nous contrôle. Il y a deux entités en nous comme si on ne pouvait connaître le juste milieu. Une qui dit « mange » et l'autre dit « ne mange pas », une voix qui nous dit de courir à toute allure, et l'autre qui nous fait dormir toute la journée... une voix qui nous donne l'impression d'être toute puissante et l'autre qui nous laisse comme une larve, avec cette sensation de ne rien valoir et d'être un boulet....

Pour guérir, il faut apprendre à lâcher prise, accepter le fait que dans la vie, personne ne peut tout contrôler et qu'il y a des aléas impossibles à prévoir... tout contrôler pour arriver à la perfection est une illusion impossible à atteindre. On s'essouffle à chercher à le faire.

M'acheter

Un bon petit restaurant ? Pourquoi pas ? Mon ex-mari, après m'avoir frappé, m'offrait des fleurs, m'achetait avec un bon restaurant. Après m'avoir violé, forcé à avoir une relation sexuelle. Je n'ai jamais eu autant de fleurs et de restaurant de toute ma vie qu'avec lui !! On aurait pu croire à du romantisme de sa part, c'était pour se faire pardonner de me maltraiter.

Mon restaurant préféré me permettait de manger des carpaccios de saumon à volonté, mon péché mignon. C'est mon plat préféré et celui que je mangerais à m'en crever la panse. Un soir après l'avoir menacé de le quitter, il veut se racheter et il m'emmène au fameux restaurant. Je lui laisse ce petit plaisir même si ma décision est prise et que je sais que la décision finale de le quitter ne tient qu'à quelques jours. On mange, il me prend le menton à un moment donné, me caresse la joue et sans crier gare me la gifle. Pour me taquiner ? Devant les autres convives ? Je me sens blessée. Drôle de manière de vouloir se faire pardonner. Je finis mon plat en vitesse, je n'ai plus faim.

J'étais en pleine période d'anorexie, et il avait tenté de réussir à me refaire manger avec un bon carpaccio de saumon. Je n'ai peur ni du saumon ni de l'huile qui l'accompagne (pour moi, de la bonne huile, c'est de la bonne graisse) et ne crains pas les calories de ce plat. Pourtant, à cette période, je faisais peur à mes collègues par ma maigreur et ils me disaient de partir de toute urgence de mon foyer, car j'étais en danger, du fait de ma santé qui se dégradait et du fait de la menace de mort d'un mari qui devenait de plus en plus violent à mon égard au fur et à mesure que je menaçais de le quitter. Plusieurs fois, il m'avait menacé d'un couteau, menacé de me tuer et de se tuer ensuite. Il avait essayé de m'acheter avec de la nourriture, tout comme les cousins avec de simples bonbons.

Mes cousins, enfin le plus âgé, me donnaient des bonbons en échange de fellations et de sodomie. C'était du chantage, mais cela marchait très bien et me rendait complice de ses abus. Il achetait en même temps mon silence, moi âgée d'à peine 8 ans, lui qui sur la fin était majeur et savait très bien ce qu'il faisait. Il me manipulait. Je me sentais coupable, fautive, et j'avais peur, peur de me faire prendre par mes parents, surtout par mon père qui s'il savait les bêtises que je faisais allait me frapper tellement je sentais la bêtise énorme. Je ne savais même pas le nom que cela portait.

J'étais tellement crédule et naïve que je pensais qu'on pouvait tomber enceinte par sodomie.

Des jeux du papa et de la maman m'a-t-on nommé ces abus pour pouvoir me faire taire et changer les propos de viols que j'avais dénoncés au poste de gendarmerie.

La gourmandise, les bonbons, la nourriture. Je volais pour m'acheter des bonbons. Je me faisais violer pour avoir des bonbons.

Je me suis privée de nourriture pour expier mes péchés et me punir de ce qui m'habitait et vomir ce poison qui me brûlait les entrailles et me possédait. Me nourrir peut-être dans mon inconscient perpétrait ce péché de gourmandise qui salissait mon âme. Ne plus manger, c'était ne plus pécher, ne plus être complice, ne plus accepter le chantage. Refuser qu'on marchande avec moi pour arriver à ses fins, refuser d'être leur chose qu'on manipule et qu'on salit.

2004...

Une nouvelle vie, et pourtant, une vie d'équilibriste.

Je rencontre un homme, aussi mutique et aussi timide que moi, doux, sensible et affectueux, humble et ayant la main sur le cœur.

« *Je ne sais pas si je serais capable de te rendre heureuse* », me dit-il lorsque je lui narre ce qu'a été ma vie passée.

Je suis sur un fil, en équilibre, toujours à me demander si un jour je tomberais à nouveau. Le bonheur, je n'ai jamais su ce que c'était. Et celui-là, je ne veux pas le perdre. À chaque fois que j'y ai cru, j'ai vu le revers de la médaille, la noirceur et le vrai visage des gens qui finalement ne vous veulent que du mal.

Cet homme, puis je lui faire confiance ?

La confiance est longue à donner. J'ai peur, je crains que lui aussi se transforme en monstre violent. J'ai peur qu'il change.

Tous ceux qui m'ont entouré un jour ou l'autre m'ont trahi.

J'ai coupé les ponts avec ma mère, et je m'en porte bien, c'est ce que je crois.

Je rencontre la mère de Florent. Et elle devient une mère de substitution. Si lucide, si psychologue. Elle m'ouvre les bras, son cœur et les yeux sur tout ce que j'ai pu vivre, et je réalise finalement que tant de choses qui me paraissaient normales ne le sont pas et relèvent de la violence, de la maltraitance... ainsi n'est-ce pas normale que les parents insultent leurs enfants ? Ah bon ? Tant de fois ma mère m'a traitée de folle, de salope, bonne pour l'asile... une violence psychologique.

Est-ce pour cela que je refuse de manger ? Parce que grandir c'est être une salope ?

Notre couple grandit et grossit. Un enfant, deux, trois. À chaque grossesse une joie, puis une dépression post-partum, et une perte de poids qui dérape.

Végétarienne

À chaque fois que je suis tombée en anorexie, je suis tombée dans le végétarisme, ou est-ce l'inverse ? Est-ce que c'est parce que je suis devenue végétarienne que je suis devenue anorexique ? Est-ce que j'ai trouvé l'excuse du végétarisme pour cacher mon anorexie ?

Non, je crois plutôt que je suis tombée dans l'anorexie avant de devenir végétarienne à chaque fois.

En 2008, j'étais en dépression. Mon mari m'a ramassé à la petite cuillère, dépression post-partum. Je m'automutilais, je buvais, je ne me nourrissais plus... un soir, mon mari est rentré et m'a retrouvé en train de nettoyer mon vomi dans l'entrée, car je n'avais pas eu le temps d'arriver aux toilettes après avoir bu la moitié d'une bouteille de porto. Au lit, il me serrait dans ses bras en sentant mes pansements qui cachaient mes scarifications que je me faisais quotidiennement dès qu'il sortait pour travailler ou aller voir ses copains. Je lui avouais tout, il était impuissant, il me promit qu'il ne m'abandonnerait jamais et m'aiderait à trouver un psy avec sa mère pour que je m'en sorte.

En 2008, aux un an de mon fils aîné, j'ai eu une phase maniaque, une dépression et un effet secondaire à la suite d'un anti dépresseur donné par ce fameux psychiatre trouvé par mon mari et ma belle-mère. Un anti dépresseur pour un bipolaire est catastrophique. Donner un antidépresseur à un bipolaire le fait aussitôt entrer dans un virage maniaque, donc pour moi dépressive à ce moment-là, en plein régime, j'ai viré maniaque et cela a intensifié mon régime et chute encore plus brutale de mon anorexie !!! Achat compulsif, et moi ce sont les livres, hyperactivité, rires, délires, hyper heureuse, intérêt pour le végétarisme, ne buvant que du bouillon de légumes, vomissant les repas surtout quand on avait des invités…

Mais je suis redevable de la patience de ma belle-famille qui endure mes handicaps et mes maladies depuis que je les connais (bipolaire, autiste, anorexique, automutilation, anxieuse, spasmophile donc tétanie et troubles paniques, tocs, hallucinations donc trouble bipolaire à caractéristiques psychotiques d'après mon psychiatre…), il y a un peu plus de 15 ans. Mon mari m'aime, m'a fait trois beaux enfants, a énormément de patience et me soutient, me paye les frais de psychiatres, psychologues et autres pour moi, mes enfants qui eux aussi ne sont pas épargnés par la maladie : mon fils aîné est bipolaire, dysgraphique, dyspraxique et autiste, mon second fils est autiste, dyspraxique et dysgraphique et mon troisième est TDAH, cyclothymique, dysgraphique, dyspraxique et autiste.

Bon, ils m'aiment tous, cela veut dire que j'ai certainement des qualités... malgré tous mes défauts... je ne suis peut-être pas si folle que cela ?

Végétarienne ou orthorexique

Mes premiers pas vers le végétarisme se font tout doucement, pas à pas. Ils tendent dans un premier pas d'abord par ce qu'on appelle par le flexitarisme, manger de temps en temps un peu de viande, un peu de poisson tout en les excluant de plus en plus.

Depuis toute petite, je mange quasiment plus de viande, un peu de viande blanche et du steak haché, car je mâche et remâche la viande rouge sans pouvoir l'avaler par peur de m'étouffer.

Mais peu à peu, j'exclus la viande blanche aussi. Dernièrement, j'ai mangé une cuisse de poulet, impossible, je suis tombée sur un os, et du gras, j'ai tout recraché, j'ai failli vomir.

Moi qui aime le poisson, je n'en mange quasiment plus, trop de plomb, moi qui adore tant les sushis au saumon, le tartare de saumon, le saumon tout court, mais le saumon et le poisson sont hors de prix. Et il faut voir comment le poisson et les animaux sont élevés !!! Un vrai massacre et une tuerie, abominable !!

Donc, flexitarisme, pesco-végétarien, puis si je peux atteindre l'ovo lacto végétarisme appelé couramment végétarisme tout court, ce serait l'idéal. Et les recettes végétariennes sont tellement appétissantes et tellement variées !!!

Je ne sais pas si c'est une lubie du moment qui cache mon anorexie ou pas. Mais j'ai déjà eu ma période végétarienne en 2008 lors de mon hypomanie en dépression post-partum aux un an de mon fils aîné. En période anorexique aussi.

Je verrais combien de temps cette lubie durera.

Je me rends compte que je passe par le végétarisme avant de tomber dans l'anorexie. Une envie, une lubie, une passion, de manger sain, qui dégringole.

Une passion qui dégénère.

Je me mets à acheter comme j'ai tant l'habitude à chaque fois que je me passionne pour un sujet, des livres sur le sujet, et je regarde des recettes toutes aussi alléchantes les unes que les autres.

La recette du cake aux courgettes est ma préférée et je la fais et refais sans cesse.

Il ne me déplaît pas d'en manger pendant plusieurs jours.

Florent déteste manger le même repas plusieurs fois, il aime manger varié.

Mais ça doit être un truc d'autiste alors ! j'aime manger les mêmes choses, à chaque repas. Saumon, carpaccio, soupe, ou cake aux courgettes... comme si cela me rassurait.

Aurélien, lui ce sont ses pates (plus tard ce sera les gnocchis et les crêpes), Clément, la purée jambon... inlassablement les mêmes repas qu'on mange chaque jour.

Et moi, ça me rassure de savoir que ça pousse dans mon jardin, ou que ça a la couleur verte, ou de manger des algues, ou bien des graines de chia.

Je me fais des yaourts avec des graines de pollen.

Je m'achète des compléments alimentaires, magnésiums, spirulines, oméga et autres...

Nous avons des carrés potagers dans notre jardin, et j'aime faire pousser mes tomates. J'essaie de faire pousser de quoi faire de la ratatouille. Tristan est le seul à en manger avec moi. La première année où nous avons emménagé dans notre maison, la récolte de courgette a tellement explosé que nous avons dû en donner au voisin.

Pourquoi j'aime les légumes ? Vaste sujet ! ça me rassure. Je ne sais pas pourquoi. Je n'ai jamais trop aimé la viande, mis à part la blanche, j'aime le poisson, mais au prix où ça coûte, j'en mange qu'occasionnellement.

C'est plus tant par goût que par conviction que je me dis proche du végétarisme.

Certains sont végétariens par conviction pour sauver les animaux, pour les horreurs qu'on leur fait subir. Je suis consciente de cela et je dénonce cela aussi.

Mais je sais aussi que c'est aussi par conviction écologique que je réduis la viande.

Mais surtout en premier par goût.

Je pourrais me passer totalement de viande, ça ne me manquerait pour rien au monde.

Il y a le fait que j'ai du mal à manger la viande, à l'avaler et par facilité, les légumes sont facilement assimilables, faciles à avaler, à croquer.

J'aime les sentir glisser sous mes dents, les sentir sur ma langue, fondre dans ma bouche, cette facilité à être avalé.

Car bien sûr, les troubles de la sensorialité sont bien là, propre aux personnes autistes, la peur de s'étouffer encore aussi, et si je m'obstine à tendre vers le végétarisme, c'est plus par goût, par commodité, à cause de mon hypersensibilité, le côté pratique de la chose, tout comme Aurélien qui a ses préférences sur certains aliments, moi j'ai les miennes. J'évite la viande, tant qu'elle n'est pas réduite en bouillie.

Je suis parfois un peu comme ces bébés qui apprennent à manger avec les morceaux. Moi je suis encore au stade de les recracher.

Comme Tristan, qui, dès qu'il sent un bout dur, va directement à la poubelle tout recracher.

Nous ne sommes pas des gros mangeurs de viande dans la famille et tant mieux. On peut facilement s'en passer. Cependant, nous sommes de gros mangeurs de jambon.

J'apprécie de me faire un bon plat complet, végétarien, fait de légumes, féculents, ou légumineuses.

Mais du pas entre le manger sain et l'orthorexie, il n'y a parfois qu'un pas.

Manger sain, puis commencer à avoir peur de ce qu'on avale, des poissons empoissonnés par le plomb, les aliments qu'on peut avaler remplis de pesticides ou d'addictifs, regarder les étiquettes, ne plus manger de sucre, avoir peur ders pâtes, manger des graines, prendre des compléments alimentaires, se prendre pour passion de faire pousser des graines germées pour leur concentré de superaliment, ne lire que des livres sur des régimes anticholestérol, anti gluten, anti-inflammatoire, antitruc....

Craindre la maladie, du cancer, jusqu'à éliminer peu à peu tout ce qu'on aimait avant.

Faire maison, un jour, j'ai découvert combien les choses étaient plus saines en faisant maison. J'avais en stocks des bocaux et conserves de ratatouille... c'est comme si cela me brûlait les mains. Je suis allée jusqu'à frapper chez ma voisine pour savoir si elle en voulait. Me débarrasser du poison.

Ma voisine aime faire du fait maison, mais elle garde toujours des choses au cas où.

Mais dans l'orthorexie, pas de place à l'aventure. À l'imprévu.

Mes passages dans l'orthorexie m'ont tous un moment donné peu à peu fait tomber dans la spirale de l'anorexie. L'étape d'orthorexie précède l'étape d'anorexie.

Car je restreins la nourriture que je clive en bon et mauvais, jusqu'à en mauvais parce que cela fait grossir.

Et ce qu'il y a de similaire aux rigidités alimentaires de l'autisme, c'est que je catégorisais les aliments sous forme de couleur.

Les choses vertes étaient considérées comme saines.

Je ne mangeais que les choses de certaines couleurs, rouges ou vertes. Et je sentais que cela faisait du bien à mon corps.

2008

J'ai 28 ans.

Tristan a un peu moins d'un an.
Je suis en stage dans un foyer d'aide sociale à l'enfance, pour ma formation d'éducatrice spécialisée.
Je souhaite perdre mes kilos de ma grossesse. Certains éducateurs ont leur propre régime. Certains sont musulmans, alors moi je prends des recettes végétariennes.

S'ensuivent quelques coups de pédales sur mon vélo d'appartement.

Je réduis mon alimentation, le rends plus équilibré. Et mon poids descend irrémédiablement.

Je me sens bien.

Les éducatrices me félicitent de ma réussite.

Je suis mes cours, à la maison je m'occupe de Tristan, et de mes recherches.
Mais je sens cette angoisse qui revient, par vague.

Ce fil, si fragile. Ce bonheur si fugace, qui peut s'en aller. Comme si j'allais tout perdre.

Je crains que ce bonheur s'en aille, je crains de perdre mon fils, mon mari. Et de m'effondrer.
Je n'en dors plus. J'en pleure. Cette boule au ventre revient et ne part pas.
Je sais que le bonheur est éphémère. Je n'y ai pas droit. Je suis maudite.
Et je m'enfonce inexorablement, dans cette souffrance qui m'habite et me consume, et m'empêche d'être sereine.

Je rentre le soir, et à la mesure de ce que je mange, je me scarifie.
Je vois Florent repartir le soir voir ses copains et je suis seule avec Tristan et je fonce dans les toilettes les lames de rasoir qui laissent des traces indélébiles sur mon bras, parce que je me sens abandonnée.

Est-ce une punition ? Est-ce sa punition de m'avoir laissée seule le soir ?

Je me détruis chaque jour un peu plus.

Moins je mange, plus je me scarifie.
J'ai honte et je cache les poignets derrière des bandes et un pyjama la nuit.
Mais Florent n'est pas dupe.

Il se sent impuissant. Impuissant lorsqu'il sent à travers le tissu mes pansements.

Il me rassure de son amour quand je suis sûre qu'un jour il me quittera parce que je suis folle.

Ce sentiment d'abandon, un nœud à chaque fois qui fait que je sombre.

Les troubles alimentaires à chaque fois sont comme un appel à l'aide face à ce sentiment d'abandon. Un besoin de se détruire face à ce sentiment d'être invisible aux yeux des autres.

Je me scarifie à chaque fois que je suis seule.

Je bois à chaque fois que l'autre est partie, comme si j'étais incapable de me gérer toute seule.

Un soir, Florent s'en va.
Je me jette sur la bouteille de porto.

Il me retrouve à éponger le vomi parce que je n'ai pas réussi à atteindre les toilettes.

Il voit ma déchéance à m'autodétruire.

L'escalade dans la maigreur, le refus de se nourrir, ce besoin de se scarifier, de s'alcooliser parfois.
Pour noyer une douleur que je ne comprends pas.

Ma mère passe.

Je l'ai revu depuis qu'on a repris contact au début de ma relation avec Florent parce que j'avais besoin de témoignages pour mon divorce pour faute.

Elle me prend en photo.

Je me vois tellement grosse, alors qu'elle constate ma maigreur.

Pourtant, j'ai déjà été maigre, mais elle n'avait rien vu.

À mon école d'éducateur spécialisée, on me parle d'anorexie.

On l'avait déjà fait en 2004, mais j'étais dans le déni.

Là, je commence à réaliser.

J'ai 28 ans.

Je suis maman, et je cherche, je cherche et j'ai beau chercher, c'est comme trouver une aiguille dans une botte de foin, des documents ou un livre sur l'anorexie à l'âge adulte, il n'y en a pas des masses.

Je me sens seule.

Je cherche des témoignages de femmes dont l'anorexie s'est déclarée à la suite de la grossesse de leur enfant.

Mais je suis à côté de la plaque. Je ne réalise toujours pas que j'ai vécu des épisodes d'anorexie depuis l'adolescence et que cela s'est juste chronicisé.

Florent est désespéré de me voir ainsi. Il parle à sa mère qui me conseille un psychiatre, ce psychiatre qui le nez plongé dans ses papiers, ne m'écoute que d'un œil, et me donne un antidépresseur.

Je ne le verrai que peu de fois, il me déplaît.

Peu après la prise des antidépresseurs, ce que je ne sais pas c'est que je fais une poussée maniaque, ne me sachant pas bipolaire.

Car un antidépresseur provoque un virage maniaque pour les personnes bipolaires s'ils sont pris seuls. Parfois on se découvre bipolaire lors de ces envolées maniaques.

Pour le coup, je vais mieux, et les kilos s'envolent encore plus vite, je suis encore plus hyperactive.

Je suis en stage dans un CHRS de femmes battues, mais l'ambiance est tellement plombant et ma prise en charge tellement mauvaise que lorsque ce stage se finit, le soulagement est tel que je me sens mieux, et je recommence à manger.

J'arrête les antidépresseurs par la même occasion.

Jeudi 1er octobre 2008

La situation empire. Pourquoi fais-je cela ? De quoi je me punis ? Je me sens coupable d'être mal, dépressive, de faire endurer cette tristesse à mon entourage. Autour de moi, ils pensent que c'est dû à ma séparation lors du voyage à Venise avec ma formation, dix-sept jours, dix-sept jours en étant à des milliers de kilomètres de mon fils et de mon conjoint. Une torture, comme si je les abandonnais, comme si je ne savais pas exister sans eux.

Mon beau-frère et ma sœur disent que je prends trop les choses à cœur et que des séparations il y en aura d'autres, des voyages en colonie, ou chez les grands-parents... mais est-ce moi ou ont-ils oublié leurs angoisses de se séparer d'un bébé d'à peine un an ? leur première séparation ?

Florent me soutient.

Ma sœur et mon beau-frère disent qu'il faudra que je m'y fasse, car que ferais je quand je trouverais du travail ? Laisser seul mon fils à une nounou ?

Ils n'imaginent pas les difficultés de rentrer de mon stage et de voir que tout le monde dort, être privée de leur vivacité, leur énergie, leur amour, juste les voir dormir sans rien attendre en retour.

Ma famille parle de dépendance. Ils me croient fragile, peu combative, que je prends tout à cœur. Et je réalise que même si je prépare mon métier d'éducatrice, cela m'importe peu comparé aux moments que j'éprouve auprès des gens que j'aime. Florent a peur pour moi.

J'ai recommencé à m'automutiler, personne n'est au courant. Comme du fait que je m'affame, que je me fais vomir. Plusieurs jours que je ne mange plus rien. Je réalise que ce comportement autodestructeur remonte bien plus loin qu'avec mon ex violent. Lors du divorce de mes parents, je me souviens encore me cogner la tête contre les murs, me tirais les cheveux. Me planter des fourchettes dans la main. La trichotillomanie depuis petite.

C'est comme si mon corps me dégoûtait. Comme une envie de ne plus ressembler à une femme. Le sexe me fait peur. Cela fait plusieurs semaines que je ne supporte plus aucun contact sexuel. Florent est patient.

J'ai même eu des idées bizarres de me teindre les cheveux en noir, ou de les raser.

L'envie de casser un verre et de me couper avec.

Je ne suis même pas allée en stage, et j'ai déambulé toute la journée en attendant que Florent revienne me chercher le soir

Je mens, je mens à tout le monde.

Je dis que j'ai froid pour pouvoir cacher mes coupures par des vêtements longs.

J'ai peur pour Tristan, il faut que je me ressaisisse, pour ne pas qu'il souffre, je ne veux pas être une mère défaillante.

Vendredi 2 octobre 2008

Hier soir, j'ai juste mangé deux fourchettes de pâtes, je n'ai pas pu finir le peu que j'avais dans mon assiette, j'ai remis le reste dans le plat. Je me suis gavée de médicaments, juste doublé la dose habituelle.
J'arrive à m'occuper de Tristan, ça, il n'y a pas de soucis. Mais j'ai comme un masque, invisible, être la bonne mère, aimante, m'occuper de ceux que j'aime alors que dans mon être, je me sens si seule, abandonnée, envahie d'un sentiment de détresse que je cache en permanence, sauf quand ça veut sortir par les coupures que je me fais.
J'ai lacéré mon pied et je ressens la douleur à chacun de mes pas. C'est bien fait, c'est ma faute, tu l'as cherché, tu n'es qu'une malade.
Une personne dans ma tête me culpabilise et me dit que je suis idiote et folle.
Je ne suis qu'une pauvre conne.
J'ai l'impression que le pansement est parti. Je vais aux toilettes, la chaussette est en sang. Je change le pansement en un plus gros. J'ai jeté mes chaussettes au fond d'une poubelle.
Je suis une grande dissimulatrice : cacher mes pansements, cacher mes coupures par des pyjamas longs, mettre des chaussettes de nuit.
J'ai perdu trois kilos cette semaine.

Ce matin, Florent m'a préparé mon petit déjeuner ce matin : un bol de chocolat, c'est gentil de sa part, il est si attentionné. Mais j'ai bu une gorgée et j'ai jeté le reste dans l'évier. En laissant en évidence le bol utilisé pour faire croire que j'ai tout bu.
Je fais croire que j'ai mangé alors que je n'ai rien avalé.
J'en arrive presque à parfois à me dire que je ferais mieux d'être seule plutôt que de mentir à tout le monde, pour pouvoir vivre avec ma maladie et ne rien manger quand ça me chante.

Mon entourage voit bien que j'ai maigri. Mais je ne supporte plus les gens qui vous dire de vous ressaisir, de dire que ce n'est rien, que j'ai retrouvé ma famille et que je dois en profiter. Si c'était aussi simple.
La prochaine fois qu'on m'interrogera sur ma perte de poids, je dirai simplement que je suis tombée malade.
Pourtant je tente de rassurer Florent, en lui disant de ne pas s'inquiéter pour moi. J'ai surtout peur qu'il s'en aille à cause de mes conneries, qu'il s'en aille d'avoir marre d'avoir une folle comme amoureuse.
Il ne me supportera plus, je ne me supporte déjà pas moi-même et je ne comprends pas pourquoi je suis en dépression avec une famille aussi aimante que la mienne, un bon mari, un bébé adorable, une belle famille gentille.

Je sais qu'on fond de moi, ce comportement est l'arbre qui cache la forêt. Je ne cherche pas au bon endroit l'origine de ce mal être. Je pense que c'est une manière de détourner son attention sur une chose qu'on ne veut pas voir. Mais quoi ? J'ai peur de réaliser que finalement, je n'en ai pas du tout fini avec mon passé, après toutes les thérapies que j'ai faites, après avoir ce sentiment qu'enfin j'avance... pour mieux faire marche arrière.
Alors quoi ? Cette foutue dépendance à ma famille, la peur de la perdre ? La peur de l'abandon ? La peur que Florent me trouve trop folle pour rester avec moi ? La peur qu'il se détourne d'être aussi repoussante avec lui quand il réclame des câlins ?
Il y a tant d'abandons, tant de morts autour de moi. Une de mes grands-mères mortes récemment, mon grand-père hospitalisé et mon autre grand-mère qui se laisse mourir. Un oncle mort aussi.

J'ai perdu presque 13 kilos en quelques mois.

Florent, malgré mon état, me demande s'il peut sortir boire un verre avec ses amis. Il hésite vu mon état. Je lui promets que je resterais tranquille à l'attendre. Il a peur que je fasse une tentative de suicide. Mais je suis un boulet, je ne veux pas l'empêcher de s'amuser à cause de moi. Alors j'ai promis. Et il est parti.
À peine la porte fermée, j'ai cherché une bouteille, j'ai trouvé du porto. Et j'ai bu la moitié de la

bouteille. Je me suis coupée, et la vue du sang même si je ne ressentais rien, était jouissif.
Juste avant qu'il revienne, je suis allée aux toilettes, mais je n'ai pas eu le temps d'y arriver. J'ai vomi dans le couloir. J'étais en train de nettoyer quand Florent est rentré. Il est gentil, il a pris le relais, et je pleurais, je lui disais que je n'avais pas tenu ma promesse. J'ai pleuré dans ses bras. Je lui ai tout avoué, mon mal être que j'ai tant voulu cacher, les morts, le voyage à Venise, ma grand-mère qui a le cœur fragile... trop, c'est trop.
Je lui ai avoué que depuis l'adolescence je me fais du mal, l'automutilation. Il m'a regardé et m'a serré contre lui et m'a serré fort. Il a regardé mon bras et m'a serré encore plus fort. Je sens tout son amour et surtout son impuissance à m'aider. Je culpabilise d'autant plus.
— Je suis folle, je suis un boulet, tu vas finir par partir.
Il me rassure.

Samedi 3 octobre 2008

Florent est parti faire les courses. Ma belle-mère est arrivée et on a parlé. Les dépressions, elle connaît, elle a même été hospitalisée aux urgences psychiatriques, car elle avait envie de sauter par la

fenêtre. Elle ne me juge pas, elle ne me gronde pas lorsque je lui avoue tout.
Je n'arrive plus à manger. Je lui ai parlé de la dernière fois où j'ai fait une tentative de suicide les premiers mois de ma rencontre avec Florent, j'avais peur qu'elle me prenne pour une folle, mais non. Pourtant, je n'étais pas suicidaire. Cela faisait suite à l'appel de ma mère. Des effets secondaires de l'hypnotique, tentatives de suicide, c'est marqué sur la notice. Puis un black-out total où une petite fille a pris le relais et pleurait sa maman. J'étais en dissociation total. C'est comme si ma personnalité habituelle s'était effacée pour laisser place à l'enfant blessé qui était en moi. Un switch comme on dit chez les TDI.
On est venue à parler de ma mère, de la relation fusionnelle, le fait qu'elle me veule comme elle, son clone, sinon j'étais bonne pour l'asile. La peur d'être folle vient de là. Je lui ai dit qu'elle a toujours tout minimisé, les coups de mon père, les viols des cousins : ma sœur lui avait dit ce qu'il se passait et pourtant ma mère n'a rien fait, et ça a continué, les viols, la sodomie. Les viols des copains d'un petit ami, à 14 ans, c'était ma faute, c'était bien fait, il ne fallait pas inviter des garçons, alors que cela se faisait la plupart du temps chez mon copain, elle ne m'a tout simplement pas écouté et nié, c'était forcément ma faute. Elle n'a jamais entendu ma souffrance, j'étais forcément une pute.

J'ai coupé les ponts, mais je ne savais finalement plus qui j'étais. J'avais l'impression de n'être qu'elle, son pantin, une relation à trois avec mon beau-père. Elle me donne l'impression d'avoir toujours manipulé son monde. Mon père d'ailleurs, qui lorsqu'elle est partie a changé du tout au tout. J'ai l'impression de quelque chose de malsain. Ma belle-mère me donne le nom d'un psychiatre qui l'a suivie.

Lundi 5 octobre 2008

J'ai dormi toute la journée, incapable de me lever. Je continue à m'automutiler.
Je suis allée amener Tristan chez sa nounou, elle a vu que je n'étais pas bien, malade. Le soir c'était pire. Le fait même de porter Tristan était difficile, je suis épuisée.

Mardi 6 octobre 2008

Je suis allée à mon stage, mais je ne fais pas la fière, une folle dépressive comme stagiaire. Je n'ai qu'une envie, me coucher. Tout est difficile.
J'ai attrapé froid, je prends du sirop pour la toux. J'ai mangé un yaourt et trois tranches de grison. Je me suis affalée sur le canapé dans les bras de Florent et

je me suis endormie. Il m'a réveillé pour aller au lit, je me suis rendormie aussitôt.

Mercredi 7 octobre 2008

J'ai appelé le psychiatre, pas de rendez-vous avant deux semaines. Je panique, car j'ai besoin d'aide tout de suite. Florent regardait dans les pages jaunes, je lui ai dit que je voulais quelqu'un spécialisé dans les dépressions, automutilations, et troubles alimentaires. Je réalise que depuis peu, que cela remonte à mon adolescence, j'ai toujours nié avoir un problème de ce côté-là et j'ai toujours cru que c'était consécutif à ma grossesse, mais le mal existe depuis bien longtemps. J'ai peur, peur de devenir anorexique. Peur de mourir, peur de devenir stérile à cause de ces conneries. Je veux d'autres enfants, je veux être heureuse, avoir une grande famille. Je ne veux pas me laisser mourir, il y a des gens qui m'aiment, il y a mon fils. Je ne veux pas le laisser orphelin.

Je suis allée rejoindre Florent au pub où il y avait un de ses amis, il souhaite l'inviter à l'appartement ce soir, ils me prendront asiatique.

Quand ils sont arrivés, j'avais déjà couché Tristan qui dormait déjà à poings fermés. J'ai pinaillé pour en arriver à manger que deux sushis et une soupe miso. Ils ont tenté de me faire manger plus. J'ai mis le reste au frigidaire, et le peu que j'ai avalé, je suis partie le vomir aux toilettes. Je me déteste.

Samedi 10 octobre 2008
Je ne m'étais pas automutilée depuis deux jours. Florent est parti acheter des petites choses. À peine parti, je me suis acharnée sur mon bras comme pour rattraper ces deux jours, je ne supporte pas mes bras cicatriser

Jeudi 16 octobre 2008

Je m'active, je fais du vélo d'appartement pendant des dizaines de minutes, j'ai encore perdu du poids.
Je n'ai pas l'intention de me laisser aller, je veux mon diplôme, je veux travailler, je veux faire d'autres bébés, je veux une maison avec jardin, exposer mes œuvres dans une galerie, l'ami artiste de Florent a cherché à me remonter le moral, il expose et j'aimerais faire comme lui aussi.
Pour autant, je fais tout le contraire de ce qu'il faut : je maigris plutôt que l'inverse. J'ai peur de grossir.

Samedi 18 octobre 2008

Nous sommes allés chez ma sœur, mais j'ai eu droit à des remarques sur mon poids. Je dis juste que je suis malade. Sans compter les critiques sur le fait que je prenne un antidépresseur, les mêmes choses, rengaines qui ne servent à rien. Ils sont anti-psy, anti-médicaments et croient tous que je réfléchis trop et me prend trop la tête pour rien, comme si c'était aussi facile que de se donner un coup de pied au cul ! Je ne comprends pas ma différence, je ne comprends pas que même ma sœur ne comprenne pas ce qu'est la dépression, elle qui a vécu quasiment la même enfance que moi et qui pourtant n'a jamais donné l'impression d'avoir été dépressive un jour.
Je réfléchis trop, je suis susceptible, trop sensible, hypersensible même, je devrais arrêter de penser d'après les autres. J'aimerais la recette !
Il me faut bien quelque chose pour sortir la tête de l'eau. On ne peut connaître la dépression, et ses difficultés de s'en sortir sans comprendre que ce n'est pas juste une histoire de coups de pied au cul. Bref, ça me saoule.
J'ai vu mon père aussi, il a vu ma perte de poids, je lui ai dit à lui aussi je j'avais attrapé froid. On est rentré, je me suis couchée à 18 h.

28 octobre 2008

Je m'isole des autres élèves. Les voir manger et rire, c'est trop pour moi. Noémie qui était mon amie jusqu'à il y a quelques mois, ne me parle plus, elle est avec une autre fille. Je fais fuir les gens. Ce n'était pas vraiment une vraie amie.

J'ai mal à la tête, tous les jours. J'ai encore perdu du poids, je frôle la zone maigreur, encore deux ou trois kilos et j'y suis.
Dans ma tête j'ai peur d'atteindre ce seuil tout autant que j'ai envie d'être à 49 kilos. Peut-être pour me dire finalement que je suis anorexique. Pourquoi est-ce si important pour moi ? Comme une identité ? Alors que ma perte de poids se voit chaque jour un peu plus. Qu'est-ce que cela m'apporterait d'avoir l'étiquette « anorexique » ?

Ma belle-mère pense que j'ai des comptes à rendre avec ma mère. Avec cette peur d'être folle.
Peut-être est-ce une manière de coller à l'étiquette que ma mère m'a cataloguée depuis longtemps : folle. Parce que j'ai toujours eu ce sentiment d'être différente depuis mon enfance. Pourquoi je refuse d'être comme les autres ?

Rupture ? Peur de la fusion, peur de la séparation, contrôler quelque chose que je ne peux pas contrôler. Cet enfant qui grandit et qui refuse d'être dans mes bras. Il vit sa vie, je le vois grandir et deux personnes en moi se battent, la joie de le voir devenir autonome, sourire, devenir un grand bonhomme et cette peur croissante de le perdre un jour. Qu'il s'éloigne de moi. La complexité d'être mère. Tristan ne doit pas dépendre de moi.

Je prends du retard dans mes cours, je sais que je dois m'y plonger. Mais purée, quelquefois j'ai envie de tout foutre en l'air, baisser les bras, et me laisser nager dans ma merde, rester coucher, ne plus manger, ne plus rien faire. Mais s'il n'y avait pas mon fils, s'il n'y avait pas Florent ni ma famille, c'est ce que je ferais, me laisser mourir. Je tiens pour eux. Mais putain, parfois j'en ai marre d'être toujours forte et de toujours devoir me battre, survivre plutôt que vivre pleinement le bonheur que je tiens dans mes mains.

Jeudi 30 octobre 2008

Florent me tâte les cuisses et les fesses et s'inquiète, car il me trouve maigre alors que je suis encore « normale », pourtant j'arrive maintenant à rentrer dans une taille 34. Je me sens tiraillée entre celle qui veut s'en sortir, et celle qui veut se faire du mal. Et s'enfoncer encore plus, maigrir pour montrer mon mal être. Car parfois j'en ai marre de lutter pour être dans la norme, j'en ai marre de lutter alors que je ne me sens pas normale, je me sens seule avec ma souffrance, avec ce passé lourd à porter, avec ce corps qui est un fardeau pour moi et que je n'aime pas, et qui ne m'appartient pas, qu'on m'a volé, par la brutalité des hommes, par les coups, par les viols, et abus sexuels, ce corps je le déteste, car on me l'a sali.

Jeudi 6 novembre 2008
Mon père est allé chercher Tristan aujourd'hui et quand il me l'a déposé, il était fâché, car je ne lui ai pas dit que je prenais des antidépresseurs. Et alors ? Il est vrai que dans ma famille, on est anti-médicament, anti-psy, il ne comprend pas que l'on puisse être dépressif ni ma sœur aussi.

Je suis allée à la FNAC tenter de trouver des livres pour me comprendre. J'ai trouvé un livre sur la relation mère-fils, car je sens bien que l'un des nœuds du problème vient du fait que j'ai peur de voir mon fils grandir et que je ne supporte pas de le voir courir loin de mes bras. Le nœud du problème étant la peur de l'abandon. Je cherchais aussi des choses sur l'anorexie adulte, mais il n'y a rien sur le sujet comme si cette pathologie n'existait pas lorsqu'on est adulte. Ni trouvé de livre sur l'anorexie chronique, car je sais bien que cela n'est pas né après ma grossesse, mais que cela date de mon adolescence.

Vendredi 7 novembre 2008

Ma sœur et son mari, et ses enfants, et leur parrain sont venus à la maison. Le sujet de l'anorexie est venu sur le tapis. Je nie tout en bloc, j'ai fait bien pire avant. Je demande si je suis si maigre que cela. Oui. Mais je me sens plus grosse qu'il n'y parait, je n'ai pas atteint la limite de la maigreur alors je ne suis pas maigre.
Ils ont ramené des pizzas que j'ai finalement vomi aux toilettes.
C'est de pire ne pire, je dors mal, j'ai mal partout, je fais des cauchemars, il faut que mon médecin augmente l'antidépresseur. Nous partons ce weekend voir mes grands-parents, j'angoisse d'avance rien qu'au repas qu'il va y avoir.

Ma solution : dire que je suis végétarienne, pas question que je mange de la viande.
J'ai encore perdu un kilo.

Samedi 8 novembre 2008

Quelle horreur, une raclette ! j'ai picoré, et je sais que demain il y aura un pot-au-feu, je ne mangerais que les légumes et le bouillon. Je dis à ma tante que je suis végétarienne.
C'est sûr qu'au retour ce sera régime sec et vélo d'appartement à outrance, il faut que j'élimine tout cela.

Dimanche 9 novembre 2008

Je suis restée à mes promesses : ne manger que des légumes, et du bouillon avec une petite cuillère de vin dans le bouillon.
Le repas fut vite expédié pour ma part et j'ai été heureuse, car Tristan a fait ses premiers pas devant mes grands-parents. Je me suis mise à danser avec lui au son de la musique, c'est comme si tous mes soucis étaient envolés. Nous avons formé une bulle entre mon fils et moi, j'avais l'impression que rien d'autre ne comptait que son sourire, plus personne n'existait à part lui.
J'ai vite éludé les questions sur ma maigreur. Je voulais profiter de mon fils.

J'ai même oublié que mon beau-père était dans la même pièce que moi et qu'il a mangé à mes côtés ce repas en me servant du vin rouge.
C'est comme si plus rien n'existait que le bonheur que me procure de danser avec mon fils, et la joie de le voir enfin marcher.

Mardi 18 novembre 2008

Samedi je suis allée voir la psychologue, on a évoqué le fait que je ne suis rien sans ma famille. J'en pleure. J'ai l'impression que si je les perds, rien ne sert à vivre. J'ai construit ma vie autour d'eux, ma volonté de vivre est grâce à eux. Depuis adolescente, je me fixe un but, celui de fonder ma famille pour prouver que la vie vaut d'être vécue, je ne sais pas vivre pour moi, ma famille est mon tuteur de résilience.
Je ne vis pas pour moi, je ne suis rien, juste une merde. C'est eux qui me tirent vers le haut.

J'ai fait les courses, la plupart des choses peu caloriques : des huîtres, des bulots, du pot-au-feu... mon poids est stable. Et quand on invite, je sors ma rengaine : je suis végétarienne, pour trouver une excuse au fait que je ne mange pas autant qu'eux et encore moins des choses caloriques ! une végétarienne qui mange du poisson et crustacée !

Et puis je n'ai pas faim parce que j'ai tout le temps mal à la tête, plus de trois mois que j'ai mal à la tête. Ça me fatigue. Pourquoi ai-je envie de me faire du mal ? J'ai encore pensé au suicide, à m'automutiler. Je suis mon propre ennemi. Le bonheur me fait-il peur ? Est-ce que je crois que ce n'est pas pour moi finalement et que je sabote tout ? Mon bonheur ne se résume qu'à deux personnes : Tristan et Florent.
L'automutilation : lutter contre mon propre anéantissement, lutter contre mon envie de mourir. Parce que dans ces moments-là, la douleur interne est telle que je ne ressens plus mon corps, comme si j'étais hors de mon corps. Je suis alors en état de dissociation et l'automutilation sert à contrecarrer de sentiment de non-existence, ce sentiment de son propre anéantissement, se couper comme pour tenter de réintégrer mon corps, le sentir vivre alors que je me sens quitter mon corps.
Pourquoi ai-je besoin d'avoir un nom sur mes comportements ? Anorexique ? Borderline ? Peut-être pour trouver un sens à ce que je vis et trouver des moyens thérapeutiques en accord avec ma maladie pour m'en sortir. Peut-être pour renvoyer aux abuseurs l'image qu'ils ont faite de moi : un cadavre, le corps réceptacle de ma souffrance. Une colère qui se retourne contre moi finalement, plutôt que de hurler à la tête des violeurs, mon silence se voit sur moi, sur mon autodestruction. La peur au ventre que

ça recommence, avec mon beau-père, qu'on m'agresse, qu'on fasse du mal à mon bébé. Quand pourrais-je lui parler de mon vécu ? quand pourra-t-il comprendre ? Pour qu'il fasse attention, pour qu'il ne devienne pas un agresseur, peur qu'il reproduise, peur qu'il subisse, peur de la vie et de ses dangers, peur qu'on détruise ma famille. Alors résultat : je me détruis.

Samedi 22 novembre 2008

Hier, j'ai enfin rencontré le psychiatre, qui m'a changé d'antidépresseur, il pense que c'est la cause de mes maux de tête. Il a évoqué l'anorexie même si le poids n'est pas encore là, j'en ai le comportement. Il dit que c'est les séparations qui ont réactualisé aussi mes peurs de mon enfance. Ma famille est comme une bulle protectrice, et la séparation ne me protège plus.

Aujourd'hui, j'ai vu la psychologue et elle a fait un parallèle entre le fait de couper les ponts avec ma mère et me couper le bras. Est-ce un moyen de renier ma mère, nier l'existence qu'elle m'a donné ?

Quand j'ai coupé les ponts avec elle en 2003-2004, cela m'a ouvert les yeux sur le fait que j'étais son prolongement et que je n'avais pas d'existence propre, que si je voulais me faire aimer d'elle, il fallait que je lui plaise en étant comme elle, comme ce qu'elle me demandait d'être, et non une personne unique, à part entière, indépendante. Elle m'a rendue dépendante d'elle, à son amour qu'elle me donnait de manière conditionnelle.

Quand j'ai évoqué le fait de voir une psychologue à mon père, il a dit que je serais mal vu dans mon métier. À parce que pour être éducatrice, on n'a pas le droit de voir un psy ? Il a toujours été anti-psy et cela continue encore. Moi je vais finir par croire que cela va être à vie.

De toute manière, ça y est l'étiquette de folle, et d'anorexique est collé sur mon front.

C'est bien ce que je cherchais, non ? Et alors, après ? On fait quoi ?

Mercredi 26 novembre 2008

51 kilos

Hier, je me suis foutu un grand coup de pied au cul, en voyant mon autodestruction comme une fuite, la manière de fuir mes responsabilités, de rejouer le rôle de victime. Mais je ne veux pas être une victime, je ne veux pas sans cesse me plaindre, comme si je me complaisais dans ma merde. Comme si je cherchais à tout faire foirer, tout détruire pour me détruire et pouvoir mourir seule, abandonnée comme si c'était mon destin.

Je ne veux plus craindre personne, je ne veux plus bousiller ma vie, ma famille. Ils n'ont pas le droit de souffrir à cause de mon passé. Remue-toi un peu. Et dirige ta colère autre part.
C'est décidé, il faut que je pense à moi et faire des choses qui me plaisent. Et c'est la création.
Faut que je jette ce qui me permet de me couper et que je trouve un autre défouloir que mon propre corps pour gérer ma colère.
M'occuper de la maison, la réaménager pour créer un espace de création, et arrêter de me complaire dans mon statut de victime. Marre d'être terrifiée devant mon beau-père, marre de dépendre des autres.
Être éducatrice c'est mon boulot, mais j'ai un rêve beaucoup plus important aussi : écrire mon autobiographie, exposer mes peintures, être une artiste, j'ai plein de projets dans la tête.

Jeudi 27 novembre 2008
J'ai trente-six mille projets. Le ménage, le repassage, aller chercher une étagère Ikea, être aidée de mon père, réagencer tout le salon, tout l'appartement en attendant d'aller chercher Tristan. On m'appelle, il est fiévreux, je le récupère alors qu'on lui a donné du doliprane. Une fois à la maison, la fièvre est tombée, il s'extasie devant l'appartement changé, je tente de

le coucher, mais il va et vient entre sa chambre le salon et a de l'énergie à revendre. Je mets la musique, il réclame un câlin, ce qui n'est pas souvent venant de sa part, et je chante, je danse avec mon fils qui rit aux éclats, je suis heureuse comme jamais, cela faisait longtemps que je n'avais pas été aussi heureuse de ma vie.

Est-ce ma motivation ? Est-ce l'antidépresseur ?

Mardi 02 décembre 2008

J'ai tenté cette semaine de manger normalement, alors j'ai pris ce que j'aimais, comme un MacDo, mais ça avait une autre saveur, je me forçais à manger sans éprouver de plaisir.

Ma mère m'a appelé, elle passe me voir, je lui parle des TCA et lui dis que ça remonte à l'adolescence. Elle culpabilise, a-t-elle été trop absente au moment où j'avais besoin d'elle ? Couper les ponts a été bénéfique dans le sens où c'est là que j'ai réalisé combien on était fusionnelle. Que je n'avais pas mon identité propre ! J'ai toujours besoin de ma mère, besoin qu'elle soit plus présente pour moi, pour Tristan, peut être dit-elle qu'elle ne m'a pas assez protégé ? C'est vrai que la plupart du temps, c'était l'inverse et que c'est moi qui cherchais à la protéger. Parfois j'ai envie de redevenir une enfant dans ses

bras. Grandir c'est difficile. Il y a une petite fille en moi qui réclame sa maman et qui pleure.
Et je sais que lorsque je suis mal, que je me sens abandonnée, que je me coupe, c'est en partie l'enfant en moi qui réclame qu'on s'occupe d'elle.

Il y a ce sentiment d'abandon, que ma mère m'a abandonné à plusieurs reprises, au moment de rencontrer mon beau-père, nous n'existions plus, ne n'avions plus de câlins, nous étions trop grandes, et c'est mon beau-père qui a pris le relais sur moi ? Est-ce que mon autodestruction est un appel à l'aide à ma mère ?

Lundi 15 décembre 2008

J'ai froid j'ai tout le temps froid, les extrémités gelées, les ongles bleus.
J'ai encore perdu du poids et ça y est, je suis en zone maigreur.
Je crains de ne plus avoir mes règles, peur que ça ne revienne plus, peur de ne plus enfanter, être une femme.
Peur de ne pas donner de petit frère ou petite sœur à Tristan. Je veux d'autres enfants, c'est peut-être ce qui me sauvera.

Florent voudrait me faire un autre enfant pour que je regrossisse, car il dit que j'ai les fesses plates, j'ai plus de seins.

Anorexie, automutilation, dissociation

Je ne sais pas si c'est le cas pour nombre de personnes dans le même cas comme moi, mais pour ma part, l'anorexie était intimement liée avec automutilation.

Quand j'étais adolescente, mes souvenirs restent flous, mais je sais que je me tapais la tête contre les murs, mais c'est lorsque j'ai rencontré mon ex-mari que j'ai commencé à me scarifier et que les réels problèmes ont commencé.

Je le disais, mes passages à l'acte étaient intimement liés à ces périodes où je faisais effet cocotte-minute. Étant à la fois bipolaire et autiste, étrange cocktail détonnant, en période mixte (dépression et maniaque), j'avais l'impression que j'allais imploser de l'intérieur. Du fait de mon autisme, j'étais dans l'incapacité de comprendre mes émotions (alexithymie), de comprendre et de trier mes émotions. C'était un tsunami émotionnel.
Et ma seule manière de gérer tout cela, c'était le contrôle de la nourriture, et de faire sortir la souffrance de mon corps.

Je me sentais comme envahie par un sentiment d'étrangeté, comme si j'étais en dehors de mon corps, que je n'appartenais plus à mon corps et qu'il fallait que je fasse quelque chose pour me le réapproprier.

La violence des émotions qui m'envahissait faisait que mon corps et ma tête étaient comme dissociés, plus rien n'était connecté et ça m'angoissait à un point qu'il fallait que je fasse quelque chose pour me sentir exister.
Me faire mal était la seule chose pour me sentir exister.
La douleur morale prenait le pas sur la douleur physique parfois.

Lorsque la plupart du temps je voyais la personne aimée partir, quelqu'un que j'aime me trahir, la seule réponse à cette dissociation, à cette ingérence d'émotion, était de réponse par une douleur physique. Voir mon sang, me faire mal, faire sortir la douleur. Et quand bien même j'essayais de me faire mal, j'étais tellement dissociée que je ne ressentais rien. Mon esprit était ailleurs, je me voyais me scarifier, me couper au rasoir, au scalpel, je voyais me couper, comme si j'étais au-dessus de ce corps décharné et en sang, mais je ne ressentais rien.

Cela a un nom : dissociation, dépersonnalisation et déréalisation.
Une petite voix criait dans ma tête, sa peur, ses craintes, de voir les gens l'abandonner. Une enfant, une petite fille qui pleurait et réclamait qu'on la rassure.

Une enfant qui se dissociait et jouait la malade pour qu'on la remarque, comme les fois où ma mère prenait soin de moi et me berçait quand j'étais malade.

J'étais cette « little », il y avait en moi différentes personnalités, l'enfant, mais aussi celle qui cherchait à se détruire à chaque fois qu'on l'oubliait, ou à chaque fois qu'elle avait des émotions à gérer qu'elle ne supportait pas.
Tour à tour un masque, une personnalité, un sentiment de ne plus s'appartenir, de changer de tout au tout, ne plus savoir qui je suis.
Et un conflit permanent entre qui je suis, ce que je veux bien montrer et qui se montre réellement.

Il y a le masque, au quotidien, et toutes ces personnes qui entrent en conflit dans ma tête.

C'est pour ainsi dire effrayant, l'impression d'être folle. Comme si on était sorti de son corps, un fantôme qui hantait la maison.

À peine juste un picotement. Je voulais sentir mon corps, je voulais que mon corps hurle de douleur, pour que la douleur physique prenne le dessus sur ma souffrance intérieure. Seule la vue du sang me soulageait. Seulement un temps.

Car sitôt les blessures cicatrisaient, que je m'en refaisais de nouvelles.

L'anorexie et les automutilations étaient intimement liées, car elles se produisaient dans une période bien spécifique : en période mixte.

Et c'est comme si dans cette période, tous mes sens étaient exacerbés, que j'étais devenue hypersensible à tout, que tous mes problèmes rejaillissaient, toutes ces choses qui n'avaient pas été réglées revenaient en force. C'est forcément là que les conflits revenaient, que je claquais la porte aux personnes toxiques.

Que je disais stop !

Il y a cette personne impassible, presque fermée, le visage impénétrable, et tout ce que mon être renvoie dans sa souffrance que je cherche à cacher.

L'automutilation est une composante à la fois de la cyclothymie, mais aussi de l'autisme. Quant à savoir si cela tient plus dans mon cas de l'un ou de l'autre, je ne cherche plus à savoir. Je constate, je constate que dans certaines périodes, l'un et l'autre sont intimement liés.
Que lorsque je suis dans une période mixte, j'ai systématiquement des céphalées, des ruminations, la perte d'appétit !

Que je dois alors faire attention !
L'automutilation et l'anorexie sont liées : *Troubles du comportement alimentaire et automutilation ont des causes similaires : expression d'un mal-être, volonté de maîtriser les changements de son corps...* À noter, l'automutilation est également liée à l'abus d'alcool et de drogues. Mais bien sûr, il n'existe pas de règles en la matière.

Automutilation : souffrir pour vivre — Doctissimo

Un lien est fait entre carences affectives, type de relation parent, enfant, relation défaillante, relation insécure, émotionnellement distant ou abusif. L'automutilation serait corrélée à l'absence d'amour. Si la négligence ne laisse pas de trace, certaines personnes auraient préféré que cela en laisse : *« au moins les cicatrices se verraient, je n'aurais pas eu besoin de prouver leur existence »*

« L'automutilation représente une tentative désespérée par un individu ayant de faibles capacités de défenses à se materner (...) Les soins corporels sont transformés en blessures corporelles : la lame de rasoir devient le soignant blessant, un substitut froid, mais disponible, au câlin, au baiser, ou au contact aimant qu'il désire ardemment. »

Les mères toxiques, P. Streep

Pour ma part, le lien avec l'alcool était différent. Une addiction en occultait une autre. Quand je sombrais dans l'alcool, je mangeais, quand je sombrais dans l'anorexie, l'alcool était un lointain souvenir.

L'alcool, comme pour combler un vide.

Il existe une maladie liée à l'anorexie appelée **alcoolorexie** qui consiste à se priver de nourriture afin de ressentir pus vite les symptômes de l'ivresse quand la personne se met à boire.

Mais généralement, j'arrêtais de boire parce que mes périodes d'anorexie étaient en lien à une période de phase mixte accompagnée de symptômes divers, notamment des nausées, des maux de tête, la perte d'appétit, ce qui entraînait un dégoût évident de toute absorption de quoique ce soit de liquide ou de solide.

Anorexie et dissociation

Chez les personnes diagnostiquées TDI (Trouble dissociatif de l'identité, autrefois appelé personnalités multiples), il existe un lien entre les attaques du corps et le trouble dissociatif.

Le TDI a fréquemment pour origine de multiples traumatismes, qui a eu lieu avant l'unification de l'identité de l'enfant vers ses 8-10 ans. Ces traumatismes peuvent être d'origine sexuelle, psychologiques, physiques ou émotionnels. Abus, négligence ou guerre par exemple. Une situation traumatique souvent liée à la figure d'attachement.

Jusqu'à un certain âge, la personnalité de l'enfant n'est pas intégrée et si les traumatismes ont eu lieu avant cette intégration, il y a des risques que la personne soit fractionnée en plusieurs alters. Pour souffrir de TDI, il faut minimum 2 personnalités distinctes.

Ces personnes ont des troubles de mémoire, des black-out total ou partiel, l'impression de perte de contrôle de soi.

Elles souffrent de comorbidités. Généralement, les antécédents psychiatriques des individus comprennent des diagnostics antérieurs de troubles divers ainsi que de nombreux échecs de traitement[1]. La raison de consultation la plus fréquente du TDI est la dépression, les maux de tête représentant un symptôme neurologique commun. Les comorbidités peuvent inclure des troubles mentaux et du comportement lié à l'utilisation de substances psychoactives, des troubles des conduites alimentaires, des troubles anxieux, un trouble bipolaire et des troubles de la personnalité [14,15]. Les manifestations de dissociation chez les personnes atteintes de schizophrénie diffèrent de celles rencontrées chez les personnes atteintes de TDI, car elles ne sont pas enracinées dans un traumatisme.

Trouble dissociatif de l'identité — Wikipédia (wikipedia.org)

Pour ma part, j'ai vécu plusieurs fois des sensations de dissociation, telles que la dépersonnalisation ou la déréalisation. Je suis très facilement dissociée, tout comme je souffre depuis lt'enfance de nombreux black-out et amnésies dissociatives.
Lié à mes abus et maltraitances passés. J'ai toujours eu ce sentiment d'être clivée, possédée, et de pouvoir changer de tout au tout selon les périodes. Quant à mettre le nom de bipolarité, autisme ou TDI dessus, je ne saurai réellement l'expliquer. C'est un tout. Le sentiment parfois d'être autre, le sentiment qu'en période d'anorexique c'est Ana qui me contrôle, que parfois c'est la little qui prend le dessus, et est

submergée par les émotions qu'elle ne peut contrôler. Je ne saurais savoir combien j'ai de personnalités ou de little différents. Parfois une envie de me détruire, me vient, une autre fois j'ai envie de changer de tête, de me raser les cheveux ou de les avoir rouge passion. De vouloir me faire un tatouage et l'impression de ne pas faire mon âge quand je me regarde dans un miroir, ne pas me reconnaître, voir une personne vieille alors que dans mon esprit je me sens comme une adolescente.

Il y a cette personnalité ou ces personnalités qui dominent lorsque du jour au lendemain je cherche à tout contrôler à chaque fois qu'un sentiment de perte de contrôle m'envahit, l'envie de me détruire alors que j'aime la vie, laisser sur mon corps les traces de ma douleur, plonger de plus en plus vers les abîmes et hurler avec mon corps toute la douleur qui me submerge et que je n'arrive ni à comprendre ni à contrôler.

Une enfant, ou deux qui pleure pleure l'abandon, la douleur, l'incompréhension. Un sentiment de solitude, ne pas comprendre que l'on soit si différentes des autres, que les autres ne puissent pas nous comprendre telles que nous sommes.

Un sentiment d'impuissance à se faire comprendre et qui fait que tour à tour nous changeons de personnalité, pour survivre.

Parfois je me retrouve face à un vide, le noir complet, des amnésies fréquentes avec l'impression de perdre pied, de ne pas savoir qui je suis, qui nous sommes et qui est devant.

Une amnésie de 14 années lors de mes premières années de vie, une rupture au divorce de mes parents comme si ce que j'avais été avant n'existait plus ou n'avait jamais existé.

Des traces que je laisse sur des livres pour nous souvenir, souvenir pour ne pas perdre pied, savoir qui est là au moment où les faits se passent, se souvenir, car parfois, je ne me souviens pas de pans de ma vie de plusieurs semaines à plusieurs années.

Durant les sept années de flous pendant ma dépression entre 2011 et 2018, seuls les écrits nous permettaient de nous souvenir de notre famille, de nos enfants, des évènements.

Ces années furent aussi difficiles que les années d'amnésie de mon enfance.

Parfois la petite fille refait surface, avec son lot de détresse. L'impression d'être rabrouée par ses parents, de ne pas être aimée de sa mère, d'être méchante.

Amnésie totale durant le mois d'août de l'année 2021.

Puis cette petite fille qui pleure sa mère, lors de ma tentative de suicide en 2005, quelques mois après ma fuite de chez mon ex, dans les bras de Florent qui n'a pas compris mon geste. Juste parce qu'après deux années de rupture avec ma mère, j'ai entendu sa voix. Deux ans où j'ai enfoui ma souffrance, mon sentiment d'abandon et que la petite fille a resurgi avec toute sa douleur, le soir même où je l'ai eu au téléphone. Tant de mois et n'années à faire comme si cela ne me faisait rien. Jouer mon rôle, jouer la parfaite insensible, pour que cela m'éclate au visage. Que la petite fille me rappelle combien j'ai pu souffrir de cet abandon.

Des périodes où je me sens possédée, où des voix me parlent dans ma tête, où lorsque je croise une personne, une voix se met à les insulter, avec ma crainte permanente qu'on m'entende penser. Je me sens folle. Et malgré mon traitement qui me stabilise, même les antipsychotiques n'enlèvent pas ces voix qui me parlent dans ma tête.

Et ces voix me disent de maigrir, de m'automutiler, de me détruire, de me scarifier ou même me tatouer le corps, me faire un piercing.

Une bataille parfois quotidienne dans ma tête.
Ma famille me dit que je pense trop, que je réfléchis trop, mais savent-ils que je suis plusieurs dans ma tête ? Que je rumine et passe mon temps à discuter avec moi-même ? Que parfois je change de tout au

tout, qu'un jour je porte le deuil en m'habillant de noir des pieds à la été et le lendemain, je joue les ados avec des habits jeunes et bariolés ?

Que je me sens parfois un garçon, que j'ai envie de me raser la tête, de provoquer ou de dire haut ce que je pense des gens pour qu'ils me foutent la paix.

J'ai toujours vu le regard désapprobateur de mon entourage, parfois de ma sœur ou de ma famille, de ma belle-mère aussi quand je sortais des sentiers battus, le fait d'être hors norme et de ne pas me soumettre aux conventions sociales, d'être récriminée parce que je me suis teint les cheveux en rouge passion et que ça fait vulgaire !

Je fais beaucoup attention à ce que pensent mon entourage, mais je me bats continuellement avec ce que je désire réellement et ce que je suis réellement, c'est-à-dire différente et en totale opposition aux normes.

Parce que j'ai un côté soumis et un côté militante.

Je me bataille avec mes multiples personnalités et celle qui cherche à tout contrôler, maigrir ou de faire du mal, revient par moment. Il y a toujours une partie de moi qui malgré son bonheur cherche à se détruire.

Conséquences de mon passé.

Anorexie et hypomanie

Mon psychiatre dit que mes phases d'anorexie sont dues à des phases d'hypomanie.

Dans l'adolescence, lorsque ma bipolarité était à ses prémisses, je ne me souviens que du fait que mon surpoids et ma perte de poids fluctuaient selon mes aveux d'abus sexuels et mes émotions, ma sensation de vide, ma détresse, mais je n'avais pas l'impression d'être hyperactive. Et lors de ma phase maniaque lors de mon délire mystique à mes 18 ans, je n'ai pas eu de phase d'anorexie.

Certaines phases d'anorexie se sont aggravées par des phases d'hypomanie comme en 2008 à la suite de la prise d'un antidépresseur par un psychiatre qui ne me savait pas bipolaire (je ne me savais pas non plus bipolaire, non diagnostiquée à ce moment-là). J'ai fait un virage maniaque, et alors que j'étais déjà en plein régime et déjà en train de tomber dans l'anorexie, j'ai accentué mon régime. J'ai mis les pieds en plein dedans : réduction des quantités (je ne comptais pas encore les calories), hyperactivité, déménagement des meubles chaque jour, vélos d'appartement à outrance. Je vomissais le peu que je mangeais, achats compulsifs de livres sur différents thèmes sur le végétarisme et l'anorexie (c'est là qu'on m'a ouvert les yeux sur mon anorexie)… je ne sais plus combien j'ai perdu, une bonne vingtaine de kilos ou trente, je ne me souviens plus.

Mais pour moi, je suis anorexique autant en phase maniaque que mixte, car l'anorexie s'accompagne toujours d'automutilation et l'automutilation se déclare pour moi qu'en phase mixte. À chaque fois.

2013, c'est le début d'une phase d'anorexie avec automutilation. Mixte, avec automutilation. Peu d'hyperactivité. Il m'est arrivé de faire un peu de footing, mais je ne suis pas quelqu'un de très actif à la base, perdue dans mes préoccupations de femme au foyer, et les contraintes, les demandes et une envie surtout qu'on me laisse tranquille. Période d'aménorrhée et phase mixte...

En 2018, décembre, je commence une phase hypomaniaque, mon régime a débuté bien avant, en juillet 2018, mais s'est intensifié en décembre en début de phase hypomaniaque, et là mon psychiatre avait raison. Mon régime s'est intensifié, mes pensées anorexiques aussi. Ce n'est pas tant l'hyperactivité physique qui m'a fait perdre du poids que la maladie qui s'en est suivi (migraines pendant quasiment un mois et demi passé). Je ne dirais pas tant que ce soit une hyperactivité physique qu'une hyperactivité mentale. Les idées fusaient. J'étais certes tout le temps occupé, allais d'une occupation à une autre, m'éparpillais plus qu'autre chose, mais je ne passais pas mon temps à courir le marathon, j'étais chez moi, au chaud, pas de quoi perdre des tonnes de kilos. Mais le comportement anorexique perdure au-delà de la phase maniaque, les frénésies alimentaires et les vomissements, rares certes, continuent et je ne suis pas hypomaniaque.

La maladie fait bel et bien partie de moi au-delà des symptômes de la bipolarité.

J'ai remarqué que les phases mixtes s'accompagnaient de maux de tête persistants et de hausse de tension.

Mais la maladie fait que la perte de poids vous tient en éveil et vous donne une énergie telle que vous avez envie de vous activer. J'avais plus d'énergie mentale que physique. Mais parfois c'était la dépression qui prenait le pas, une apathie, un effondrement tel que j'avais une perte d'appétit, qui me donnait envie de ne rien faire d'autre de me rouler en boule.

Cela accompagné par des maux de tête récurent, des nausées, et des vomissements qui me clouaient sur place.

Anorexie n'est pas forcément synonyme d'hyperactivité, du moins pas systématiquement.

Parfois je couplais cela avec des médicaments types calmants, anxiolytiques, Atarax, un bon cocktail pour m'assommer, pour pouvoir oublier.

L'énergie de l'anorexique était loin d'être là.

Je voulais juste qu'on m'oublie, oublier mes soucis.

2011

Aurélien est né, s'ensuivent l'allaitement sur long terme, passion pour le maternage.

Je n'ai rien vu venir.

Les ennuis commencent début 2011, lorsque ma mère a amené mon beau-père à la maison. Il joue avec mes enfants, et les fait sauter dans ses bras.

Ils dorment une nuit à la maison.

Jamais je ne serais tranquille.

J'ai envie de hurler. J'ai envie de lui dire de ne pas toucher à mes enfants. Ses mains sont sales.

Je suis déjà épuisée depuis quelques mois, dans une sorte de brume.

On me dit que c'est l'allaitement, que ça me fatigue. Je sais que ce n'est pas ça. Je sens que la dépression revient à grands pas, comme la dernière fois.

Le médecin m'a donné du magnésium. Un baby blues à 8 mois après la naissance d'Aurélien ! non.

Je lis un livre « mère épuisée » de Allenou, et je m'y retrouve. Burnout maternel.

L'impression de tout faire en mode automatique, un épuisement tel qu'on ne ressent plus rien, une envie de dormir.

Peut-être une autre personnalité qui a pris le dessus pendant que l'hôte sommeillait. Nous étions en mode automatique. La mère parfaite était en « front », une alter qui cherchait à donner le meilleur pendant qu'on se dissociait et que je n'étais plus apte à quoi que ce soit, sinon survivre à la dépression qui se profilait.

L'allaitement me permet d'être en contact avec Aurélien et je m'y tiens parce que je sais que sans ça, je le sais, cela ferait bien longtemps que j'aurais plongé dans l'autodestruction.

Il me maintient en vie, il m'aide à éviter de faire des conneries.

Je lutte intérieurement, car je sais qu'il y a des voix en moi qui me disent de faire n'importe quoi, de me détruire. La persécutrice refait surface, et je suis comme un fantôme qui déambule au quotidien avec une personnalité qui gère le quotidien. La persécutrice, qui veut que je me fasse du mal, boive et m'automutile, la mère parfaite qui gère tout de front comme à son habitude et moi qui tente de me faire entendre, moi et la souffrance de la « little ».

Pascal et ma mère sont là, et je n'ai qu'une envie, les voir déguerpir au plus vite.

Je sais que c'est la « little » qui est là, impassible, stoïque et tétanisée comme par le passé devant mon beau-père qui lui fait peur. Elle voudrait crier, hurler, de ne pas toucher à ses enfants, mais elle est comme par le passé, incapable du moindre cri, du moindre mouvement parce que la peur est là, présente, comme par le passé et la muselle sans que la mère puisse dire quoi que ce soit pour protéger ses enfants.

Je sais que je n'ai qu'une chose à faire, dire à ma mère de venir seule, ne plus avoir de contact avec Pascal. Mon cœur se serre à l'idée de perdre à nouveau ma mère, mais je le fais pour mes enfants. Les abus se répètent de génération en génération parce que la chaîne n'est pas brisée et le meilleur moyen de la briser c'est de couper les ponts et que les abuseurs ne soient plus en contact avec les enfants ! il faut que je coupe les ponts avec Pascal.

Ça me ronge, ça me ronge de l'intérieur, la peur me vrille de devoir à nouveau parler à ma mère et de faire des histoires.

Voilà des semaines que j'ai recommencé à arrêter de manger et à m'automutiler.

Je le cache à Florent, je le cache à mon entourage. Ça ne se voit pas encore, mais je le vois sur la balance.

J'ai perdu tout appétit.

Des semaines de perte d'appétit, des dizaines de kilos d'envolée.

Jusqu'au moment où la partie de moi vindicative, la rebelle parle, où ça fait des histoires, où au détour d'un cauchemar où mon beau-père me viole, je me découvre enceinte de mon troisième enfant.

Il y a toujours un moment donné où une partie de moi explose, qui dit les choses, qui ose, pour protéger les autres. Je ne connais pas son nom, mais je l'appelle la rebelle, la protectrice.

Ma mère sera aux abonnées absentes durant cette grossesse ne sachant même pas que je traverserais le pire des enfers durant laquelle je chercherais des centaines de fois à vouloir mourir, traversée par des humeurs changeantes, des bouffées délirantes, avant qu'on découvre ma bipolarité.

07 octobre 2011

Je n'arrive pas à dormir, j'ai la bougeotte et l'esprit qui tourne dans ma tête à plein régime allant d'idée en idée, de mon passé, à l'envie de descendre, faire du jardinage, du bricolage, tout ce que je n'arrive pas à faire en temps normal ces derniers temps. Je vais mal, je me vois prendre des médicaments type Xanax, pour dormir, pour me shooter, sentir que je plane, et oublier mon mal être. Mais je pense au bébé et à la peur de lui faire du mal. Faut que je trouve un psychiatre, car ça ne va pas. J'ai fait plein de dépenses ce mois-ci, folie dépensière. J'oscille entre les journées où je pleure, d'autres où je me dis « youpi, aujourd'hui, ça va mieux, donc je suis guérie, je joue avec Aurélien, m'énerver pour les bêtises de Tristan, pleurer et le lendemain abattements, pleurs et dépression sans fin.

J'ai parfois l'impression que ce bébé est le bébé du viol. Foutu cauchemar où mon beau-père me viole et me met enceinte, suivi d'autres où il me viole enceinte.

Je n'arrive pas à dormir. Je voudrais savoir si je suis borderline ou bipolaire. Je suis folle.

2013

Ça y est depuis 2012, je suis diagnostiquée bipolaire. 2012, fin d'une grossesse difficile, reprise de travail trop rapide, grosse erreur de ma part, je n'étais pas du tout stabilisée et prête à reprendre le travail et toujours pas sortie de dépression, je n'ai fait que m'y enfoncer encore plus. Début de période d'alcoolisation. Pendant quelques mois. Puis arrêt de l'alcool pour arrêt brutal de manger en 2013. J'étais en dépression grave. Et comme à chaque fois où je vais mal, il m'arrive d'arrêter de manger. Et comme à chaque fois que je suis en dépression anorexique, je m'automutile. La psychologue qui m'a suivie à ce moment-là m'a fait tenir un journal de bord pour savoir quand je m'automutilais, ce que je mangeais, mes pensées. Je ne mangeais plus rien, je passais mon temps à me scarifier... je n'avais pas l'obsession de maigrir, je n'étais pas du tout hyperactive ou très peu, au contraire, plutôt tendance à être affalée à pleurer sur le canapé. Mon entourage s'est évidemment inquiété de ma maigreur, m'a parlé d'anorexie. À cette période, ce n'est pas tant l'obsession de maigrir qui prédomine, mais c'est plutôt un ras bol général des repas, car la famille n'est jamais contente de ce que je fais, les repas me dégoûtent, l'anorexie devient un moyen de protestation, tout comme cela devient aussi un moyen d'exprimer un mal être consécutif à ma dépression post-partum de la naissance de mon dernier enfant. Mon dernier enfant, après l'avoir allaité au sein trois mois, fait une réaction allergique au lait du commerce. Donc recherche d'un lait compatible pour lui, test allergique, puis la diversification est compliquée. L'alimentation a toujours été difficile avec lui. Il ne grossit pas, ne mange que très peu, sa courbe de poids est limite, à se demander si je suis négligente avec lui. On est sous le collimateur de la PMI qui nous oriente vers le CMP tout en me parlant sans cesse de mesurer d'AED, d'éducateur à domicile. L'infirmière de la PMI veut même mettre les enfants en famille d'accueil pour que je puisse me reposer lorsqu'elle voit mon état, elle m'en parle à plusieurs reprises, mais si j'accepte, je peux être sûre que je ne reverrais jamais les enfants. Quand la machine infernale de l'ASE s'enclenche, rien ne l'arrête.

Mon fils va au CMP avec moi pour comprendre pourquoi il ne veut pas manger, on se demande si le problème ne vient pas de la relation avec la mère, je culpabilise, d'autant plus qu'à la maison, avec les deux autres enfants, c'est la même chose et que même avec mon fils aîné depuis tout petit, cela a toujours été pareil, il a toujours été hyper sélectif. Qu'est-ce qui ne va pas chez moi ? C'est à peine si on parle d'anorexie pour mon fils. Mon anorexie le rendrait il anorexique ?

Je ne sais pas si cela vient d'eux ou si cela vient de moi ? Mais tout semble m'incriminer. Leur propre difficulté m'enfonce encore plus, c'est un cercle vicieux. Ils vont mal parce que je vais mal et je vais mal parce qu'ils vont mal.

Je ne comprendrais que plus tard que mes propres difficultés étaient en écho à leurs propres rigidités alimentaires et les miennes.

À cette période de mal être, ma belle-mère s'installe chez nous, elle est dans le besoin, n'arrive plus à payer son loyer, je lui ouvre la maison. De son côté, elle nous aide à gérer les enfants. On lui fait une place.

Mais elle a son caractère et le quotidien n'est pas toujours simple.

Les repas sont un calvaire au quotidien et je suis en pleurs tous les matins parce que ce ne sont que des reproches ou des soupes à la grimace. Les enfants et les adultes sont aussi difficiles les uns que les autres.

J'ai envie de m'autodétruire, d'être invisible, de me construire une nouvelle identité. Ce n'est pas tant pour maigrir, mais pour provoquer, pour dire que je suis quelqu'un d'autre qu'une servante à faire la bouffe qui apparemment ne plaît jamais à personne puisque tout le monde fait la gueule et me dit que je fais de la merde.

Ma belle-mère râle et elle est difficile, autant que son propre fils. Lui par une alimentation sélective, elle pour son alimentation orthorexique et toujours dans le contrôle par peur de grossir.

Clément mange peu aussi.

Je tente à ma manière de faire plaisir à tout le monde, mais c'est à peine perdu, j'ai droit à des reproches. Je ne fais plaisir à personne et j'ai l'impression d'être une merde qui ne sait pas faire à manger.

Une soupe aux légumes ? Ma belle-mère n'en mangera pas, car ce n'est pas assez mouliné. Un cake de courgettes ? Non plus il y a des pommes de terre. Je fais un poulet avec du riz, ça râle parce qu'il faut décortiquer et ils n'aiment pas le riz, je fais du poulet, ça râle encore, car je n'ai pas acheté la viande chez le boucher, mais au supermarché, ou alors ce n'est pas assez épicé... ou parce qu'elle ne sait pas d'où ça vient, ou parce qu'elle préfère la cuisson vapeur. Ma belle-mère perdra plus de dix kilos et me reprochera de l'empoisonner elle et les enfants.

Elle ne m'aidera pas dans les repas, et ne me dira pas ses préférences. Avec elle il faudra toujours jouer aux devinettes sinon elle fait la tête. Parce qu'elle refuse de demander de l'aide, elle refuse d'être en situation d'infériorité, et plutôt cela, elle me fait payer le prix de son mal être et de ses propres rigidités. Soit parce qu'elle ne les assume pas, soit parce qu'elle ne veut pas en parler.

Au lieu d'assumer son alimentation « saine », et demander à faire son propre repas puisque ma manière de faire ne lui plaît pas, elle préfère rejeter son aigreur sur moi, car demander ne se fait pas. Elle se fixe des règles et des rigidités qui nous empêchent d'avancer et ne fait que créer des tensions, car elle n'est pas bien et fait de moi le bouc émissaire de tout son mal être.

La discussion aurait pu tellement aider le quotidien. Mais elle n'a pas de problème, le problème c'est forcément moi. Moi qui ne sais pas faire à manger, moi qui ne sais pas faire le ménage, moi qui ne suis pas éduquée, mais qui ne sais rien, qui ne comprends rien. Moi qui la déçois pour tout ce que je fais et tout ce que je suis, moi qu'il faut changer.

Parce qu'elle seule sait ce qu'il faut faire et comment se tenir et comment tenir une maison. Il n'y a qu'une manière de faire : la sienne.

Toute la tension au quotidien se cristallise sur deux choses : les repas, et l'hygiène.

S'il n'y avait que la nourriture, chaque partie de la maison est scrutée par son œil implacable, le linge aussi, la manière de l'étendre, ma manière de manger, de couper les œufs et les tomates, de m'occuper des enfants... elle est juge et rien de ce que je fais n'a de grâce à ses yeux. Elle est ma mentore, ce qu'elle dit être pour mon bien, mais elle me corrige comme une gamine qui vient de faire une bêtise.

Elle se donne le rôle de me rééduquer. Je n'ai aucune éducation. Elle est une juge implacable. Je dois changer. Elle cherche à me modeler selon son code de savoir-vivre. Et c'est d'une violence inouïe.

J'ai toujours vécu chez moi, comme il me plaisait, à ma manière, et je me sens destituée de ma maison, je ne me sens plus chez moi, je n'ai plus le droit d'être moi-même. Chaque jour est une nouvelle épreuve, et je craque.

On ne comprend pas pourquoi je m'enfonce à nouveau dans l'autodestruction, dans l'anorexie, dans l'automutilation.

Je suis invisible. Ce que je dis ou ce que je pense, personne n'en a que faire. Je suis en dépression depuis la grossesse de mon fils, mais c'est tellement banal pour tout le monde à ce jour que personne ne me demande comment je vais. Je dois juste être parfaite, exigeante avec moi-même, performante, et soutenir tout le monde pour que lorsque mon mari rentre il puisse se reposer de son travail.

Et moi ? Qui pense à moi ? Peu importe mes états d'âmes, peu importe si je m'enfonce dans l'autodestruction et le suicide, on préfère fermer les yeux... parce que pour les yeux, mon mal être est juste... normal... et au lieu de relever la tête, ma belle-mère me l'enfonce encore plus profondément dans l'eau.

Ou peut-être se sentent-ils impuissants ?

Dans tous les cas, leur silence est horrible. Je me sens piégée dans le désir de ma belle-mère de devoir être parfaite pour être capable de supporter toute la fatigue du monde sur mon dos.

Et pour autant, on arrive encore à me traiter d'égoïste dans cette famille. Je suis égoïste, je suis égocentrique, je ne me soucie pas des gens... je pourris la vie des gens... voilà ce que je me reçois en pleine figure... moi qui essaie de tout faire pour plaire à mon entourage, de leur faire plaisir, de m'oublier pour eux, moi qui héberge ma belle-mère parce que je ne voulais pas qu'elle soit à la rue, et qui me retrouve insultée plus bas que terre.

Alors j'ai craqué, à bout, j'ai craqué à bout de nerfs, de toutes ses exigences.

J'ai l'impression de décevoir tout le monde, de décevoir ma belle-mère surtout.

Chaque jour qu'elle me reproche de ne pas savoir faire les choses est un jour de plus pour me faire comprendre que je la déçois, qu'elle ne m'aime pas. Et qu'elle aussi un jour ou l'autre va m'abandonner, comme ma mère, comme Florent, comme tous ceux qui un jour se sont détournés de moi.

C'est trop.

C'est la seule chose que je peux contrôler, la nourriture, ce que j'ingurgite, ou ce que je n'ingurgite pas.

Je ne supporte plus de voir la nourriture en peinture. Savoir ce que je dois faire comme repas chaque jour et savoir que ce ne sera que reproche et refus, et à moi de manger les restes, j'en peux plus.

Ras-le-bol général, j'ai envie de mourir, je fais grève de la faim, je proteste, je voudrais devenir invisible, me ratatiner, ne plus exister, je me sens coupable, mais je ne sais pas de quoi, de ma propre existence ? De mon éducation ? De ne rien savoir faire ? D'être une grosse merde ? Je recommence à m'automutiler. Les repas me sortent par les trous de nez. Je sature, je ne peux plus voir un seul aliment en peinture. Les aliments me dégoûtent, je me dégoûte. J'ai envie de me faire toute petite, ne plus exister. Je me sens inutile, coupable de mal faire, coupable et responsable du malheur des gens, de ma famille, et coupable de mon handicap. Parce que je me sens folle à lier, folle psychiatrique et psychotique et en plus un boulet pour tout le monde, aux crochets de mon mari, aux crochets de l'état, incapable de travailler. Quelle image ai-je devant les enfants ?

Mon psychiatre me donne un nouveau traitement, du Lamictal. C'est dans cet état de confusion, de harcèlement et de mal être et de dépression que peu à peu je m'enfonce dans une nouvelle période d'anorexie.

En l'espace de quelques semaines, j'ai fondu.

Mais je ne m'arrête pas là. Je me mets au régime, voulant perdre encore plus, peut-être pour déplacer le problème ailleurs.

Et je perds.

Je perds si bien que je rentre rapidement dans mes trente-huit, puis mes trente-six.

Et fin janvier, je me retrouve dans la zone de maigreur à porter du trente-quatre, puis du trente-deux. Je jubile quand il faut faire du shopping pour trouver des pantalons à ma taille, pour exhiber ma silhouette fine.

J'ai perdu environ une trentaine de kilos en quatre mois

Je maigris et je n'ai plus mes règles. Je pèse 45 kilos environ et une taille 32.

Mon psychiatre me dit qu'en général l'anorexie se déclenche en période maniaque. Je ne me sens pas maniaque, même s'il m'arrive d'aller sortir courir certains jours.

Je suis ivre de perdre ces kilos.

Je ne bois plus, mais je suis tombée dans une nouvelle addiction, l'anorexie, l'addiction de la nourriture ou plutôt de la non-consommation de nourriture

Ma psychologue me demande de faire un tableau de mes repas et ceux aussi de mes automutilations qui ont recommencé de plus belle

Je ne fais pas de boulimie. Il m'arrive de craquer sur un paquet de nems, mais pas au point d'en faire une orgie et en général, ce sont des aliments choisis, et du coup, je fonce tout vomir.

Je n'ai compris que je faisais de l'anorexie que lors de ma formation d'éducatrice spécialisée en 2008 aux un an de mon fils aîné. J'avais déjà fait des épisodes sans m'être reconnue malade bien que j'aie déjà chuté aussi bas et fait des crises boulimiques vomitives à l'adolescence. Rien à voir avec l'obsession de la minceur et de devenir comme les mannequins. Mon mal être faisait suite à des viols, abus, ruptures sentimentales...

Je vomis, je vomis ma vie, je me crée une identité parce que je n'en peux plus d'être bonne à rien, de passer mon temps à préparer des dîners que personne ne veut et qui font la gueule, marre de la bouffe, je suis saturée d'entendre parler de nourriture, de repas à longueur de temps. À peine sortie de table qu'il faut repenser à savoir ce qu'on fait le soir. Le fait de perdre des kilos me rend bien, mais ce n'est pas forcément pour plaire, ni pour être mince et belle, ni pour ressembler aux photos de magazines. C'est plus profond que cela, peut être encore pour manifester mon ras-le-bol de la vie, ma douleur, ras-le-bol de la nourriture, besoin de m'effacer, d'être invisible, de tout oublier, de m'oublier, oublier ma douleur, faire peau neuve, me chercher une nouvelle identité. Peut-être provoqué mon entourage, montrer mon ras le bol de leur pression incessante autour des repas qui m'empoisonne la vie et m'obsède dès le matin au réveil... c'est peut-être une manière à moi de me rebeller, de montrer que j'existe autre qu'être au service des autres et que je suis en train de craquer et que là, du coup, c'est mon corps qui lâche...

Fin février 2014, je fais une mini tentative de suicide, mini, car tel n'était pas le but, seulement de dormir, d'oublier.

J'avais piqué un jour du Lexomil à mon père, et c'était resté dans mon porte-monnaie jusqu'à ce fameux soir où j'ai dérapé, où je les ai enfilés pour ne plus avoir à penser au quotidien, à ce qui me pourrit l'existence, à cette existence qui est pour moi inutile. Je suis inutile, je ne travaille pas, je suis inapte à travailler, je ne supporte plus les entretiens, je suis en dépression depuis 2011 et je ne m'en sors pas.

S'en suivra en août 2014 une tentative de suicide carabinée, à bout du harcèlement de ma belle-mère, à bout de mes handicaps, à bout de tout, de la pression constante de la maison, la famille. J'ai failli tout perdre, ma famille, mes enfants et mon mari qui a voulu me quitter.

Ce que je ne sais pas c'est que tout m'agresse, c'est que ma belle-mère cherche à m'aider même si elle s'énerve et s'impatiente, et qu'elle me voit léthargique et cherche à me secouer. Elle est vive et directive, envahissante, contrôlante et s'emporte quand ça ne va pas dans son sens. Mais son but était de m'aider. Elle m'a juste mis la pression, « harcelé pour mon bien ». Les gens qui vous font du mal vous disent tous cela, c'était pour ton bien. Oui, mais le mal est fait même si cela partait d'une bonne intention. Pas de la bonne manière, pas la bonne méthode. Elle a juste voulu me donner de l'organisation, voulu que je fasse à sa manière. Sauf qu'elle a eu trop de zèle, je ne suis pas elle, et elle s'est énervée parce que je n'ai pas été une bonne élève. Parce que l'élève ne travaillait pas d'arrache-pied pour ressembler au maître.

Je manque d'organisation, j'ai ma propre organisation ou parfois je me laisse happer par d'autres choses et j'oublie ce que je dois faire et elle cherche à me donner un cadre que je n'ai pas, elle cherche à donner des règles dans une maison où tout se délie. Je suis en dépression et je n'ai qu'une envie, rester sous la couette, qu'on me laisse tranquille et chacun de ses reproches m'agresse jour après jour, chacune de ses paroles me donne l'impression d'être une gamine prise en faute par sa mère que je déçois, et je deviens mutique, je me ratatine et je me demande ce que j'ai fait pour mériter cela. Chaque jour je m'enfonce encore plus dans l'anorexie, seule issue que j'ai trouvée pour contrôler ce que je ne peux plus contrôler, et je ne le comprends que plus tard, que mon entourage que je crois contre moi n'est que spectateur impuissant de mon autodestruction. Je me sens seule, je me sens abandonnée, j'ai l'impression que tout le monde m'en veut, que je déçois tout le monde, mais ils sont seulement désolés de me voir ainsi, et que leurs paroles parfois agressives ne cherchent seulement qu'à me faire réagir, non pas à me blesser,

ma belle-mère n'a jamais voulu me faire de mal, elle m'a toujours apprécié et elle a toujours été là pour nous, pour nous aider. Même si parfois on s'est mal compris.

2018-2019

Sept années de dépression, de 2011 à 2018. Sept années de brume, où les souvenirs s'effacent, des menaces de placement d'ase, une tentative de suicide en 2014, où Florent m'a menacé de se séparer. Puis il a aménagé le garage en duplex et avec ma belle-mère on ne s'est plus marché sur les pieds. Le calme est revenu, mais j'ai sombré dans un puits sans fond, mise KO.

Celle en qui j'avais confiance, ma belle-mère m'avait assommé. Peut être sans le vouloir, ce n'était pas son désir, elle voulait juste me booster, me faire sortir de ma dépression, me donner un rythme, me rendre plus organisée… mais j'ai été bousculée, trop bousculée dans mon chez moi, dans mes habitudes, et je n'avais aucune raison de vouloir changer pour être une personne que je ne voulais pas être, être une autre, être comme la société voulait que je sois, cette image que l'on doit renvoyer, si belle, si conforme à ce que l'on doit être, et qui me demande tant de difficulté.
Ma belle-mère est quelqu'un qui donne beaucoup d'importance à l'image qu'elle renvoie, tant sur elle que de son intérieur. Elle est dans le contrôle permanent à toujours chercher à être parfaite, la meilleure, la plus intelligente, la plus cultivée…
Je ne cherche pas cette perfection-là, je ne cherche pas à faire semblant d'être ce que je ne suis pas, et je

n'ai jamais voulu être celle qu'elle a cherché à me faire ressembler : une femme parfaite, toujours maîtresse d'elle-même. Je ne voulais pas rentrer dans le moule, je voulais simplement être moi, être acceptée telle que j'étais.
Pourquoi voulait-elle que je change ?
Pourquoi les gens veulent-ils que je change ? Que la société veuille que je change ?
Pourquoi ne puis-je pas être simplement moi ?
Pourquoi être toujours conforme à l'image que les gens veulent être, que les personnes veuillent que je sois, plutôt que de m'aimer telle que je suis ?
Ma mère était ainsi, elle m'aimait quand je lui ressemblais et me détestait quand j'étais différente de l'image qu'elle voulait de moi.
Et plus on cherchait à me modeler, plus ou moins avec délicatesse ou violence, plus je me braquais.
Ma belle-mère me voulait parfaite, organisée, aussi maternante qu'elle l'a été pour ses enfants, me voulant parfois être aussi contrôlante et intrusive, comme une maman pour mon mari comme elle l'a été pour son fils. Je devais être comme elle comme une mère, parfois jusqu'à devenir deviner les pensées des gens, prévenir avant même qu'ils formulent leur demande. Deviner s'ils vont bien ou mal, s'ils sont fatigués, leur découper leur viande ou fruit avant même qu'ils commencent à manger... toujours tout devancer, tout deviner avant que l'idée émerge de leur tête. Je devais me faire voyante. Alors qu'on ne

savait pas que j'étais autiste, parfois impossible de devenir les émotions et intentions des gens quand ils traversent leur visage.
Je n'étais pas assez ceci, je n'étais pas assez cela. Je devais changer, parce que s'il y avait des crises à la maison, c'était forcément ma faute.
Les rigidités alimentaires des enfants, je plaide coupable, leurs crises autistiques, je plaide coupable, leur tentative de suicide aussi, je ne savais pas m'y prendre, forcément, la seule coupable à leurs yeux, menacée d'être virée de chez moi pour incompétence profonde.
C'était forcément ma faute, tout est toujours la faute des mères !
Et on m'enfonçait la tête encore plus profondément dans l'eau.

C'est d'une violence inouïe !

J'ai dissocié mon corps et ma tête. J'étais morte pendant toutes ces années, déambulant dans la vie comme une automate. Je ne voulais plus ressentir la douleur.
Une autre partie de moi est morte ces années-là, avec son lot de souvenirs avec. Et ceux partagés avec mes enfants. C'est comme si on me les avait retirés pendant plus de sept années.

Pourquoi est-ce si difficile pour moi d'être comme les autres ? Pourquoi parler m'est difficile ? Parler de tout et de rien, me lier aux autres, me faire des amis, travailler, être sociable...

Je sors peu à peu de la brume pour aller à la rencontre d'une psychologue qui suit Tristan en dépression qui me dit que je suis sûrement autiste.

Autiste ?
Est-ce la raison de tous mes problèmes ?
Est-ce que je suis bipolaire et autiste ?

Les autistes ont des troubles de l'humeur, cela va sans dire.

Ils ont aussi des rigidités alimentaires et certains anorexiques sont en fait des autistes déguisés.

Les personnes autistes du fait de leurs difficultés à se conformer aux autres, à interagir avec les autres, cherchent à entrer en contact avec les autres, à ressembler aux autres, par le biais de leur corps, en cherchant à modeler leur corps pour se fondre avec les autres, mais l'anorexie ne vient pas forcément d'un désir de maigrir, mais juste d'être comme les autres. À la base, les problèmes d'intégration préexistent initialement.

Chez la personne autiste, l'anorexie est plutôt une manifestation anxieuse qu'un désir de maigrir. Plus qu'une envie de maigrir, c'est la manifestation de ma peur d'être abandonnée, la manifestation d'une multitude d'angoisses qui est à l'origine de mes périodes d'anorexie. À chaque fois, une période difficile, un lien avec la mère, des conflits, ou une période de maladie et ce sentiment d'être invisible, comme si je mettais en image ce sentiment d'être un fantôme, inexistante, être maigre pour qu'enfin on remarque ce qu'on a fait de moi, une ombre.

2018, commence une nouvelle année, celui de mon diagnostic et celui de Tristan, il est autiste et moi aussi.

Je me réveille d'un coma, comme si une personnalité laissait place à une autre. Il me semble que je me réveille de la brume où je m'étais installée.
Une autre personnalité de mon être refait surface. La mère parfaite, la mère protectrice.
Parce que mon fils aîné va mal. Parce qu'il faut le sauver. Parce qu'il faut que je sois belle pour mes enfants et mon mari, parce qu'ille me disent que je suis grosse. Je me suis délaissée tant de temps, il faut que je reprenne le contrôle.

Je suis en obésité. Après être restée aliter tant d'années, après avoir abusé de médicaments et d'alcool, je me relève tant bien que mal, les kilos en trop.

J'entreprends un régime.

Tout se passe bien. J'ai décidé d'arrêter de manger comme mon mari qui lui n'a jamais mangé équilibré. Sa mère n'a jamais rien obtenu de lui. À rester devant son assiette pendant des heures, il restait buté, il aurait pu rester une semaine ainsi. Mais rien à faire ni légumes ni tout ce qui ressemble de près ou de loin à la couleur verte.
Et me voilà à rééquilibrer mon alimentation, à penser à moi.
J'ai tant de fois plié devant les autres, à essayer de faire plaisir aux autres sans qu'il n'y ait un sourire ni un merci, et j'ai pris des kilos, car là où Florent ne prend pas un gramme avec son régime, j'en prends vingt.
Je rééquilibre alors mes plats, et mange avec plaisir à nouveau fruit et légumes, et tant pis s'il y a plusieurs plats sur la table.

Les enfants déclament étonnée.
- Maman ? Pourquoi tu manges tout le temps des légumes ?
- Parce que c'est bon pour la santé, il faut manger des fruits et des légumes.
Et du poisson dont je raffole.

Je tombe malade, le corps a donné, consécutif aux crises récentes de Tristan depuis un an qui est en dépression et nous a fait deux tentatives de défenestration, avant d'être diagnostiqué. Florent m'a laissé gérer seul le quotidien, dépressif sans qu'on le sache, et dans la fuite.

Ma belle-mère s'étonne que je mange même avec 40° de fièvre. Pour elle quand on est malade, on fait la diète, on élimine mieux les toxines.

Alors le lendemain, je ne mange rien.

Puis les jours suivants aussi, et je me renseigne sur internet sur la diète. Puis j'achète des livres sur la diète, puis sur le jeûne, puis sur le régime citron, sur d'autres régimes...

C'est elle qui me dit que pour maigrir il me faut ingurgiter pas plus de mille calories, car je mange plus que ce que je dépense. Je ne fais pas de sport, je reste toute la journée derrière mon ordinateur, je dois moins manger.

La petite fille docile écoute alors sa « maman ». Pour lui faire plaisir.

Alors je l'écoute. J'installe une application de compteur de calories.
L'engrenage commence.

Il n'y a pas besoin d'être maigre pour tomber dans l'anorexie.

2019

Mardi 08 janvier 2019

Juin 2018 : 87 kg
Janvier 2019 : 71 kg

J'ai attrapé une bronchite début décembre qui a accéléré ma perte de poids. Ma belle-mère a été choquée de me voir manger en étant malade.
— Quand on est malade, on fait une diète, ça élimine les toxines !
Résultats, je suis à la diète, et j'ai fondu.
Je ne sais pas pourquoi les paroles de ma belle-mère ont tant d'importances pour moi ? La peur de décevoir ? J'ai envie de lui faire plaisir, j'ai envie qu'elle sache que je l'écoute, j'ai surtout envie de ne pas me faire rabrouer.

Je ne sais pas pourquoi je suis aussi attentive aux paroles de ma belle-mère, mais je sais que je suis tellement en recherche d'approbation que je fais tout ce qu'elle me dit sans réfléchir, la peur de ne pas être aimée. Tout ce qu'elle dit est parole d'évangile.

J'ai téléchargé une application de compteur de calories. Je vise 1200 calories pour 65 kilos.

Mais je me rends compte que mon objectif baisse de jour en jour.

Je sais que par le passé, j'ai été jusqu'à 55 kilos, mais j'étais jeune, je sais que je peux y arriver, mais pour autant, la crainte de rechuter. Rentrer dans mes tailles 38, mon objectif.

Quand ma mère a su que j'avais déjà perdu 15 kilos, elle m'a demandé la recette de ma perte de poids vu que ma sœur n'y arrive pas malgré les nutritionnistes qu'elle voit : poisson, pas de viande, légumes frais et variées, beaucoup de légumes, des yaourts, des œufs, le soir, une soupe de légumes. Et en quantité raisonnable. Je ne remplis plus autant mon assiette qu'avant, de toute manière, dès que je mange un peu plus que d'habitude, je me sens mal, gonflée, lourde et ballonnée. Et je n'ai qu'une envie, vomir, mais quand Florent est à la maison, je ne peux pas le faire. Alors, j'ai l'angoisse de trouver sur ma balance le lendemain des centaines de grammes en plus. Je me pèse deux fois par jour. Le matin à jeun, et le soir en estimant en fonction de mon poids combien je vais peser le lendemain. Je bois aussi beaucoup d'eau, et beaucoup de citron, car j'ai lu qu'on pouvait maigrir avec un régime citron. Je viens d'acheter un livre là-dessus que j'ai eu par la poste aujourd'hui, en plus de livres sur les diètes et les détox. Tout l'arsenal pour maigrir.

J'ai parfois une facilité déconcertante à perdre du poids lorsque je rééquilibre mon alimentation. Peut-être que mon corps compense.
Puis, j'installe des jours de diètes, le lundi par exemple.
Je me fais des soupes le soir.
Je mange plus sainement. Bois moins.
Le fait de tomber malade fait que la fonte s'intensifie.

Depuis ma bronchite de décembre, le moindre verre d'eau ne serait-ce pour prendre mes médicaments est automatiquement renvoyé, et le soir seulement une moitié de bol de soupe de légumes.

Je me suis prise aussi d'intérêt aux légumes anciens, type patate douce, ou des courges, d'épices type curcuma couplé avec du gingembre, et aussi des vertus des graines de type graines de chia, de lin ou autre, de flocons d'avoine, de produits bio et végétariens, de la spiruline… une cuillère dans un yaourt, et ce sont des nutriments et des vitamines qui m'évitent des carences.
Je ne pense qu'à mes menus, les calories et des aliments à longueur de temps, cela devient une

obsession. Je ne jure que par mon régime et en revanche, je me suis remise à faire à manger pour Florent et les enfants avec plaisir. Je mitonne de bons plats à Florent comme la blanquette et moi, je n'y toucherai pas du tout, car c'est de la viande et je ne mange quasiment plus de viande.
J'aime la sensation de vide qu'il y a dans mon ventre lorsque je ne mange pas. J'aime quand mon ventre est plat parce que je n'ai pas mangé.

Ce qui m'inquiète, c'est cette capacité à vomir lorsque je ne m'y attends pas.
Comme quand j'étais malade avec mon ex. Comme si rien ne passait dans mon estomac.

Hier soir, juste après avoir toussé, je suis allée vomir et ce matin encore une fois, lorsque j'ai toussé, j'ai vomi le peu que j'avais dans l'estomac, c'est-à-dire, juste un verre de jus de citron.

Je suis inquiète et je cherche à savoir si je dérape. Je sais que je cherche seulement à rééquilibrer mon alimentation. Je cherche des vidéos sur internet et savoir à partir de quand ça dérape, car je ne veux surtout pas que mon entourage s'inquiète une nouvelle fois.

Je me sens bien, même très bien, pourquoi leur montrer que tout dérape, leur montrer que la maladie a encore pris le dessus, que je suis retombée dedans ? Que je l'ai laissé prendre le contrôle de mon corps ? Faire peur à mes enfants et à ma belle-famille, c'est tout ce que je ne veux pas.
La peur qu'il me quitte.

Je compense, je compense en n'ayant l'air de rien. En m'activant. Je mitonne des petits plats. J'ai reçu un autocook pour Noël et depuis, je ne fais que cuisiner. Chaque jour, un nouveau plat pour le plaisir des papilles de Florent, et tenter désespérément de faire goûter aux enfants la nouveauté.

Autre chose que des pizzas, des pâtes, et frites...

J'en suis fière, et je vois les yeux de mon mari pétiller, tandis qu'il me dit stop parce qu'il croit que je veux l'engraisser.

Lui se régale de blanquette de veau tandis que je me régale de douzaine d'huîtres.

J'ai encore l'eau à la bouche d'avoir succombé à l'achat de plateaux de fruits de mer pour les fêtes de Noël.

C'est mon péché mignon. Les huîtres étant le summum de l'extase, avant un peu de sauce à l'échalote ou de citron.

Je ne veux plus jamais inquiéter Florent par ma maigreur. Je ne veux pas qu'il croie que je suis malheureuse avec lui et qu'il se sente impuissant face à mon mal être. Pourtant je vais beaucoup mieux, je ne suis plus dépressive, j'ai une vie sexuelle et amoureuse qui va très bien. J'ai retrouvé ma libido et je prends enfin du plaisir à faire des câlins avec Florent. Mes humeurs ne font plus des montagnes russes. Cela s'est stabilisé. Juste ce problème de poids à résoudre sans tomber dans les extrêmes de l'anorexie, juste retrouver mon poids d'avant et retrouver ma ligne et mes vêtements d'avant qui se compte par centaines et que je ne peux plus mettre. Mais voilà pour le moment, ce poids me hante et la nourriture et le régime m'obsèdent constamment en ce moment.

Vendredi 11 janvier 2019

Un ami de Florent va venir pour l'anniversaire d'Aurélien et de Clément en février, c'est le parrain d'Aurélien qu'on n'avait pas vu depuis plusieurs années, et déjà, je me mets la pression pour le repas.

Vais-je trop manger ? Combien de kilos je vais prendre ? Vais-je réussir à me restreindre ? Il y aura de l'alcool, du porto, car son copain boit du porto. Mais je ne supporte plus le porto, cela me fait vomir tellement j'en ai bu un certain moment. Moi, c'est le rosé, ou le vin blanc type chablis ou une bonne bouteille de vin rouge... bref du vin. Cependant, je ne sais pas quoi faire à manger, sûrement un rôti pour tout le monde et moi du poisson avec des légumes peu caloriques.

J'adore cuisiner, et surtout faire de la cuisine pour les autres. Les enfants ont eu droit à des cordons-bleus faits maison. Je n'ai plus peur de faire de nouveaux plats, des plats en viande pour Florent, des gâteaux, des truffes pour les enfants. Moi, je suis au régime soupe tous les soirs. Si je pouvais, je ne mangerais que de la soupe tous les soirs et rien d'autre. Mais j'ai acheté tellement de fruits et légumes qu'il va falloir les manger pour qu'ils ne pourrissent pas.

Ce soir, je me suis fait une soupe potimarron, châtaigne et chèvre, plus une tomate farcie au chèvre. Un régal !! J'ai voulu tout manger, mais trois bouchées avant la fin de ma tomate, j'ai senti que j'avais envie de vomir, mais j'ai voulu tout finir. Mais à peine sortie de table, je suis allée aux toilettes tout vomir, sans provoquer mon vomissement. Mon corps rejetait ces aliments à l'insu de ma propre volonté. J'ai beau fournir des efforts, mais cela ne marche pas. J'avais aussi mangé des tranches de magret de canard séchées au poivre. Tout est parti dans les toilettes. Mon corps refusait tout.

Tout mon repas de la journée est parti dans les toilettes hormis mes cracottes beurrées de mon goûter. J'ai voulu fournir un effort pour avoir mon comptant de calories, mais au vu de la journée, je ne vais pas aller bien loin.

Samedi 12 janvier 2019

Ce midi je me suis régalée d'une dizaine d'huîtres, vers 19 h, j'ai mangé un œuf et du magret de canard tranché séchés. Mais lorsque j'ai mangé ma soupe à 20 h passé, les dernières cuillerées, j'avais envie de vomir tellement ma soupe est épaisse. Je n'ai rien pu manger de plus. Demain, je ne mangerais pas de soupe, mais du pâté et un demi-avocat. Je me dis qu'il faudrait que je fractionne mes repas pour réussir à manger un peu plus sans avoir envie de vomir. Je n'ai pas réussi à manger plus de 500 calories aujourd'hui, cela me désespère. Ma bronchite en décembre m'a complètement anéanti. Et depuis, je ne cesse de perdre. Pas énormément, un kilo par semaine. Hormis en décembre où j'ai perdu huit kilos d'un seul coup.

Lundi 14 janvier 2019

Ce matin, j'avais prévu de faire un peu de footing, mais en me réveillant, j'étais tellement crevée qu'après avoir déposé les enfants à l'école, je me suis recouchée. Au réveil, je n'avais pas faim et je n'ai mangé qu'un yaourt au chèvre avec des graines de chia et du raisin.

J'ai refait des essayages de manteaux pour ne plus mettre le gros manteau que ma belle-mère m'a prêté. Et je remets enfin mes anciens manteaux et cela me fait énormément plaisir. Je vais enfin ne plus passer pour une grosse vache et j'aurais à nouveau le choix dans les manteaux à mettre. Je ne ressemblerais plus à cette personne obèse dans un manteau dix fois trop large pour moi. Enfin des manteaux qui me collent un peu plus au corps et qui ne me donnent pas l'air d'être plus grosse que je ne le crois.

Mercredi 16 janvier 2019

Cette semaine, Florent, avec humour, m'a dit « bonne nuit, ma grosse », cela fait franchement plaisir à entendre cela ! D'autant plus que j'ai maigri de 16 kilos depuis fin juin. Ce n'est pas cela qui va m'inciter à manger plus, c'est encore pire. Même mes enfants disent que je suis encore grosse. À 71 kilos, il ne faut franchement pas abuser. Je sais que je suis encore ronde et en surpoids vu ma taille pour le nombre de kilos, mais beaucoup moins qu'au mois de juin, il ne faut pas exagérer !

Je me pèse maintenant au moins trois-quatre fois par jour, le poids devient une obsession et ma balance aussi. C'est à la centaine de grammes près que je calcule mon poids. Maigrir devient une obsession.

Vendredi 18 janvier 2019

Ce midi, j'ai mangé ma tartiflette, mais quelques minutes plus tard, alors que je lavais la vaisselle, j'ai eu envie de vomir. Je me suis retenue du mieux que je pouvais tant bien que mal, car Florent était à côté de moi. J'ai monté le panier à linge en espérant avoir le temps pour aller vomir aux toilettes, mais Florent est monté tout de suite pour faire un câlin vu qu'il avait pris sa journée et que les enfants étaient à l'école. Je lui ai dit de ne pas m'écraser l'estomac, car j'avais envie de vomir. Sûrement parce que le plat était trop gras, ou peut-être parce que l'angoisse d'avoir mangé trop calorique était trop forte pour que je garde tout dans mon estomac. Florent est allé chercher le courrier une bonne trentaine de minutes après, je suis allée aux toilettes vomir, mais la digestion avait déjà commencé et il ne me restait quasiment plus rien à part du liquide dans mon estomac.

Je suis horrible, je suis grosse et même mes enfants et Florent me le disent. Pour eux maintenant, je suis devenue la grosse vache, je me sens grosse comme une baleine.

J'ai eu ma mère au téléphone, elle s'est fâchée avec sa sœur et son beau-frère. Lorsque ma mère a parlé d'obésité de mon oncle et qu'il refusait aussi toute aide pour trouver une solution, se ravisant au choix d'une cure qu'ils avaient trouvé, elle m'a dit que mon oncle avait un manque de volonté. Et que c'est par manque de volonté que certains obèses n'arrivent pas à maigrir.

J'ai parlé de mon cas où j'ai dit qu'à 87 kilos, j'étais rentrée dans la catégorie obèse et qu'avec ma volonté, j'ai perdu 16 kilos en 7 mois, dont 8 kilos en un mois et demi du fait de ma bronchite. Et j'ai dit que ma volonté était forte, car c'était pour le regard de mes enfants et de Florent que je voulais maigrir et que mes enfants avaient honte de moi lorsqu'ils sortaient avec moi lorsque j'allai les chercher à l'école, car pour eux, ils avaient une mère grosse. Bonjour l'image que je donnais.

Lundi 21 janvier 2019

Ce matin, après avoir accompagné les enfants, été à la pharmacie prendre mes médicaments et m'être renseignée sur la mélatonine en attendant l'aval de mon psychiatre auquel j'ai envoyé un message pour savoir si je pouvais essayer la mélatonine en remplacement du Tercian qui est un neuroleptique, moins naturel que la mélatonine et qui fait aussi prendre du poids. Et si la mélatonine ne marche pas, je reprendrais du Tercian. Si je peux perdre du poids en arrêtant le Tercian et en prenant de la mélatonine qui peut faire perdre du poids, autant essayer.

Mon psychiatre m'a donné son aval pour essayer de remplacer le Tercian par la mélatonine. Cela ne coûte rien d'essayer.

J'ai commandé un mètre de couture pour aussi prendre des mesures du corps pour voir si je perds en tour de taille, cuisses, bassin. Et cela me permettrait de calculer au mieux les tailles de vêtements que je peux mettre. Florent m'a même dit que j'étais mieux maintenant malgré le fait que la semaine dernière, il m'a dit que j'étais sa grosse, même si c'était en rigolant.

Mardi 22 janvier 2019

Je me suis frotté les yeux toute la journée. Et le soir, je me suis recouchée rapidement avec ma mélatonine qui me donnait l'impression de m'enfoncer dans un nuage blanc. J'ai fait une bonne nuit, mis à part que j'ai rêvé que je parlais de mon alimentation à mon médecin et qu'il voulait m'hospitaliser et qu'ensuite, j'ai rêvé que mon père était mourant, qu'il avait des changements d'humeur brutaux et qu'il dormait tout le temps. Dans mon rêve, ma sœur était au courant de l'état de santé de mon père depuis au moins deux mois et je l'engueulais pour ne m'avoir rien dit, en disant que comme toujours, elle voulait tout contrôler et qu'à cause de cela, cela m'a empêché d'aller voir mon père plus souvent et qu'elle gâchait mon temps passé sans mon père qui se mourrait. Elle disait qu'il avait encore quelques mois à vivre et certainement pas plus d'une année… Même si au contraire, au téléphone tout avait l'air d'aller et lorsque je l'ai vu à Noël, on a discuté pendant deux heures et il allait bien aussi. Je ne comprenais pas pourquoi ils disaient qu'il allait mal depuis deux mois. Je prenais mon père contre ma poitrine en lui caressant la tête, je ne voulais pas qu'il meure.

Mon père est tout ce qu'il me reste. Je sens bien que parfois mes rapports avec ma mère sont conflictuels,

et je la vois peu. Elle me force à voir mon beau-père et me l'impose à ma vue alors que je lui ai dit non. Elle ne respecte pas mes choix, elle ne me respecte pas et je sais que tout ou tard, ça va péter.
Et j'ai ce sentiment d'abandon prégnant, l'impression d'avoir été abandonnée, qui persiste.
J'ai ce sentiment bizarre, comme si j'étais d'une certaine manière orpheline.
Comme si ma mère avait toujours fait en sorte de détourner le regard lorsque je cherchais son attention.

Mercredi 23 janvier 2019

Il a neigé encore plus qu'hier, mais Florent a quand même réussi à partir au travail. À la maison, tout le monde est là sauf Florent. Tristan n'a pas collège et il y a de quoi faire des bonhommes de neige dans le jardin, vu tout ce qui est tombé.
J'ai pourtant bien dormi, mais je me frotte toujours les yeux et malgré mon sommeil, je n'arrive pas à récupérer. Je ne sais pas si je vais parler de mon régime, de mes vomissements à mon médecin, mais je voudrais tellement qu'elle me fasse des examens sanguins pour voir si j'ai des carences. Si je lui dis que mes médicaments me font vomir depuis que le Lamictal a été augmenté, elle me renverra toujours à mon psychiatre. Et elle dira aussi que tant que je n'ai pas l'aval de mon psychiatre, elle ne pourra même pas

me donner un anti nauséeux. Elle ne veut jamais rien faire sans l'avis de mon psychiatre. Je ne vois pas pourquoi je vais la voir.

Ce matin : 69,7 kg. Je suis enfin passée sous la barre des 70 kg, après avoir été aux toilettes. J'espère que cela se maintiendra. Ce matin, carpaccio de bœuf avec un yaourt au chèvre avec des graines de chia et une tranche de jambon de parme. Ce midi, je finis ma quenelle et je me prends une part de purée de patate douce.
Hier, j'ai préparé une bonne blanquette de veau à Florent qui en a pour trois ou quatre jours. J'ai préparé des escalopes à la crème que j'ai mise dans une boîte pour en manger demain. Le congélateur que je dois vider se désemplit tout doucement. J'ai encore une tonne de saumon et de poêlées de légumes, des cervelles d'agneau. J'ai de quoi tenir pendant des semaines. Je suis tellement pressée de me racheter des cuisses de grenouilles congelées. Bientôt, je pourrais acheter de la nourriture spéciale minceur.

Samedi 26 janvier 2019

La mélatonine ne fait pas grand effet, cette nuit, je n'ai dormi que quatre heures et je me suis réveillée avec un mal de crâne. Je vais finir mes deux plaquettes, couplée du Tercian en espérant que les deux à la fois m'aideront à m'endormir plus vite et plus longtemps, sans être réveillée à 4 heures du matin. En plus j'ai pris un kilo depuis que j'en prends alors que l'arrêt du Tercian aurait dû m'en faire perdre. Pas une réussite franchement.

Le psychiatre à la suite de mon mail m'a dit d'arrêter la mélatonine et de contacter mon médecin traitant pour me donner un hypnotique. Je n'ai plus qu'à rendre la boîte de mélatonine à la pharmacie.
En attendant, je me suis pris 2 comprimés de Tercian au lieu d'un et je me suis endormie rapidement, tellement j'étais crevée. Je ne sais pas si ma fatigue est due à des nuits difficiles, le manque de calories, le stress… peut être tout cela à la fois.

Dimanche 27 janvier 2019

Réveil comateux, je n'ai émergé qu'à 11 h du matin et Florent m'a laissé dormir. Pourtant, je suis encore fatiguée. Il savait que j'avais mal dormi la veille et m'a même souhaité au moment de coucher d'essayer de bien dormir. Il devait pouvoir prendre le relais puisqu'il avait fait une sieste de quatre heures, du goûter à 20 h.

Ce midi : saumon, poisson que je n'avais pas mangé depuis au moins deux semaines. Une seule fois de la viande en un mois, et les seules protéines que j'ai en ce moment sont apportées par les œufs et le jambon. La semaine prochaine, je me rattraperai en mangeant du poisson pendant la majorité de la semaine. J'ai prévu de faire une raclette le week-end prochain.

Février 2019

Mercredi 6 février 2019

Ce matin, 69,9 kg. Après ma raclette de ce week-end, j'ai fait deux jours de diète à 300 calories, du coup, j'ai repris mon planning d'alimentation pour les mois à venir et j'ai tout fait pour avoir environ 500 calories. Lundi : 211 calories. Mardi : 387 calories. Et aujourd'hui, si j'ai assez faim, 457 calories.

Hier, j'ai passé ma journée au fourneau à faire des mini cakes salés, douze au jambon gruyère et douze au chèvre épinard. J'ai goûté deux mini cakes de chacun, un délice et j'ai congelé le reste pour le week-end du 23 février pour les anniversaires des enfants avec le parrain d'Aurélien : richard. J'ai préparé aussi des cassolettes de saint jacques crevettes saumon que Florent a mangées le soir même, mais moi avec ma

soupe de potimarron, je n'ai pas pu en manger ne serait-ce une cuillerée.
J'ai pris rendez-vous avec une nutritionniste en mars.

Je passe mon temps à lire des livres sur les régimes, les diètes, les jeûnes, l'anorexie et la boulimie. Et je passe mon temps à penser repas, nourriture, recettes pour la famille et des légers pour moi. Du matin au soir. Même mes messages à Florent dans la journée parlent de repas et recettes quand je lui propose plusieurs plats pour le soir quand il rentrera. Le matin systématiquement, je me regarde de profil dans le miroir pour voir si j'ai moins de ventre et je suis toujours aussi contrarié de voir que j'ai toujours un gros ventre et qu'en plus il pend au-dessus de ma culotte. Je me dégoûte.

Samedi 09 février 2019

Hier, j'ai dû boire trois verres de rosé et j'ai mangé le midi une cassolette de saint jacques avec des crevettes, du saumon et des champignons.
Une heure après, je me sens mal, j'ai mal au cœur et je monte aux toilettes du haut pour que ma belle-mère ne m'entende pas vomir, car je l'entends s'affairer dans sa cuisine et les toilettes du bas donnent sur sa cuisine. Je vomis sans même mettre les doigts dans la bouche. Après je me sens mieux, j'ai le ventre vide.

Puis le restant de la journée, j'ai le ventre qui gargouille et même le soir au moment de me coucher. J'ai les intestins qui travaillent. Et je sens mon ventre vide et cela me fait du bien. Au bain de Clément, je me pèse et je fais 69,9 kilos. Et au réveil de ce matin, je suis à 69,2 kg. J'espère seulement que le couscous de ce midi ne me fera pas perdre tous les efforts de cette semaine.

J'ai envoyé un message à ma psychologue pour lui dire que je crois être retombée dans mes troubles de comportements alimentaires, que j'avais pris rendez-vous avec un médecin nutritionniste en mars et que je souhaitais en parler à la séance de lundi après-midi. Elle m'a dit d'accord.

Ce midi, Florent a constaté que l'intérieur du frigo était chaud. Après l'avoir lavé, éteint et rallumé, on attend de voir s'il fonctionne comme avant. En attendant, j'ai mangé un yaourt en plus et une tranche de jambon aussi. Je vais devoir prendre des bouchées doubles si je ne veux pas jeter toute la nourriture à la poubelle. Manger deux fois plus de salade, rajouter du jambon, et des yaourts nature, finir le pâté en cours et les cassolettes de saint jacques. J'ai l'impression de grossir à vue d'œil et que je vais repasser au-dessus de la barre des 70 kilos.

Manger deux fois plus pour éviter de devoir tout jeter. Et tout revomir juste après ?

Florent est parti acheter un nouveau frigidaire. Car à ce rythme je ne pourrais pas tenir longtemps.

Lundi 11 février 2019

J'ai vu la psychologue qui a mis en priorité mon mal. Elle m'a fait passer un test pour savoir la gravité du trouble alimentaire. Elle a dit qu'il y a un trouble de comportements alimentaires à partir de 20 points et j'ai explosé le score en ayant 48 points, en effet a-t-elle dit. Je lui ai dit que pendant cinq mois de juillet à décembre, j'avais perdu 8 kilos et qu'en l'espace de deux mois tout au plus j'ai perdu 10 kilos.
Elle m'a parlé de l'importance de faire au minimum trois repas, de pratiquer du sport, et que si je vomissais dès le matin, c'est parce que mon ventre était vide. Et que si je suis ballonnée, c'est parce que mon estomac s'est atrophié et que le moindre aliment pesait sur mon estomac.
Elle m'a donné un journal de bord à faire : les repas pris, les aliments pris, l'heure de la prise, puis les émotions liées avec, et les premières pensées automatiques que j'avais et celle qu'un proche me dirait qui irait au contraire de mes propres pensées, et

après cette nouvelle pensée réaliste, mettre une note finale.
Elle m'a fait un exemple : ce matin, j'ai mangé deux kiwis à 9 h. Émotions : la peur à 5 sur 10. Les pensées automatiques : c'est sucré, je vais grossir, combien de calories ! Pensées réalistes : ce n'est pas deux kiwis qui vont faire grossir. Note finale : 1 sur 10
Elle m'a dit que dans pas mal de cas, l'anorexie et autisme sont liés. Et que si je mangeais toujours la même chose, en ayant une certaine routine dans mes repas, c'est aussi propre à l'autisme. Mes repas, moi, se composent essentiellement de salade, de tomate, de saumon, et de soupe. Cela varie très peu. Quand je fais une entorse à ce rituel, c'est panique à bord et j'ai l'impression que je vais grossir à vue d'œil. Cela peut être lié aussi au trouble bipolaire, car le point commun entre ces deux handicaps c'est que c'est lié aux émotions et que la nourriture compense des émotions qu'on n'arrive pas forcément à comprendre ou à gérer. L'automutilation dont je lui ai parlé puisque qu'à chaque période d'anorexie je m'automutilais est dû à un manque d'estime de soi et aussi parce que la parole ne se fait plus et que le ressenti des émotions et de la souffrance est tel que c'est plus simple d'avoir mal quelque part plutôt que de gérer sa propre souffrance morale. C'est aussi une autre manière de garder le contrôle de son corps

même si c'est en le punissant en le scarifiant ou en le privant de nourriture.

Elle m'a dit que si je pratique du sport et que je mange correctement, le corps va se réguler de lui-même et je perdrais mes kilos en trop. Elle veut qu'on aille un matin ensemble à la salle de sport qu'elle connaît et où elle a des réductions pour ses patients. Pourquoi pas, mais c'est aussi à une vingtaine de kilomètres de chez moi et je me vois mal faire des allers et retours au moins deux trois fois par semaine là-bas, car coté essence, cela va exploser le budget.

Elle m'a dit que c'était bien que j'aille voir une nutritionniste plutôt qu'une diététicienne, car le nutritionniste cherche à comprendre les variations de poids, les médicaments, les pathologies qui vont avec... je lui ai dit que c'est la première fois que j'en voyais un.

Elle m'a demandé si dans la famille, il y avait eu des problèmes de poids. Ma grand-mère paternelle était bien en chair et très forte, ma mère fait plus de 80 kilos, ma sœur avoisine ou pèse 100 kilos passés...

J'ai eu du mal à la regarder dans les yeux tellement je me sentais mal et honteuse pour mon trouble alimentaire. J'ai bien précisé que je ne voulais pas que ma famille le sache pour ne pas les inquiéter de nouveau. Ils ont déjà par le passé vu mes variations de poids et se sont souvent inquiétés, je ne veux plus cela, plus leur faire peur et leur donner du souci ils en ont trop bavé avec moi donc pas une nouvelle fois. D'ailleurs la psychologue m'a donné un papier où il a fallu que j'écrive mes motivations pour sortir des troubles alimentaires : ne pas inquiéter mon entourage ne pas nuire à ma santé et avoir des carences pouvoir manger ce que je veux sans penser systématiquement à vouloir tout revomir. Elle m'a dit de le mettre là où je le verrais le mieux pour moi dans mon journal de bord comme cela à la moindre difficulté je pourrais relire mes motivations et rectifier le tir...

Cela va être difficile, car je crains tellement de regrossir et de redevenir obèse comme il y a six mois. Cela va être difficile pour moi d'avaler autant de nourriture sans avoir envie de tout revomir tellement j'aurais culpabilisé ou que mon corps me ferait tellement mal que je ne pourrais rien faire d'autre que de me faire vomir...
Pourquoi suis-je retombée là-dedans, je croyais en avoir fini avec tous mes problèmes ? C'est une vraie poisse. Comme quoi on n'est jamais guérie de l'anorexie chez moi, c'est chronique. Je savais bien que faire un régime était dangereux pour moi, mais je me sentais tellement mal dans mes fringues !!! À force de me dire que j'étais grosse voilà j'ai voulu en faire trop et je me suis emmêlée les pédales et je

m'enfonce peu à peu chaque jour dans mes restrictions alimentaires. Quelle merde !!! Au moins contrairement au passé je réagis plus vite et je demande de l'aide ce que je n'ai jamais fait pas le passé. Plus vite je serais aidée, plus vite je me sortirais de cette maladie.

Je me croyais guérie sortie de mes soucis, stabilisée avec mes médicaments pour le trouble bipolaire, mais voilà cet équilibre, cette stabilité reste fragile, je reste fragile malgré tout, malgré les médicaments malgré tout l'amour de ma famille malgré les thérapies...
Ce soir, je me suis ouvert une bouteille de cidre, j'en avais besoin. J'ai bu seulement deux gorgées.

Mercredi 13 février 2019

Cette nuit, j'ai rêvé de mes cousins qui me violaient encore une fois. Puis ils se masturbaient devant moi et ils avaient un sexe tout petit.

Puis j'ai rêvé qu'il y avait une rétrospective de photos de notre enfance avec mes grands-parents qui sont maintenant morts tous les deux.

Puis j'ai rêvé que lors d'un repas de famille, j'ai mangé une tarte aux pommes en oubliant que je faisais un régime et lorsque je m'en suis aperçue, j'ai eu envie aussitôt de me faire vomir et je cherchais un lieu pour le faire sans témoins.

Florent est parti chercher Aurélien à l'escrime à Gisors à une vingtaine de kilomètres de chez nous. J'ai faim, j'ai envie de tout manger dans le frigo, j'ai envie de tout boire, j'ai envie de faire une orgie de tout ce qu'il y a à manger et tout revomir après tant que Florent n'est pas là, mais je ne le ferais pas, même si c'est trop tentant. Non, ce soir encore, je me contenterais de ma salade et Florent mangera du saumon ou des tortellinis ou finira le couscous, avec un peu de riz au lait que j'ai décongelé maintenant qu'on a un nouveau frigidaire. Et ce week-end, je mangerais mes bulots et toute la semaine, je mangerais mes salades, mon gaspacho, mes demi-avocats, car un avocat entier c'est trop calorique (plus de 300 calories)… et la semaine prochaine, je continuerais à décongeler des choses et à vider le congélateur, à faire des galettes de sarrasin, mais sans moi, à 200 calories la galette, non merci !

Mercredi 20 février 2019

L'anniversaire s'est bien passé, les enfants ont été contents, mon père aussi, les voisins et ma voisine Jenny aussi. Elle avait remarqué que j'avais fondu tout comme mon père et j'ai dit qu'avec ma maladie en décembre, j'avais perdu 4 kilos en 3 jours, s'ils savaient que j'avais perdu finalement 18 kilos depuis juillet, ils seraient inquiétés, alors j'ai dit à mon père que j'avais seulement perdu une seule taille de pantalon, pas de quoi fouetter un chat. Mais qu'ils aient remarqué ma perte de poids m'a fait plaisir.

Clément a été pourri gâté, en Spider-Man et des dinosaures, il a été gâté.
 Quand Florent est parti chercher deux pizzas pour le dîner, j'ai commencé à angoisser. J'ai des envies de me faire des orgies monstres de nourriture, de pizzas, de plats asiatiques et de saumon, de pâtes et tout revomir… mais je ne peux pas tant que Florent est là.
Ma psy dit que je ne suis pas forcément anorexique restrictive, car j'ai des pensées de boulimique…
Je ne sais pas en penser…

Vendredi 22 février 2019

Aujourd'hui, 67,5 kg. Encore 200 g de perdu par rapport à la veille.
Cela fait plus de deux jours que j'ai mal à la tête, trois jours que je dors mal. L'angoisse des anniversaires, de bien faire. J'ai récupéré les courses pour les repas du week-end du 23, et il y avait entre autres le chou vert qui servira de support pour les brochettes apéritives. J'ai retiré les feuilles abîmées et j'en ai fait une soupe aux choux dans l'autocuiseur avec un peu de pomme de terre et de jambon blanc. Un régal. Mais

j'en ai au moins pour deux semaines puisqu'il va falloir manger le restant de choux en récupérant celui de la présentation. En gros, je vais faire un régime soupe pendant deux semaines.

Ce soir, après ma soupe, j'ai pris un morceau de galette de sarrasin de Florent, à peine 20 grammes, pas de quoi fouetter un chat. J'ai pris un doliprane, car mon mal de tête était revenu, je suis montée avec Clément qui voulait une présence pour jouer dans sa chambre avec ses dinosaures. Et en haut, j'ai commencé à me sentir mal et une minute après, j'étais la tête dans la cuvette à vomir, sans aucun effort, sans même m'enfoncer les doigts dans la bouche, pour la deuxième fois de la semaine, en l'espace de trois jours. Trop de stress pour moi. Ces maux de tête seront un prétexte pour moi pour éviter de manger ou de trop manger samedi soir, ou même d'aller vomir à l'étage, et si l'on m'entend, Florent pourra confirmer le fait que cela fait trois ou quatre jours que je ne suis pas bien. Pas question de prendre un kilo en une soirée perdue avec effort en plusieurs jours.

J'ai vomi le peu que j'ai mangé aujourd'hui.

Samedi 23 février 2019

Ce matin, rien mangé.

J'ai eu le plaisir de revoir Richard que j'ai embrassé avec joie. J'ai éprouvé beaucoup de plaisir à faire à manger pour tout le monde. J'ai eu le plaisir à manger avec eux, même si j'ai mangé ma salade et un peu de yaourt au chèvre, mais à peine le repas fini, et Florent et richard sortis dans le jardin pour fumer, j'ai eu la nausée et je suis montée directe aller vomir mon yaourt et un peu de salade... le yaourt était de trop même si peu calorique...
Désespérant. Toujours mal à la tête. Et j'ai prévenu ma belle-mère que j'avais mal à la tête depuis trois jours donc prévenue que je ne mangerais pas grand-chose ce week-end et encore moins ce soir.

Dimanche 24 février 2019

Réveil tardif malgré le fait que je dois préparer les pancakes, cauchemars de viols

Je prépare les pancakes et les autres descendent une demi-heure plus tard. J'ai bien réussi mon petit déjeuner, les enfants et Richard se régalent. J'espère qu'ils auront assez de places pour ce midi, il y a tellement de restes. J'ai fait trop de nourriture comme tous ceux qui invitent !!!

Je redescends après la douche, je fais un peu de ménage avec Florent, et je reprends un doliprane, car mon mal de tête revient à la charge. Vomissement, que l'eau des médicaments !

Ce midi, ce sera aussi léger qu'hier, deux verrines et salade grecque sans un verre d'alcool, juste mon eau avec du citron pendant que les autres finiront leur vin blanc.

Ma belle-mère m'a fait un délicieux crumble à la rhubarbe que j'adore tant, mais je n'ai plus de place dans mon estomac au bord de la nausée avec un mal de crâne qui revient. Je lui dis alors que je le mangerais au goûter. Mais le problème c'est que cela fait au moins plus de 300 à 400 calories la part, impossible pour moi d'avaler cela. Je ne sais pas comment faire pour y déroger !!!

Ce matin, pas perdu du poids, même pas 100 grammes, cela me démoralise. Mais comme tout le monde a repris son train-train quotidien, Florent au travail, les enfants à l'école, moi, je vais reprendre mes repas d'avant, lundi, et mardi repas légers et diètes, mercredi assez léger aussi jeudi un peu plus et vendredi aussi samedi dimanche je ferais bonne figure et la semaine suivante rebelote... lundi midi yaourt nature soir salade...

Lundi 25 février 2019

J'ai passé mon temps à faire le ménage, à préparer mes verrines, à couper en morceaux mon saumon sans en manger une seule miette. Et à 14 h, j'ai mangé mon yaourt au chèvre avec mes graines de chia. Et j'ai tout noté sur mon cahier pour ma psychologue. Je suis encore au bord des larmes.
Je ne sais pas pourquoi je suis retombée dans mes TCA. Est-ce parce que Tristan a tellement chamboulé notre famille cette année que j'ai eu besoin de tout contrôler ? Est-ce parce que je fais depuis quelques mois, voire depuis quelque temps à nouveau des cauchemars de viols, des peurs de jour comme de nuit que Florent me frappe alors qu'il est tellement doux ?
J'ai peur de beaucoup de choses, je vis dans l'angoisse. Tout le monde dit autour de moi que je vais mieux, mais moi, je n'ai pas l'impression. Je parle plus, je fais un peu plus la cuisine, je ne dors plus la journée, je m'intéresse à plus de choses. Mais voilà, je fais un peu plus de cauchemars, mes émotions sont redevenues comme en éveil alors qu'ils étaient anesthésiés. J'ai envie de pleurer, j'ai peur de beaucoup de choses, je suis retombée dans les travers des troubles alimentaires. J'ai un peu plus de projets, pour l'avenir, de formation, mais pas encore de travail. Je suis sortie de la dépression certes, mais voilà, cela veut dire aussi que toutes mes émotions

anesthésiées sont ressorties puissantes 10000. Et j'ai du mal à les gérer.

Mardi 26 février 2019

Cela faisait deux semaines environ que j'avais demandé à Florent de se peser pour savoir s'il était plus lourd que moi ou pas vu qu'il m'avait par deux fois dit que j'étais grosse alors que lui il a du bide, que mes enfants me disaient que j'étais grosse malgré ma perte de poids. Résultat des courses, pendant que moi je pèse 66,7 kilos, lui fait entre 75 et 76 kilos, quasiment 10 kilos de plus que moi… alors c'est qui la grosse ?
Sa mère a été effarée de son poids lorsque je lui en ai parlé ce matin quand je l'ai vu. Elle m'a dit qu'il avait tout dans le bide.

Ce vendredi, avant l'arrivée de richard, je le voyais me violer par-derrière, juste derrière Florent qui allumait le feu, et je tentais de hurler à l'aide à Florent en lui secouant le bras… mais il ne faisait rien à part allumer le feu… mais j'ai oublié au réveil et j'ai accueilli Richard à bras ouvert. Je ne sais pas pourquoi j'ai rêvé de cela. Et cela m'est revenu lundi matin et j'ai fondu en larme. Je ne supporte plus ces cauchemars récurrents de viols, ces peurs de jour comme de nuit que Florent me frappe, me tabasse,

m'étrangle et me tue… je ne contredis jamais Florent, je fais toujours ce qu'on me demande, ne hausse jamais le ton, me plains que rarement, encaisse tout, non seulement par peur de l'abandon, mais aussi par peur de me faire frapper.
J'ai tellement été tabassée dans ma vie, par mon père, par mon ex, que je sais plus dire quoique ce soit, que je ne sais plus ce que je veux, ni qui je suis.

Richard est un parrain adorable, mais il a cette manie d'être toujours à quelques centimètres des gens quand il leur parle, et moi il envahit mon espace. Je me sens parfois gênée. Il est très tactile, et je suis toujours sur la réserve, toujours à tenter de fuir, à me méfier.
Peut-être que je me méfie depuis que mon beau-père passait son temps à se presser contre moi ?
Peut-être est-ce l'autisme qui fait que j'ai besoin d'avoir mon espace de sécurité ?
Peut-être est-ce la raison de mon cauchemar avant son arrivée à la maison ?

Mars 2019

Vendredi 01 mars 2019

65,3 kg

Mercredi 20, j'étais à 68,8 kg, en 9 jours j'ai perdu 3,5 kilos. Ces trois derniers jours, j'ai perdu respectivement 400 g, 400 g, 500 g... cela fait deux semaines que j'ai des maux de tête tous les jours. J'en ai marre. J'ai qu'une envie, rester sous la couette, je ne mange quasiment plus rien de la journée.

Pour mes maux de tête qui s'intensifient depuis quelques mois, mon psychiatre m'a augmenté mon Epitomax à 200 mg au lieu de 50 mg. Pour mes cauchemars, il m'a augmenté mon Teralithe d'un demi-comprimé à un comprimé et demi de 400 mg et baissé mon Lamictal de 600 mg à 400 mg.

Je suis épuisée, j'ai tout le temps envie de pleurer, j'ai sans arrêt des peurs, des cauchemars, j'ai l'impression que Florent recommence à aller boire.

J'ai peur qu'il me frappe même s'il en est incapable, j'ai peur des cauchemars de viols qui reviennent fréquemment... je suis terrifiée et torturée, j'ai tout le temps mal à la tête... et cette perte de poids qui m'angoisse, la peur de déraper et de perdre pied et de perdre ceux que j'aime et d'angoisser tout le monde.

Si on me pose des questions, je parlerais de mon médicament contre mes maux de tête qui fait aussi perdre du poids, de mes maux de tête qui provoquent des vomissements. Mais que ce n'est pas aussi si dramatique que cela vu que j'ai tout dans le bas du ventre et des fesses vu que je fais encore une taille 44 (que je mets encore même si cela commence à flotter et que j'arrive à mettre des tailles 42, mais que cela me serre encore un peu). Depuis décembre, en 3 mois, j'ai quand même perdu 14, une moyenne de 5 kilos de perdue par mois, donc en tout depuis juin, 22 kilos.

Je n'ai rien envie de manger, pas le moral, juste envie de me rouler en boule sous la couette et pleurer. J'ai mal, je suis triste, j'ai peur, je ne sais pas de quoi. J'en ai marre de ces maux de tête, j'en ai marre de toujours tout devoir tout contrôler, devoir toujours être parfaite, essayer de rendre heureuse tout le monde, éviter les crises de Tristan, trouver les diagnostiques de chacun et les traitements adaptés qui vont avec. Fatiguée, épuisée, au bout du rouleau d'avoir trop tirée sur la corde cette année, avec Tristan qui nous a épuisés et chamboulés cette année et qui nous fait encore par moment des colères et nous mène la vie dure à s'opposer ne serait-ce pour juste faire ses devoirs ou aller se laver les dents. Marre de batailler pour tout... marre d'avoir peur pour Florent quand il rentre parfois tard le soir même si c'est une ou deux fois par semaine ou toutes les deux semaines. Peur qu'il craque aussi à cause de son travail et du stress et de la vie dure de famille... peur qu'il s'en aille aussi. Peur de tout...

Samedi 02 mars 2019

Encore 500 grammes de moins 64.9 kg. Hier, migraine, couchée à 20 h pendant que les enfants jouaient dans leurs chambres, en attendant le retour de Florent prévenu de ma migraine. Je l'ai entendu rentrer. Et je me suis endormie après. Réveillée toujours migraineuse, pesée avec un mal de tête, mais c'est quand même moi qui vais accompagner Tristan voir la psychologue. Florent m'a fait un massage de la tête. J'espère que ma perte de poids ne va pas être assez conséquente, car je ne veux pas tomber en dessous de 55 kilos pour ne pas affoler mon entourage, je ne veux pas perdre pour devoir mettre des pantalons tailles en dessous des tailles 38. Je ne veux plus inquiéter mon entourage et ma perte de poids d'en ce moment de 500 grammes par jour et mes repas de moineaux d'en ce moment me panique. Je ne veux pas, je ne veux plus maigrir à faire peur, je ne veux plus être anorexique... je ne veux plus tomber à 45 kilos, je ne veux plus qu'on me dise que l'on ne sent que mes os, que Florent ne sent que mes os quand il me fait l'amour... que je ne suis qu'un squelette à faire peur et qu'il me quitte.
22.1 kg en 8 mois alors que j'ai pris le double en 4 ans. Et j'en ai perdu 14 en l'espace de 3 mois, dont quasiment 5 en l'espace de 10 jours. Ma taille 44 n'a tenu qu'un mois, je l'ai acheté en solde mi-janvier.

Je me sens mal.
Je ne mange plus rien. Je ne mange qu'un yaourt, une salade par jour tout au plus, pas plus de 250 calories, je mets 6 couches de vêtements, car j'ai tout le temps froid, et je ne pense qu'à me mettre sous la couette, car il n'y a que là que j'ai chaud. Je suis fatiguée. Cela fait deux heures que j'ai bu mon cappuccino, et je me sens mal, j'ai envie de vomir, même pas sûre que je mangerais ma salade ce soir. Ce midi, une heure après mon yaourt, pareille j'avais envie de vomir. Je ne sais pas si ce sont mes maux de tête qui ont réduit au maximum mes prises alimentaires ou si c'est mon régime qui se réduit à peau de chagrin, mais c'est de pis en pis. Je verrais ce que la psychologue m'en dira demain lorsqu'elle verra le tableau de mes repas.

Mardi 05 mars 2019

Séance d'hypnose avec la psychologue cet après-midi qui m'a fait revivre mon cauchemar de viol pour pouvoir exprimer et décomposer mes émotions : résultat, de la peur, sentiment d'être invisible, d'être abandonnée par Florent qui ne réagit pas face à mes cris et mes mouvements de bras et cette peur de mourir. Puis je suis revenue dans mon cocon dans mon lit sous ma couette… mais j'avais toujours cette

envie de pleurer. Mais j'ai pu enfin comprendre ce que j'avais pu ressentir.
J'ai parlé aussi de mes peurs face aux comportements de Florent face à ses sorties et face à l'alcool. Elle m'a dit que lui aussi aurait besoin d'une thérapie, mais que chez les hommes, c'est difficile de l'admettre et qu'il faut vraiment quelque chose d'important et que cela soit grave pour qu'ils réagissent. Ce n'est pas demain la veille que Florent se rendra compte qu'il a un problème avec l'alcool et qu'il est dans la fuite comme la psychologue le dit. Mais moi, j'ai peur, terriblement peur qu'il foute sa vie en l'air et qu'il nous laisse tous orphelins...

Jeudi 07 mars 2019

Hier, soucieuse de vaincre cette foutue maladie, et pour ne plus inquiéter mon entourage, j'ai doublé les doses, je me suis bourrée d'antinauséeux, et j'ai pris le soir, le restant de salade grecque me disant que de toute manière ce n'était que de la salade, même si cela a rempli une assiette entière. Après le repas, tout allait bien, youpi pas envie de vomir... mais après dix minutes, j'ai dégusté. Donc prise de l'antinauséeux, sans effet jusqu'au coucher à 22 h 30 et le lendemain matin au réveil encore barbouillé. Pesée au moins cinq ou six fois jusqu'au chiffre le moins grand, mais

pris d'au moins trois cents grammes, catastrophe, ça m'apprendra à essayer de reprendre une alimentation normale d'un seul coup en me goinfrant. Hier, j'ai pris le matin deux tranches de jambon, des verrines le midi avec de la mâche, au goûter un cappuccino et le soir une assiette entière de salade, moi qui ne m'étais cantonnée à une verrine et un yaourt ces derniers temps...
Aujourd'hui, c'est sûr, c'est diète.

Samedi 16 mars 2019

Cela fait deux jours que je comate. À peine sortie de la séance de la psychologue jeudi en pleurs, mal de tête carabinée. Incapable de faire quoi que ce soit ? Florent doit rentrer tôt ce soir-là. Je suis allongée sur le canapé avec la migraine, incapable de faire les douches aux enfants ni leur devoir, et il leur fait à manger en rentrant. Moi, je n'ai que mon cappuccino dans le ventre ce jour-là.
 Le vendredi, un yaourt et une petite compote dans le ventre je pars chez la nutritionniste toujours avec la migraine. Je déballe mes différentes phases d'anorexie, ce qui prend du temps, elle prend mes mensurations et poids.
Je rentre, vais voir ma belle-mère, puis m'allonge sur le canapé, m'endors jusqu'à l'alarme de 14 h 30, je vais chercher Tristan. Je lui demande s'il sait ce qu'il faut faire si je fais un malaise. Appeler papa, et

appeler grand-mère, appeler le Samu le 15, voire appeler le 18. Au retour à la maison, je demande à ma belle-mère si elle peut aller chercher les enfants. Elle est d'accord. Je me recouche, comate un peu. Florent arrivera sur les coups de 19 h. Prendra tout en charge, je resterais sur le canapé à regarder la famille s'activer puis je pars me coucher vers 22 h.

Aujourd'hui, Florent me laisse dormir, je lui demande de me monter ma compote de pomme châtaigne, j'en mange un peu le matin. Mais je sombre jusqu'à 15 h 30. Je me lève, je me pèse. 63,7 kg, il y a deux jours, je faisais 65,3 kg.

La grosse

Mon dernier fils parlant du futur dit quand il sera père, il ira au MacDo tous les jours avec ses enfants. On parle d'obésité et mon fils en vient à parler de mon poids. Il me dit que je suis grosse, plus grosse que papa, qui fait quinze kilos de plus que moi et un ventre trois fois plus gros que le mien. Il me montre avec des gestes la grosseur de mon ventre par rapport à celui de son père.

Il râle souvent au lit quand je lui fais un câlin en disant que je suis grosse soi-disant que je ne lui laisse pas de place alors que je suis au bord alors que son père plus gros que moi ne prend pas de place.

Je suis blessée. Que je fasse 45 kilos, 62 kilos actuellement en ayant perdu 25 kilos en 8 mois ou 87 kilos, je serais toujours à leurs yeux, la grosse maman, qui va les récupérer à l'école, plus grosse que les autres mamans.

Je me défends, et dis que non je ne suis pas grosse, que je pèse moins de poids que papa, mais non, à ses yeux, je suis grosse et je le resterais.

De toute manière dans cette famille, j'aurais toujours tous les défauts de la terre. Notamment aux yeux de mes enfants et de ma belle-mère.

Coté repas, je serais toujours une empoisonneuse lorsqu'une fois par mois, je sortirais une boîte de conserve de cassoulet ou de raviolis, ou achèterais des nuggets ou de cordons bleus au lieu de faire des repas faits maison. Ma belle-mère débarquant un jour dans notre salon, me critiquant sur l'alimentation que je donne aux enfants et des conséquences sur leur santé, déclamant les conséquences des plats industriels, alors qu'elle-même s'en fait lorsqu'elle est trop fatiguée (ah oui, mais c'est du Picard surgelé, ce n'est pas pareil !), alors que derrière mon dos, elle les laisse se goinfrer à toute heure de chips, bonbons et glaces et que je les retrouve boudant mes plats !

Un beau papa soucieux de la maigreur, une belle-mère qui passe son temps à surveiller son poids et son alimentation et me parle de diète lorsque je suis malade... une vraie dictature de la minceur et de l'alimentation saine... cela s'ajoute une pression constante au niveau des repas qui sont source de pleurs et d'angoisse quotidiennement, résultat, gros craquage, en 2013.

Et dès que je suis stressée, dès que je perds le contrôle sur ma vie, c'est mon alimentation qui en prend un coup et que je me mets à contrôler par-dessus tout.

Maman tu es grosse, maman, tu es laide, maman tu es une connasse...

Ce ne serait pas plutôt mon entourage qui souffrirait de dysmorphophobie ?

Lundi 18 mars 2019

J'ai dit à ma belle-mère que j'avais pris rendez-vous avec ma généraliste pour mes migraines et mes paresthésies, elle me disait que je ne m'inquiétais pour rien. Elle disait qu'elle aussi régulièrement avait des paresthésies et que ce n'était pas grave et que les migraines non plus et qu'on est d'un tempérament anxieux et que cela influe sûrement là-dessus et elle me demandait ce que j'attendais du médecin, un nouveau traitement ? Je ne savais pas. Elle m'a demandé ce que pensait ma mère de tout cela, j'ai dit qu'elle voulait que je passe une IRM. Elle a dit qu'elle était gonflée, car c'est maintenant qu'elle se préoccupe de ma santé ?
Il n'y a que cela qui préoccupe ma mère : ma santé physique. La santé mentale, elle n'y a jamais accordé la moindre attention, pour elle je n'ai jamais été autre qu'une folle.

19 mars 2019

Florent ce matin a voulu me faire l'amour, il m'a fait mal tellement j'étais sèche. Je ne sais pas si c'est une conséquence de ma sous-nutrition et de ma perte de poids ou parce que je n'étais pas bien réveillée. Bref, c'était plutôt douloureux.

Lundi 25 mars 2019

Avec le soleil du week-end, on est sorti Florent, ma belle-mère et moi dans le jardin constater les travaux à faire dans le jardin, l'achat de carrés potager pour faire pousser des tomates, courgettes. Et moi, me voilà déjà partie dans les projets de refaire la partie herbes aromatiques, faire les salades et épinards en hiver, replanter des géraniums là où ont dépéri les autres lors de la gelée de l'hiver dernier. Me voilà excitée comme une puce par de nouveaux projets, par Florent qui prend des mesures dans le salon pour faire un espace bureau afin de virer le buffet et me faire un coin peinture... donc du coup, je ressors tous mes livres de jardinages...

Et comme je n'arrivais pas à m'endormir et que je m'interrogeais sur cet intérêt soudain sur de nouveaux projets, j'ai mis un signal d'alerte et j'ai réfléchi à tous mes comportements de ces dernières semaines.

Mardi 26 mars 2019

J'ai vu mon psychiatre et mes maux de tête seraient dus à mon état mixte. Donc il m'a donné un médicament pour contrer cet état et tout devrait rentrer dans l'ordre. Quand je lui ai dit que ma psychologue pensait que j'étais en anorexie, il a rejeté cette idée et disait que c'était seulement de la perte de poids induit par l'hypomanie. Je n'ai pas eu le temps de lui décrire mes symptômes caractéristiques de l'anorexie, car pour moi, malgré ma perte de poids suite à ma bronchite et mes maux de tête, j'ai un comportement d'anorexique, même si je ne perds quasiment plus de poids ou très peu en ce moment, mais je mange très peu, et je saute le repas du matin, et dès que je peux celui du soir.

Mercredi 27 mars 2019

Cette nuit, j'ai rêvé que j'étais fatiguée, éblouie par la lumière et que je m'évanouissais devant ma belle-mère qui accourait avant que cela soit Florent qui vienne à moi.

Au réveil, je suis aussi fatiguée que dans mon rêve, un peu le tournis, et un début de mal de tête qui s'amplifia dans la journée avant de se transformer en migraine.

Puis malgré les antidouleurs, m'allonger sur le canapé la tête sous un coussin à l'abri de la lumière et du bruit, je n'en peux plus, l'idée de me scarifier peu à peu monte en moi. Pourquoi, je n'en sais rien ? Tout autant l'idée que je ne vais encore rien manger de la journée à part ma compote de ce matin et du chocolat blanc et de la joie de retrouver peut-être le lendemain matin un kilo en moins sur la balance.

Je suis en phase mixte, dit le psychiatre et je sais que dès que je suis en phase mixte, je me scarifie et je perds du poids. Je perds du poids en hypomanie certes, mais tôt ou tard cela se transforme en phase mixte, car ensuite je m'automutile. Anorexie est intimement lié à l'automutilation pour moi. La preuve : j'étais débarrassée de mon automutilation depuis cinq ans, je rechute en anorexie et vlan à nouveau je me scarifie.

Faut absolument que Florent n'en sache rien, mettre un haut, un pyjama, m'en acheter un, dire qu'avec mes migraines j'ai tout le temps froid, mais ne surtout pas qu'il sente ou qu'il voit un millimètre de pansement sur mon bras. Je ne saurais pas quoi lui dire. Tout le monde croit que je vais bien, que je vais mieux alors que je me bats encore avec mes vieux démons, anorexie, automutilations, viols, coups, maltraitances et compagnies… et mes trous de mémoire. Oui je vais mieux, mais ce n'est pas encore cela, je continue toujours mon entreprise d'autodestruction, de contrôle…

Avril 2019

L'obsession de la balance

Le soir, je prends mon gant exfoliant et je me frotte le corps pour retirer les peaux mortes. Il paraît que cela permet de libérer un peu plus les toxines et les calories par les pores qui ne sont plus bouchés par la peau et donc cela fait perdre un peu plus de poids durant la nuit.

Je me pèse le soir en estimant perdre au moins environ un kilo en une nuit et j'évalue ma perte de poids en fonction si mon poids du soir est moins lourd que la veille ou non.

Le lendemain, je me pèse plusieurs fois, je vais d'abord aux toilettes, j'espère aller aux selles avant, cela me permet de gagner des centaines de grammes en moins sur la balance, encore plus si j'ai la diarrhée la veille !! Je me pèse ensuite après la douche, surtout si je fais pipi dans la douche. Je me pèse, descends du pèse-personne, remonte, redescends et vois si cela change et j'arrête quand j'estime que cela ne bougera pas et ma matinée et mes repas, ma diète et la quantité de mes assiettes seront remplis en fonction du poids que j'aurais perdu ou pris dans la nuit.

Le drame, un jour, ma balance a rendu l'âme parce qu'un de mes fils a inondé la salle de bain, et c'était le week-end. J'ai été obligé d'attendre au moins deux jours avant de pouvoir en racheter une. Tout un planning à revoir, mon journal de régime avec mes menus, calories et poids et courbe mis en attente. Ne pas savoir si j'avais pris 100 grammes ou perdu de même m'angoissait. J'étais dans un état de stress. Me peser une fois par semaine ? Impossible ! Ma journée et le menu du jour ne commençaient qu'en fonction du poids que je faisais le matin. Le lundi, pour sûr, la première chose que j'ai faite après avoir emmené les enfants à l'école, c'est de foncer acheter une balance et de me peser.

Mes repas ne dépassent pas les 1000 calories sauf craquages, parfois même pas 600 calories. Je sais très bien qu'on ne maigrit pas ainsi, le corps se met en mode famine, ne perdra pas de la graisse, mais du muscle et dès que je mangerais à nouveau, le corps stockera deux fois plus et de la graisse. Je le sais tout cela. Mais c'est plus fort que moi ! c'est comme une petite voix qui me dit de ne pas manger parce que manger c'est mal et fait grossir. Et quand je mange peu, mon ventre dégonfle automatiquement et me donne la sensation d'un ventre plat et donc d'avoir maigri.

J'en ai lu des livres et des livres sur les régimes, sur l'anorexie et les troubles alimentaires et les mécanismes, et comment s'en sortir, alors pourquoi je retombe toujours dans les mêmes schémas ? Pourquoi c'est plus fort que moi ?

J'en peux plus de priver, de cette maladie, de cette peur de grossir, de cette obsession de mincir. Je me sens grosse avec mes 62 kilos, je veux atteindre 55 kilos, c'est comme si à 55 kilos je me sentirais bien dans mon corps même si c'est peut-être un leurre.

Samedi 6 avril 2019

J'ai envoyé un mail à mon psychiatre. Cela fait plusieurs jours que je vomis mes médicaments et la moitié de mon repas en plus, je suis somnolente au point de me recoucher le matin après avoir accompagné les enfants à l'école, je suis incapable de conduire le matin après avoir accompagné les enfants à l'école sous peine d'avoir un accident de la route, car je suis somnolente.
Jeudi ou vendredi matin, je me suis réveillée le matin avec un mal de tête et des nausées et j'ai cru que jamais je ne pourrais accompagner les enfants à l'école et Florent me demandait s'il fallait qu'il reste ou s'il pouvait partir. J'ai pris un Nurofen et j'ai dit qu'il pouvait partir, il fallait juste que le Nurofen fasse effet. Il n'y a que ce médicament qui fasse effet pour mes migraines.

En journée, ma belle-mère m'a pris à part, car elle s'inquiétait, car elle avait peur que je retombe dans l'anorexie, et je lui ai dit que cela faisait trois semaines que je n'avais pas perdu de poids, alors que c'est faux : j'ai perdu 3,6 kilos. Je lui ai dit que je faisais une taille 40. Elle me parlait du fait que les femmes à un certain âge prenaient inévitablement du poids, donc je devais obligatoirement prendre du poids. Donc en gros, je dois peser 70 kilos et être en surpoids... c'est dingue comme logique !!! Je n'ai pas envie d'être grosse. Ce n'est pas parce qu'on prend du poids en vieillissant que toutes les femmes prennent du poids. Je vois ma psychologue, elle est plus âgée que moi et elle a une taille de guêpe, elle est plus grande que moi et pèse 55 kilos à tout casser, c'est elle qui me l'a dit, et en plus, elle a un graphique et elle m'a dit que c'était un poids raisonnable compte tenu de ma taille. Et que mon but de 55 kilos aussi était aussi raisonnable. Il ne faut pas généraliser. Je n'ai pas envie de peser 70 kilos pour faire plaisir à madame pour retrouver mes pantalons tailles 46 ! Je suis bien dans mes tailles 40, et mes tailles 38. Et mes hauts que j'arrive à remettre maintenant aisément, je n'ai plus besoin de me racheter une nouvelle garde-robe, je peux remettre tous mes vêtements d'avant et c'est franchement agréable. Non, elle ne va pas me retirer ce plaisir.

Récemment, j'ai vu un film traitant du thème de l'anorexie «« to the bone ». Et la fille était très maigre. Sa maigreur était à la fois fascinante et faisait aussi peur. J'avais à la fois envie d'être maigre, pas à

ce point, mais maigre et perdre mon ventre qui est trop gros, et ne pas tomber dans l'anorexie pour ressembler à un squelette ambulant. Le soir, quand je me regarde dans la glace, je vois mon ventre et j'ai envie de vomir. Toute cette graisse. Franchement, il faut faire quelque chose !
Je recommence à manger des pâtes, mis j'ai définitivement éradiqué la viande de mon alimentation, sauf tout ce qui est jambon. J'ai au congélateur du steak haché et ce sera pour la famille. Je l'aurais fait en tartare, mais j'ai décidé que cela sera pour les autres. Peut-être qu'un jour, je serais définitivement végétarienne.

Mensonges

Je roule, et mon esprit s'évade comme d'habitude sur la nourriture, en rentrant à la maison avec les enfants à l'arrière, pour seule obsession : le menu de ce soir, mon menu, que j'avais déjà programmé : ma cassolette de curry de légumes végétarien au lait de coco. Mais je doute. Est-ce trop calorique ? Est-ce plus calorique qu'une salade d'endives au roquefort ? Qu'une poignée de radis avec un peu de beurre accompagné d'un restant de haricots verts ? Qu'est ce qui pourrait remplir une assiette pour faire croire à Florent que je mange normalement, mais qui aurait le moins de calories, si possible un repas à moins de 100 calories le dîner ? Qui me remplirait l'estomac, mais qui ne me fera pas prendre de poids ?

Finalement ce plat végétarien qu'à la base n'est pas du tout calorique, à peine 100 calories, je le congèle pour la venue de la marraine de mon second fils ce week-end qui vient comme une surprise avec toute sa famille à 6 et qui finira le plat qu'elle adorera certainement puisqu'elle adore les plats végétariens. Et moi, je pourrais alors manger des plats et salades qui seront encore moins caloriques que cela.

J'en suis arrivée au point que je ne me contenterais que de salade verte et de tomate et d'asperges !!! Mais je sais que pour me sortir de cet enfer et pour tenir pour ma famille et mes enfants, il va falloir que je fournisse des efforts et manger plus que de la salade verte et du thé vert.

Pourvu qu'ils continuent à vider mon congélateur, pour vider encore et encore pour le dégivrer et que je puisse enfin racheter des produits sains et peu caloriques et adaptés à mon régime (poissons, brocolis et choux-fleurs, champignons...) et le nécessaire pour faire en bonne et due forme le régime Natman qui me fera perdre si j'y arrive 4 kilos en 4 jours. Mais pour cela il me faut du poisson pour une semaine midi et soir, des brocolis et légumes verts comme des épinards pour une semaine... il faut que je prévoie tout, choux rouges, céleri, steak haché les 4 premiers jours, tomate, jus de fruits (tomate, pruneaux et pamplemousse...)

Toujours le vide, le vide et encore le vide, pour me libérer de je ne sais quel poids ?

Mensonges, mensonges, faire croire que l'on mange plus que ce que l'on a dans l'assiette, se remplir d'une assiette d'aliments basse calories. Mentir et mentir encore à son entourage.

Se mentir à soi-même et se faire croire qu'on maîtrise tout alors qu'on ne maîtrise rien du tout. Faire croire aux autres que l'on n'a pas tant maigri que cela. L'anorexie est la maladie du mensonge, de la dissimulation. On se cache derrière des vêtements amples, pour cacher notre maigreur.

On est dans le déni, mais au fond de soi, on sait, on sait que ça se voit, et on fera tout pour empêcher les autres de nous barrer la route vers notre entreprise d'autodestruction, pour continuer ce qui fait notre identité.

Parce qu'il n'y a que cela qui nous fait tenir pour le moment., quand tout autour de nous se délie.

Lundi 8 avril 2019

Hier matin, Tristan a eu des vertiges, était tout pâle et a vomi au réveil. Il n'avait déjà pas mangé la veille au soir. Je suis partie l'emmener aux urgences, car il a mal au ventre depuis un peu plus de trois semaines de manière inexpliquée, et le doliprane et le Spasfon n'y peuvent pas grand-chose.

Aux urgences, ils ont posé des questions sur les antécédents de la famille : cancer du côlon pour un proche de Florent, syndrome du côlon irritable pour ma belle-mère et Florent, trouble bipolaire… asthme et migraine. Description des symptômes. Prise de sang négatif. Test d'urine impossible, car Tristan ne peut pas faire pipi, il fait pipi en moyenne deux fois par jour et là, ce n'est pas le moment (alors moi je ne suis pas normale, je fais au minimum quinze fois pipi par jour !!), mais comme cela ne le brûle pas quand il fait pipi, ils n'insistent pas. Pas de constipation, pas de diarrhée, on me renvoie à ma généraliste pour qu'elle me fasse une ordonnance d'une échographie abdominale pour voir s'il y a des lésions aux intestins. Donc seules pistes, lésions intestines, syndromes côlons irritables, mauvaises alimentations, ou psychosomatiques ?

En rentrant, je vais voir ma belle-mère pour lui donner des nouvelles fraîches vu que je ne l'avais pas vu de la journée. Et elle m'engueule presque en disant que c'est notre faute parce qu'on leur donne à manger des cochonneries, qu'ils n'ont pas de vrai repas, mais que des trucs sucrés, que des viennoiseries. Alors je lui sors que pour éviter de se goinfrer de ces choses-là, j'ai fait des pancakes, elle me sort que c'est que du sucre !!! Archi faux, c'est de la pâte à crêpes et je ne mets pas un gramme de sucre dedans !!! Elle veut du fait maison, alors je fais du fait maison !! Je ne comprends plus rien !!

Nos enfants veulent ressembler à leur père, avec qui ma belle-mère n'a jamais pu réussir à lui faire manger des légumes. Les enfants ne mangent que comme lui. Ma belle-mère est bonne pour donner des conseils, me faire croire que je fais mal, et derrière mon dos faire l'inverse de ce qu'elle prône, donner des cochonneries à mes enfants, Chips, bonbons, glaces et autres derrière mon dos. Des chips ? Ah, mais ce sont des allégés ! des plats préparés, surtout pas, sauf si c'est du Picard surgelé, surtout pas des trucs préparés genre nuggets, mais revient avec des cordons bleus...

Tout dépend d'où ils sont achetés ?

Je m'efforce de faire au mieux, et Florent arrive avec un sac de paquets de gâteaux industriels

Et c'est moi qu'on incrimine. Parce que je suis la maîtresse de maison et c'est moi qui suis censée gérer ce qui s'y passe. Faudrait que je fasse contrôleuse lorsque mon mari rentre avec son cabas de course pour lui dire de retourner remettre au magasin toutes ses cochonneries ! bien voyons !
On vit en couple, je ne suis pas toute seule à décider du repas. Mais bien sûr, c'est moi qui en prends plein la gueule.

Évidemment leur père est leur modèle. Les enfants ont le choix entre un menu quasiment végétarien, moi. Et un menu fait de nuggets, de poulet, de viande, de pizza, patate, fromage et pleins de cochonneries sucrées, chocolat et gâteaux, tu m'étonnes, ils vont choisir les cochonneries, c'est plus appétissant. Bien sûr que pendant des années, j'ai fait profil bas en me contentant des menus « spécial Florent », en prenant du poids évidemment, sans broncher.

Je suis la seule fautive, la seule responsable parce que c'est moi la femme de la maison, celle qui fais à manger, mais quand bien même je cherche à faire évoluer les repas, que je cherche à rallier les palais à ma cause, c'est toujours avec dégoût qu'ils refusent mes plats, préférant les goûts de leur père, se rabâtant sur les sachets de gâteaux qu'il ramène lorsque celui râle qu'il n'y a plus rien à manger.

Je me suis toujours contentée de biscottes ou de cracotte au petit déjeuner et il n'y avait quasiment jamais de gâteaux industriels à la maison, j'ai découvert cela quand j'ai connu Florent et je ne suis pas sûre que c'était ce qu'achetait sa mère quand il était petit.

Des cochonneries. Oui.

C'est le résultat des préférences de son fils.
Pourtant, c'est toujours moi qu'on incrimine parce que je suis la maîtresse de maison, donc celle censée imposer ma volonté et mon menu à tout le monde ! Chose impossible jusqu'à ce jour.

Et de tant d'années où j'ai voulu faire plaisir à Florent parce qu'il a toujours été difficile à faire manger, autant que Aurélien par moment.

Rigidités alimentaires, ou intolérance à certains aliments. Cela étant qu'il ne tolère ni n'aime tout ce qui ressemble de près ou de loin à un légume et à la couleur verte.

Et peut-être la faute à l'autisme ?

Mardi 09 avril 2019

C'est décidé, il va falloir revoir toute l'alimentation de la famille. Je voudrais que ma belle-mère m'y aide. Voilà plus d'une dizaine d'années que je m'arrache les cheveux avec, j'espère en finir avec une fois pour toutes.
Je lui demanderais.
Et j'espère que ma belle-mère va me soutenir et beaucoup parler à Florent et aux enfants pour convaincre tout le monde et insister pour remettre les pendules à l'heure et rattraper le tir.
Comment en est-on arrivé là ? Sûrement de la part de Florent qui aime les choses sucrées.
Bien parfois, elle me montre un profil de son fils tel qu'il était sous sa coupe. Mais on est différent quand on est chez ses parents et quand on est chez soi.
Florent a pris de mauvaises habitudes, et là où il mangeait des fruits chez sa mère, quand j'en achète à la maison, il les laisse pourrir. Il préfère les sucreries

et les chocolats qu'il mange devant la télévision juste avant de se coucher : son goûter du soir, dit-il.
Sa mère me dit : oh, il mange des fruits et des légumes !
Ah bon ? Jamais vu !
On ne parle pas de la même personne. Ce sont comme les enfants, ils mangent de tout quand ils sont chez leurs grands-parents, et une fois à la maison, ils ne mangent plus rien.

J'ai toujours été dubitative. Est-ce moi qui fais mal ? Quelle est la recette de ma belle-mère ?
— Ils te font tourner en bourrique ! ils savent à qui ils ont affaire ! ils font des caprices !

La psychologue dit que les enfants sont différents lorsqu'ils ne sont plus chez leur parent.
Et pour Florent qui pourtant mangeait fruits et légumes se vante ma belle-mère ? Elle tient un autre discours parfois quand elle me dit qu'il restait des heures face à son assiette sans rien manger et qu'il était tout aussi difficile que sont les miens maintenant et qu'on ne pouvait rien en tirer non plus.

Je crois que je rencontre les mêmes difficultés que ma belle-mère qu'avec son fils par le passé et qu'elle aurait espéré que je relève un peu mieux le défi. Mais on ne change pas des rigidités alimentaires ! un mari aussi têtu que ses propres enfants !

La relève est assurée et le défi est presque impossible à relever.

En discutant avec ma belle-mère sur la terrasse, on parlait avec Florent en lui faisant entendre raison sur ce sujet-là, parce qu'on lui faisait comprendre que ce n'est pas sur moi que les enfants prennent exemple, mais sur leur père alors c'est à lui de fournir des efforts. J'aurais beau faire tous les efforts possibles, si leur père mange toujours autant de cochonneries, je ne pourrais jamais leur faire entendre raison. Même s'il ne goûte pas, au moins qu'il m'aide en leur disant de faire des efforts de goûter, que c'est important, bons pour la santé... il faut qu'il réalise que contrairement à ce qu'il croit tout ne repose pas sur mon dos, mais aussi sur son dos. Il a des fils alors des fils, cela veut ressembler à leur père. Leur père c'est leur modèle. Alors quoique je fasse, ils feront tout pour ressembler à leur père alors qu'il faut qu'il y mette du sien.

Jeudi 11 avril 2019

15 h, Tristan se réveille, il a dû se coucher tard cette nuit. Je le fais se peser. Il frôle les 31,5 kg, il a perdu 1,5 kilo en 4 jours, malgré la raclette d'hier soir ! Il pesait 33 kilos aux urgences dimanche à 18 h.

S'il perd encore deux kilos, il est en zone maigreur, il sera en insuffisance pondérale. En dessous de 30 kilos, il est maigre. Tout comme je le suis à 49 kilos pour 164 cm.

J'ai reçu mes livres commandés sur internet avec les chèques cadeaux donnés par Florent, sur l'homéopathie, les médecines douces, l'aromathérapie, la phytothérapie, les huiles essentielles, la naturopathie, et le végétarisme. Je suis pescétarienne, car je ne mange pas de viande, mais je mange du poisson. Ou sinon, je suis peut-être flexitarienne, car je mange très peu voire quasiment pas de viande (pour moi cela se résume à du jambon), bref, je suis dans la mouvance du végétarisme sans en faire totalement partie.

Mercredi 17 avril 2019

2,2 kg en plus : 63,7 k alors que j'étais descendue à 61,5 kg
J'ai l'impression que je grossis à vue d'œil. Le médicament (olanzapine) pour mes maux de tête dû à mon mixte fait effet depuis un peu plus d'une semaine, mon appétit revient du coup, les kilos reviennent !! Une horreur !! (Mon psychiatre du coup m'a dit que je pouvais ne le prendre que si je sentais

que mes maux de tête et mon mixte revenaient, à moi de gérer)

Vendredi 19 avril 2019

Comme par hasard, en SVT, Tristan travaille sur la nutrition !! Je l'ai aidé. Nutriments, glucides, lipides, protéines, kcal ! Moi, c'est tous les jours que je calcule mes kcals ! Que je pèse mes aliments sur ma balance ! 100 g de purée de patate douce, 64 grammes de restant de riz basmati, 125 grammes de yaourt à la grecque avec 5 grammes de graines de chia !! Et un verre de vin rouge !! Et un cappuccino avec trois sucres ! Chaque gramme et pesé et calculé aux calories près. Pour le mettre sur mon livre de menu et compter ce que j'ingurgite par jour et le poids que je pèse le lendemain et en une semaine j'ai pris 2. 4 kilos que j'avais perdus en un mois ! Un désastre j'avais pesé 64 kilos lors de mon rendez-vous chez la nutritionniste il y a un mois et je vais repeser le même poids dans une semaine alors que j'avais perdu du poids et étais descendu à 61,5 kilos. J'en viens à espérer retomber malade, à avoir à nouveau la nausée, voir à avoir ces foutus maux de tête pour pouvoir maigrir à nouveau !! C'est dingue !! J'ai arrêté mon médicament qui me faisait grossir, avec l'accord de mon psychiatre et j'attends l'effet de l'arrêt de la prise de poids, j'ai repris le Lamictal qui a tendance à me faire fondre. J'attends, j'attends, et j'attends que la balance descendre au lieu de monter, car je ne me supporte plus de grossir même si ce n'est que de cent grammes à chaque fois.

Florent a acheté des fruits ce week-end et quel plaisir ai-je eu de voir les enfants se régaler de fruits !!
Et je suis heureuse quand je fais du fait maison et qu'ils mangent autre chose que des cochonneries. Mais le plus difficile encore, c'est de leur faire manger des légumes !!

Mai 2019

Jeudi 02 mai 2019

Ce matin, je n'ai pas arrêté une minute : ménage à fond, toujours trier, ranger, besoins de propreté et de symétrie, que rien ne traîne. Hyperactivité. J'ai fait le tri dans les vêtements des enfants et j'ai fait un sac pour les vêtements à donner à ma voisine et les vêtements trop usagés à donner dans le conteneur à vêtements. J'ai passé ma matinée et la moitié de mon après-midi à faire des gâteaux pour les enfants : des financiers et des donuts. Puis j'ai continué à faire des repas pour moi à l'avance, une omelette mélangée avec du chou mis dans un tupperware. J'ai continué à passer mon temps sur le site de calcul de calories et de planification de repas. J'ai envoyé un second mail à mon psychiatre pour savoir si j'avais des tocs, s'il y avait un traitement pour et s'il y avait besoin d'augmenter mon lithium. Toujours pas de réponse pour le moment.

Cela fait deux jours que j'ai trois comprimés de lithium au lieu de deux. Je suis allée chez ma généraliste refaire mon ordonnance via le mail de mon psychiatre et je lui ai demandé une prise de sang de lithiémie pour savoir si j'étais stabilisée ou en hypomanie vu que mon psychiatre m'a expliqué les taux la dernière fois que l'on s'est vu. Maintenant, je peux savoir.

Mais depuis deux jours, je suis prise de fringales, je mange à longueur de journée, des tonnes de saucisson, je me suis racheté du saumon. À bas mes préceptes du végétarisme et d'alimentations saines, j'avale tout ce que je trouve, pas au point d'en faire de la boulimie sauf si je ne connais pas la définition de la boulimie, mais cela ressemble vraiment plutôt à des fringales, je picore par-ci, par-là, à longueur de la journée. Je suis horrifiée, tétanisée, j'ai peur de prendre ne serait-ce un kilo, ou trois kilos en cinq jours comme lors de la prise de l'olanzapine en mars pour mon mixte avec mes maux de tête. Le moindre kilo pris me terrifie.

Ma mère me demandait ce qui avait mis la puce à l'oreille de mon psychiatre pour l'hypomanie, je lui ai parlé de tout sauf des achats compulsifs. Ma mère en passant récemment m'a fait un chèque, car j'étais juste alors que deux mois avant elle et mon père m'avaient donné 1100 euros en février!! Si elle savait que j'avais claqué 600 euros de livres ce mois-ci en avril!!!

Je lui ai dit notamment qu'en hypomanie j'ai embarqué tout le monde dans le même bateau et en phase hypomaniaque les personnes ont une estime de soi surélevé et ont tendance à vouloir convaincre tout le monde de leur foi et leur croyance, comme moi en ce moment au sujet de l'alimentation saine.

J'ai encore fait du tri, j'ai trié mes livres, donné des livres de classiques pour Tristan, mis en vente d'autres livres, mis à donner des invendables, en gros, une bonne centaine de livres en moins dans mes étagères. Le plus gros travail à faire, c'est le garage!!!

Lundi 13 mai 2019

Nouveau projet : Aurélien ne supporte plus son frère Clément et réclame sa propre chambre. Seule solution pour nous, aménager notre lit en bas et aménager le salon en mettant un convertible et descendre le dressing. Me voilà à nouveau lancer sur des projets d'aménagement, de décoration et à la recherche de convertible et à la vente de nos meules en surplus. Du vide, du vide, encore du vide.

Vendredi 17 mai 2019

J'ai faim, tout le temps faim, une heure après mangé, j'ai encore faim. Bon, la prise de poids n'est pas encore astronomique (1,5 à 2 kilos !) parce que j'essaie de privilégier les produits faiblement caloriques, légumes verts et pas trop caloriques, des pâtes qui calent bien, mais pas trop caloriques non plus ! Mais le soir quand je me couche, j'ai encore faim, mais comme l'alarme est déjà mise et que j'ai peur du noir, je ne redescends pas pour remanger parce que je ne veux pas remonter après avoir mis l'alarme en bas ?

En faisant du rangement dans mes papiers, j'ai retrouvé des feuilles que j'avais imprimées des écrits sur un forum d'automutilation et d'anorexie qui datait de ma dépression en 2008 en février, aux 18 mois de Tristan lorsque ma dépression et mon anorexie étaient bien ancrées. Je cherchais à expliquer tout cela, à demander de l'aide. Je m'étalais de long en large et je ne comprenais pas pourquoi sitôt que Florent sortait ou me laissait seule, c'était l'occasion rêvée pour l'autodestruction en règle!! Automutilation et alcoolisation. Un soir, A cette période, je lui avais avoué mes automutilations, mon anorexie, il voyait ma maigreur, voyait mon entreprise d'autodestruction. Sitôt qu'on voit un invité, je picorais, on me suppliait de manger un peu, je faisais mine et sitôt le repas fini, j'allais le vomir aux toilettes.

Florent a tout fait, lui et sa mère, pour me trouver un psychiatre, mais je l'ai détesté, antidépresseur, virage maniaque!!!

Pourquoi je me faisais du mal ? Florent savait que je me coupais, il voyait mes pansements sur mon bras, il me serrait dans mes bras quand je le lui ai avoué, il était impuissant et cela le rendait malade ! Je lui avouais mes peurs d'abandon, mon entreprise d'autodestruction depuis mon enfance, ma peur d'être une mauvaise mère, d'être folle (je ne me savais pas encore bipolaire) que je ne le méritais pas et que je le faisais souffrir.

Et si je m'acharnais quand il s'en allait, c'était peut-être à cause de ce sentiment et cette peur d'abandon encore une fois ? Il y a un lien entre automutilation, anorexie, tout est une histoire de contrôle et d'autodestruction.

Mardi 21 mai 2019

Le midi, j'ai continué le tri, mais actuellement, je suis dans le tri des feuilles de mon journal intime que j'écris depuis mes 14 ans. Et je relis et jette ce qui peut paraître gnangnan, états d'âme « il m'aime, il ne m'aime pas, il m'a frôlé, je tremble... » Et lorsque j'en suis à ma relation chaotique et instable avec un petit ami nommé Rémy à mes années lycée qui ne savait pas ce qu'il voulait, mes variations d'humeurs propres à la cyclothymie sont frappantes, de vraies montagnes russes. Je suis au top le matin et au moindre grain de sable, un regard de travers, le fait qu'il m'ignore, une blague qui passe mal et la journée est foutue en l'air, je suis au plus mal, on me déteste, je n'ai plus qu'à me foutre en l'air, j'ai envie de me suicider. Je passe de l'euphorie à la dépression aux envies de suicide en un rien de temps. Je suis lunatique à souhait, mon ami du moment doit me prendre avec des pincettes, je suis étouffante, possessive, jalouse. Je me donne à mon ex comme une salope parce que mon ami du moment ne veut pas me donner son amour. Je suis tellement en manque d'amour, je ne me peux pas me passer de tendresse et il me faut quasiment me donner à quelqu'un même si je ne l'aime pas. Pire qu'une prostituée. Je suis anorexique et boulimique à cette période-là aussi, passant à plus de 70 kilos à 46 kilos en l'espace de

6 mois sans que mon entourage s'alarme vu que je cache mon corps sous une tonne de vêtements.

Bref, tous les signes du trouble bipolaire dans sa splendeur !!!

Jeudi 23 mai 2019

Le matin suite et fin des examens de santé à la CPAM. Entretien d'une heure avec examen, prise de tension, audition et yeux, prise de poids, mesures... résultats de la prise de sang...
Je suis en hypotension et ils se demandent comment je vais rentrer avec une heure de voiture !! Au retour, je parle du chiffre de ma tension à ma belle-mère qui s'alarme. À ce chiffre, dit-elle, elle est au lit incapable de faire un pas. Moi, je n'ai aucun vertige, je ne me sens pas fatiguée, rien. Je dois être hypotendue de nature ?
Mais quand même j'envoie un message à mon psychiatre pour savoir si ce sont les médicaments, car le lithium déshydrate et la déshydratation provoque des chutes de tension aussi.
Puis il y a la piste de la perte de poids, la piste de la thyroïde. Alors je lui pose des questions là-dessus, car à 6 ans et 9 ans, j'ai été opéré d'un kyste de la thyroïde (tractus Thyréoglos), ma mère a une thyroïdite d'Hashimoto et est sous traitement à vie, et mon oncle, mon cousin et ma cousine maternelle ont

des problèmes de thyroïde. Bref, je suis bien entourée et je me pose la question de l'hérédité. Sachant que le traitement pour le trouble bipolaire peut entraîner de lui-même un dérèglement aussi de la thyroïde, c'est d'ailleurs pour cela qu'on fait des analyses régulières de prise de sang, en plus de la lithiémie du taux de TSH, les hormones de la thyroïde.

Pour le moment, je vais bien, mais pendant combien de temps ? C'est tout récent. C'est encore fragile. Ma balance ne bouge pas. Je stagne à mon grand désespoir. Je voudrais perdre mes 8 kilos restants. La peur de redevenir obèse est devenue un cauchemar. Et dans la rue, je passe mon temps à regarder les gens, à me comparer à eux, à me dire « tiens je voudrais être aussi fine qu'elle, avoir des jambes comme elle, une taille 36 !! » et regarder les femmes obèses à me dire avec horreur, comment ai-je fait pour arriver à ce point-là ? Et maintenant, c'est surveillance de l'alimentation de tous les jours pour ne pas reprendre tous les kilos perdus. Donc mon alimentation est une chose qu'il va falloir que je surveille tout le temps. Pas question que je refais de la taille 46 voir plus !

Mon hypomanie date d'il y a un peu plus d'une semaine. Je ne suis pas guérie et je ne guérirais jamais, cela ne se guérit pas, on ne guérit pas de l'autisme ni du trouble bipolaire ni de l'anorexie, on rechute, on vit avec, on fait attention, on guette les signes, on est toujours aux aguets. Médicaments à vie pour moi.

Mai 2019

Je suis en hypothyroïdie et mon poids monte en flèche.

La lenteur

Florent sort de table avant moi et les enfants bien avant lui, je suis devant mon assiette, bonne dernière, comme d'habitude.

Je savoure mes aliments. Je ne m'en rends même pas compte. Je fais attention à ce que je mange, je sens chaque aliment dans ma bouche et je fais attention que chaque aliment soit écrasé jusqu'à être réduit en morceaux et attends le bon moment pour avaler ma bouchée pour ne pas risquer de m'étouffer.

Car ma pire peur, c'est celle de m'étouffer en mangeant.

Cette sensation je l'ai depuis toute petite, peux être des séquelles de cette fameuse fois où leur sexe s'est enfoncé dans ma bouche jusqu'à ce que je vomisse, leur sexe m'étouffant, séquelle de cette fois où j'ai failli m'étouffer avec un médicament ou avec un popcorn...

Je déteste la viande rouge que je n'arrive pas à avaler sans être obligé de la recracher ou de la réduire en bouillie. Je ne la mange qu'en carpaccio ou haché. Je mange que parfois aussi mouliné qu'un bébé.

Je suis tellement concentrée sur ce que je fais et ce que je mange que je n'entends parfois même pas qu'on me parle. Que Florent me parle.

Soit on me parle et j'arrête de manger et d'avaler, soit je mange et plus rien n'existe autour de moi. C'est soit l'un soit l'autre.

Dans l'autisme, les hypo et hypersensibilités font que les rigidités alimentaires et toutes les sensations sont exacerbées quand les autistes mangent. J'ai cette sensation-là quand je mange. Quand je mange, plus rien ne compte autour de moi. Je suis concentrée sur mon assiette, sur les couleurs, sur les couverts qui attrapent les aliments, le nez dans le plat, la sensation de bien-être quand l'eau pétillante me désaltère après plusieurs gorgées, presque aussi jouissif qu'un orgasme.

J'aime la couleur verte, la couleur rouge, le saumon, les légumes verts, tout cela me rassure. Et je prends mon temps pour savourer. Et je suis seule avec mes aliments alors que tout le monde a englouti son plat sans prendre la peine de savourer, de comprendre le plaisir de déguster.

Quand je mange, je mets des heures pour comprendre qu'on me parle.

— T'inquiète, c'est maman, elle répond jamais !

Oui, on vient de me parler, mais j'étais ailleurs, dans un autre monde plein de saveur... dans ma bulle.

Dans un monde où il faut prendre son temps.

Pour déguster...

Par peur de s'étouffer aussi, car je sais que la mort n'est jamais bien loin.

Aveugle

Ma famille a toujours été aveugle face à ma souffrance, alors face à mon anorexie encore plus. Ils ne m'ont jamais vu faire le yoyo avec mon poids.

Ado, j'ai fait plus de 70 kilos, puis je suis descendue à 45 kilos en l'espace de 6 mois. Je me cachais sous des pulls certes, mais quand même, il faut avoir de la merde dans les yeux, le visage grossit et s'affine !! Et en été, cela se voit.

Ma famille a été aveugle pour bien des choses, pour ma maltraitance aussi. Ma mère ne m'a jamais cru maltraitée par mon père, malgré les coups de fouet, malgré les coups de pied et coups de balai, les gifles à en faire voler les cheveux.

Non, je n'avais pas de bleus, ni de fractures, non, je n'ai pas été hospitalisée. Non donc je n'ai pas été maltraitée. Non, mais j'ai été violée, pénétrée, j'ai été sodomisée, j'ai fait des fellations, j'ai pissé le sang aux toilettes pendant des jours et des semaines à pleurer de douleurs… c'est juste des jeux du papa et de la maman, des jeux de gamins… ! pas de quoi en faire un drame. J'avais entre 7 ans et 13 ans, ils étaient majeurs !!!

Non, je n'ai pas eu d'attouchements de la part de mon beau-père, ce n'était que des chatouilles !! Ben voyons, il s'amusait avec moi, et il est câlin, il a tant besoin d'amour, le pauvre, c'est un gros bébé à son âge et quand maman n'est pas là, c'est sa fille qui doit le consoler !!

Alors, voir que sa fille est suicidaire, anorexique, malade, dépressive ? Jamais, on n'est pas fou dans notre famille... peut être que si, ma fille est bonne pour l'asile, me dit-elle sans arrêt quand je lui dis que j'ai envie de mourir.

Sans arrêt, je l'ai appelé à l'aide, et à chaque fois, elle m'a tourné le dos.

Pire, face à tous mes maltraitances et aveux, face aux plaintes, ils m'ont demandé de me taire, pour ne pas faire d'histoires, pour pas à avoir à choisir entre les membres de la famille... quitte à me sacrifier. Un assassinat, une vie de thérapie, une vie de souffrance pour protéger des violeurs et pédophiles qui ont aussi violé ma sœur qui a trois ans de moins que moi.

J'ai rencontré ma belle-famille à 24 ans, et eux seuls ont vu ma détresse, ne m'ont pas traité de folle, m'ont accueilli comme il se doit, ont vu que je souffrais. Mon mari a vu ma descente aux enfers, ma belle-mère m'a soutenu en dépression. Elle sait ce que c'est, ne m'a pas jugé lors de mes deux tentatives de suicide. Elle connaît cela, elle m'a vu anorexique, maigre, et mon mari m'a touché et a senti mes os, impuissant face à ma destruction...

En 2008, enfin ma mère voit ma maigreur, il en restera une photo. Mais même la photo ne montre pas ma maigreur.

Au fil du temps, le dialogue se renoue avec ma famille, qu'a-t-elle oublié de faire ? Qu'est-ce qu'elle a fait de mal ? Qu'est-ce qu'elle n'a pas vu ? a-t-elle privilégié son bonheur à celle de ses enfants ? Je lui narre toutes les fois où j'ai été mal, où je l'ai appelé à l'aide. Elle reste inflexible sur les abus de mon beau-père, mais est à l'écoute des maltraitances de mon père et de mes cousins.

Mais le chemin est long, très long...

C'est ma belle-famille qui m'a remise sur pied, même si l'enfer de l'anorexie reste toujours là et que je bataille toujours pour m'en sortir. Il y a des moments où je vais mieux, où je mange normalement, où en dépression je mange des cochonneries et je deviens obèse (87 kilos en 2018) et il suffit d'un stress, d'une remarque et c'est la rechute...

La maladie reste là, et je crois que ce sera comme les autres maladies, je dois rester vigilante, car je ne guérirais peut-être jamais, il y aura peut-être toujours des rechutes, des hauts et des bas, et c'est à surveiller à vie.

Grandir

Grandir, c'est être une femme, et être une femme pour moi, c'est être une salope. Grandir a commencé très tôt pour moi avec les jeux interdits entre cousins avec des viols buccaux et anaux.

Un ex-petit ami qui me partageait avec ses copains m'a prise pour une fille facile. J'étais plutôt féminine, je m'habillais encore en robe en été ou en jupe, plus comme maintenant. Si bien que les agressions, la main dans la culotte sous les habits, étaient simples. Il voulait ma virginité déjà à moitié prise par mes cousins, la partager à ses copains, qui m'ont violé par fellations. Et lorsque la plainte a eu lieu, la réponse de ma mère : tu n'avais qu'à ne pas inviter des garçons de ton âge. En gros, c'est de ma faute. Si je me fais violer, c'est ma faute. Si mes cousins m'ont violé, c'est de ma faute aussi. Tout est toujours ma faute. Une fille, cela provoque et séduit les hommes, peu importe l'âge qu'elles ont. Elles sont toujours consentantes de toute manière puisqu'elles ne disent pas non, et quand elles disent non, à mon avis c'est sûrement comme un jeu.

Puis il y a eu mon beau-père. De ma faute aussi, trop fragile, trop en besoin d'amour donc, c'est ma faute, je n'avais qu'à ne pas réclamer de l'amour à mon âge. Et puis mon beau-père aussi est en manque d'amour donc, manque d'amour avec manque d'amour, il fallait bien qu'on se réconforte. Et quand j'ai dénoncé, quand j'ai parlé de suicide : insultes : folle à lier, bonne pour l'asile... salope. J'ai été une salope lorsque j'ai couché avec celui qui a été mon premier mari, à 19 ans. Insultée au téléphone par ma mère et jetée dehors de chez elle.

Insultée de salope, connasse et tous noms d'oiseau par mes parents, parfois mon père contre ma sœur et moi, et de salope par ma mère quand elle n'était pas d'accord avec moi... dès qu'elle me voyait grandir et que je pensais différemment d'elle.

J'ai sûrement une allure de salope puisque j'ai failli être emmenée par le chauffeur du collège un soir de boum dans une discothèque pour être abusée. Pourtant pas la seule à être en robe ce soir-là !

Sûrement une allure de salope aussi quand j'ai été coincée dans un bureau par un pervers qui voulait profiter de moi alors que je lui énonçais mes motivations pour suivre une formation CAP petite enfance.

Et j'ai été la salope de mon ex pendant cinq ans, puisqu'il m'a traité de telle sexuellement autant que psychologiquement. Il me le disait au lit, pendant que je mangeais, devant la télévision, devant un film pornographique...

J'ai été une salope quand j'ai flirté avec un collègue de travail peu avant avoir quitté mon ex et que j'écoutais une hallucination auditive qui me traitait de telle, qui me disait que j'en étais une et qui m'intimait de coucher avec tous les hommes que je rencontrais et notamment avec ce fameux collègue qui me parlait. À cette période, en manque d'amour, j'ai d'ailleurs flirté avec au moins quatre hommes en même temps sans aller plus loin que de simples rendez-vous et messages sur internet. Mais j'en étais arrivée à vouloir tout quitter, boulot, mari, maison, famille, et faire la prostituée dans paris puisque je me considérais tellement comme une salope qu'il ne me restait plus qu'à mettre en pratique ce qu'on m'a toujours fait croire que j'étais.

Et peut-être que durant toutes ces années depuis mes 15 ans où j'ai commencé à révéler mes abus au fur et à mesure que je les subissais, je me suis mise à tomber dans l'anorexie. Tous les 4 à 5 ans, guérissant, grossissant, rechutant inexorablement au bout de quelques années, faisant le yoyo avec mon poids, le contrôlant, l'oubliant puis retombant dans les rituels anorexiques, vomissant, réduisant les quantités, maigrissant, n'ayant plus mes règles, touchant mes os. À ce moment-là, non, je n'étais plus une salope, j'avais l'impression d'être un fantôme, que plus personne ne pouvait me voir, que plus je maigrissais, plus je disparaissais, et mes formes aussi, celles qui faisaient que je provoquais malgré moi les hommes à me violer, à abuser de moi et de mon besoin d'amour et de tendresse. Je ne voulais plus exister, je voulais comme disparaître. Autant que mon appétit dans ces moments-là. Je ne pouvais contrôler l'effet que je produisais sur les hommes alors je contrôlais mon corps, l'aspect qu'il pouvait avoir. Peu à peu je délaissais les robes, les jupes, me tailladant les bras, je ne mets que des pulls même en plein été, je mets des habits amples pour me cacher, des pantalons et jeans en pleine canicule. Moi qui adorais la piscine, ayant fait de la natation synchronisée enfant et adolescente, je ne supporte plus de me mettre en maillot de bain, je ne supporte même plus de me mettre en petite tenue devant mon mari. Je déteste mon corps, je le cache, je voudrais le masquer, ne plus le voir, j'en ai honte, le voir exister, aussi impur est pour moi un péché, un poison... donner mon corps et mon âme à mon mari alors que tant d'autres avant lui l'ont sali !!! Et je ne peux m'empêcher de le détruire comme pour le punir, le purifier, car j'ai l'impression qu'il n'est que pourriture et que je contamine tous les gens qui osent me toucher. J'aurais toujours en mon âme et conscience l'étiquette de putain et de salope ancrée en moi au plus profond de moi-même, comme celle de folle.

Maman

La peur de l'abandon. Je ne sais pas d'où cela me vient. Besoin en permanence de ma maman, d'être dans ses bras. Peut-être la peur de perdre celle qui m'a apporté l'amour et la tendresse qui m'a fait défaut de la part d'un père qui me frappait et me maltraitait ma sœur et moi quotidiennement, pour qu'elle me laisse seul face à un père incapable d'amour et de marques d'affection.

Je voulais retourner à l'état de nourrisson dans les bras d'une mère, peu importe l'âge que j'avais, j'ai toujours eu peur d'être abandonné, peu importe l'âge que j'avais même, adulte, même à l'âge d'être mère. Je demandais à être aimée, à en étouffer les adultes. J'ai trouvé en chaque adulte une mère de substitution pour palier à mon vide affectif, à ce trou immense que j'avais en moi incapable de combler.

J'ai cherché à le combler, peu importe le moyen, en étant serviable, en me rapprochant des gens, en recherchant leur attention, en cherchant à jouer aux jeux des cousins... ma mère savait ce qu'il se passait, ma sœur le lui a dit. Pourquoi n'a-t-elle rien fait ? Pourquoi m'a-t-elle abandonné ?

J'ai tenté de combler mon vide affectif comme je pouvais et je me suis retrouvée dans des situations, prise pour une fille facile et une salope, comme m'a traitée ma mère, rejetée par ma mère. Abandonnée par ma mère.

J'ai pris pour mère de substitution ma belle-mère, recherchant à travers elle l'amour que je cherchais tant à combler. Elle m'a tant apporté. Elle s'est installée chez nous et je l'ai déçu jour après jour. J'ai vu dans son regard et entendu dans sa voix son rejet, son dégoût. Elle m'abandonnait elle aussi. Je criais « au secours aussi ». Elle allait elle aussi m'abandonner, elle et mon mari. Je sombrais une nouvelle fois dans l'anorexie, comme un appel ultime à l'aide pour mes mères de substitution pour être prise dans leur bras et redevenir cette enfant qu'on aime et qu'on protège.

Mes périodes d'anorexie autant par le passé dans mon adolescence avec ma mère qu'adulte avec ma belle-mère sont étrangement liés avec la volonté d'appeler à l'aide, mais avec l'impossibilité ni l'incompréhension de le dire ni de le formuler autre qu'en m'autodétruisant. L'anorexie parle à ma place. Mon régime d'anorexique me maintient dans l'excitation et me fait croire que je vais bien, que je suis puissante et me fait oublier que je vais au contraire très mal et que je ne contrôle plus rien et qu'au final, j'appelle à l'aide via mon autodestruction, et par le fait de maltraiter mon corps qui se décharne peu à peu. Je leur dis que je veux redevenir enfant, que je veux qu'on m'aide et me protège comme on aime un bébé fragile. Que je ne veux plus être cette adulte qui porte le poids des responsabilités de toute une vie de famille et de la douleur du monde, de son passé d'enfant maltraité, d'abusé, de femme violée et battue. Qui en a assez de se battre et d'être toujours forte pour les autres et parfaite, une parfaite mère, ménagère, éducatrice, et femme pour son homme et une parfaite belle fille... je voulais simplement être et non devoir.

Alors j'ai voulu me supprimer d'abord en cessant de manger. Cela n'a pas suffi pour qu'on me prenne dans ses bras. Alors j'ai voulu prendre des médicaments.

Ma tentative de suicide ce jour-là m'a tué. J'ai sombré dans une dépression sans nom, car je suis morte ce jour-là. Ma famille, ma belle-famille m'a abandonné ce jour-là. Mon mari a voulu me quitter, ma belle-mère n'a pas compris mon geste et a refusé de croire en sa culpabilité. Tout le monde m'a abandonné. J'ai été en deuil de famille pendant quatre ans.

J'ai sombré dans la mort, dans l'alcool aussi. Dans l'obésité. Je me suis réfugiée dans le sommeil, j'ai hiberné... c'est mon fils aîné qui m'a réveillée par son mal être. Mais ma peur de l'abandon est toujours prégnante, l'anorexie comme parole est toujours là, la recherche d'une mère aussi, ma soif d'amour aussi, ma colère d'avoir été abandonnée aussi, incomprise, dans ma solitude, dans mon appel à l'aide, dans ma souffrance d'avoir été rejetée, maltraitée par ceux que j'aime et dont je recherchais amour et tendresse...

J'ai ce vide en moi, ce vide que je tente de combler. J'aurais pu le combler par la nourriture en devenant boulimique, hyperphagique. J'ai été obèse par la malbouffe et l'abus d'alcool et surtout par l'abus de médicaments dont j'ai été accro pendant des années, prenant plus que l'ordonnance m'en prescrivait, pour pouvoir dormir et dormir en journée, me réfugier dans le sommeil. ... et pour moi, le vide de mon âme a appelé le vide, le vide de mes abandons, le vide d'amour a appelé le vide de l'anorexie. Je ne l'explique pas. Comme pour me détruire encore plus, me punir, pour me faire remarquer et me sentir exister autrement, par la mort, par une déchéance de plus, comme pour continuer le travail de sape qu'ont entrepris les abuseurs qui m'ont pourri la vie et finir leur œuvre : me détruire, et les conforter et me conforter dans le fait que je suis réellement leur chose. Pour maigrir au point d'oublier que je suis réellement une femme, me dissoudre en un être innommable, un squelette ambulant qu'on n'oserait même plus toucher tellement il pue la mort.

Le suicide, l'anorexie est un suicide lent. Ma mère en soi m'a dit « suicide-toi, je ne ferais rien pour t'en empêcher ». Un jour que je criais au suicide, elle a détourné le regard et m'a traité de folle bonne pour l'asile psychiatrique, car chez elle, ça ne se fait pas... la bienséance, bien sûr... toutes mes souffrances étouffées... bâillonnées... et elle m'a laissé avaler les médicaments laissés en libre-service sans rien faire. Elle a cherché à me faire taire. Chaque fois que je parlais de mes souffrances, elle finissait la discussion en disant qu'il fallait passer à autre chose sans pour autant trouver de solution. Ma solution, l'appel à l'aide, la destruction, me détruire, me maudire, me faire du mal, chercher à lui ouvrir les yeux, à lui dire que j'existais, chercher son amour, sa reconnaissance. J'étais loin de me douter qu'elle ne m'aimait pas vraiment. Prête à m'abandonner pour sauver les apparences et son amour plutôt que ses propres enfants. Je n'étais rien, je ne suis rien, je l'ai compris bien trop tard.

J'ai vécu dans un sentiment d'abandon, j'ai compris bien plus tard que je souffrais de carences affectives, que j'ai comblées comme je pouvais.

Le contrôle sur ma vie en lambeaux s'est fait sur la nourriture.

Tout le monde m'a abandonné, ma mère qui savait tout et a manipulé son monde, mon père qui m'a maltraité par le passé. Il s'est rattrapé par la suite, mais le passé ne m'a pas épargné et a laissé des séquelles irréversibles.

Tous ceux que j'ai aimés m'ont un jour aimé et abandonné à la fois. Je n'ai jamais su sur quel pied danser. J'ai été blessée et marquée à vie et la peur d'un nouvel abandon reste à jamais dans ma vie. Qui se traduit par de l'angoisse, par une volonté de gérer cette angoisse par le contrôle de la nourriture, un contrôle par un perfectionnisme qui me fait tomber dans les travers de l'anorexie certaines années lorsque je suis fragilisée, lorsque je suis trop stressée pendant un certain temps, trop longtemps, quotidiennement, dépassée et que je sente que je suis dépassée et que tout échappe à mon contrôle dans ma vie ?

Seuls en qui je peux avoir confiance, c'est ma belle-famille, malgré leurs défauts, je sais qu'ils seront toujours là.

Dans une de mes lectures, les troubles alimentaires relèvent de l'autoprotection. Parce que l'attachement avec les parents, notamment la mère n'a pas été « secure », et les aliments sont là pour combler un vide, tout comme certaines addictions, comme l'alcool, l'automutilation qui est aussi une manière de prendre soin de soin, de se materner, comme les drogues, les achats compulsifs ou le sexe... les attachements de type anxieux sont corrélés aux troubles alimentaires, le type craintif à la boulimie.

« Enchaîner les relations, la boulimie, le shopping compulsif, l'abus d'alcool ou de drogue, la kleptomanie, la réussite à tout prix, ce sont autant de tentatives visant à combler le vide, à se materner, à réprimer sa souffrance ou sa solitude, et à satisfaire le besoin d'amour maternel qu'elle a le sentiment d'avoir perdu ou de ne jamais avoir reçu »

Les mères toxiques, P. Streep

Juillet 2019

Un peu moins de 2 kilos de plus. Ça y est, j'ai dépassé le seuil des kilos qui me fait passer dans la tranche de surpoids à 400 grammes près. Je suis horrible, je suis grosse. Je ne comprends pas parce que je mets toujours les mêmes vêtements tailles 38 où je flotte toujours. Où ces kilos sont-ils passés ? Hormis les chips, l'alcool et une seule tranche de pizza, je ne mange pas de choses extraordinaires. Est-ce mon médicament qui me fait cela ? Est-ce les apéritifs à rallonge depuis que les enfants sont chez leurs grands-parents et que mon mari et moi-même faisons la fête tous les soirs devant un petit verre de vin ? J'en profite pour lui faire de bons petits plats, lui préparer d'assiettes apéritives de temps en temps, des tartines de saumon au fromage frais avec une pointe d'aneth...
Pourtant je mange des légumes, du poisson, quasiment aucune viande hormis du carpaccio de bœuf ou du lapin, de la ratatouille, du taboulé, je fais tout maison, mes quenelles aussi, mes yaourts qui sont une tuerie, je n'ai pas l'impression de manger n'importe comment. Et mon petit verre de la journée ne date pas du mois de juin pourtant donc je me dis que cela n'est pas forcément cela ? Est-ce mon médicament ? Ma prise de poids est-elle due au fait que je sois en hypothyroïdie provoquée par le

lithium ? Est-ce le Levothyrox ? Je ne sais pas si le Levothyrox fait prendre du poids. J'en ai marre de faire le yoyo. Marre de me surveiller en permanence, marre d'avoir peur. Je ne veux plus regrossir, je ne veux plus passer le seuil des 70 kilos. Mais à cette allure-là le mois prochain, j'y passe !!! En gros depuis début juin, j'ai grossi de 5,5 kilos environ. Dans la glace j'ai pris du ventre certes. Mais si je fais encore de la taille 38, cela veut dire que ce n'est pas aussi dramatique que cela non ? En tout cas, moi je me trouve affreuse, tous ces efforts pour rien. J'ai lâché un nouveau médicament. Le risperdal pour le moment contre les phases maniaques. Je ne me sens plus maniaque. Enfin, je ne suis plus insomniaque, je dors plus de 7 heures par nuit, cependant, je suis totalement décalée, capable de me coucher à 3 h du matin après avoir faire du ménage ou de préparer mes yaourts dans ma yaourtière à 2 h 30 du matin, lutter contre l'envie de faire une orgie, car évidemment, l'heure du repas est bien loin, avec des envies de saumon par exemple. L'autre jour par exemple, à 3 h du matin, il m'est pris l'idée de ranger la commode de mon dernier fils à la Marie Kondo, pliage des vêtements à la verticale, pour plus de visibilité, de place, d'accessibilité et plus pratique, et pour bien d'autres raisons, c'est plus clair à voir.

Août 2019

Depuis début juin, +9 kilos !!
Je grossis d'un kilo par semaine, dont 4 kilos en deux jours induits par la rétention d'eau. J'ai les chevilles et jambes gonflées, je fais la même taille de vêtements, mais je ne sais pas où vont ces kilos !
Je ne semble pas être stabilisée dans l'hypothyroïdie, trouble qui fait prendre du poids !
J'ai peur, peur de reprendre tous ces kilos perdus et de prendre plus que le poids initial !
Symptômes d'hypothyroïdie qui s'accumulent : troubles menstruels, car retard de plus de 10 jours ce mois-ci, moi réglée comme une horloge en temps normal, douleurs menstruelles moi qui n'ai jamais rien, prise de poids dont rétention d'eau, douleurs musculaires quotidiennes, surtout au réveil… peut être dû à la déshydrations ?
J'en ai plus qu'assez de faire le yoyo avec mon poids, et de devoir me surveiller constamment ! Épuisant au quotidien !

Septembre 2019

72 kilos : + 11 kilos. J'ai rencontré une diététicienne qui m'a donné une liste type de menu pour la journée et je la revois dans deux mois. Je lui ai dit que je buvais un verre tous les jours en préparant le repas le

soir, et elle me demande d'essayer de me tenir à un verre tous les deux jours. C'est dur ! Parfois, c'est plus d'un verre par jour. J'en ai parlé à ma psychologue, j'ai peur d'être retombée dans mes travers avec l'alcool. C'est comme un rituel le soir, un petit verre ou deux le soir. J'ai vu un reportage sur Netflix sur les méfaits de certains aliments sur la santé, notamment la viande, le poisson plein de mercure et diverses choses... c'est à vous dégoûter d'être omnivore et vous pousse à être végétalien. Du coup cela fait plusieurs semaines que je ne mange presque plus de poissons à nouveau. Viande, je n'en parle même pas. J'ai perdu un kilo et demi en deux jours. Je ne serais jamais végétalien, je mangerais toujours mes yaourts maison trop bons ! Et de temps en temps mes poissons. Mais je n'en mangerais pas tous les jours comme le préconise la diététicienne tous les midis. C'est trop cher ! Et un vrai poison.

Octobre 2019

Je suis montée jusqu'à 74 kilos. Horreur. J'ai dit stop. Le reportage m'a fait horreur. J'ai décidé de me reprendre en main. J'ai dit stop à la viande. Je ne mange plus de viande après avoir craqué une dernière fois sur du steak haché. Puis j'ai réduit le poisson. Plus qu'une fois par semaine, puis une fois toutes les deux semaines, puisque c'est hors de prix. En ce

moment, je ne mange même plus d'œufs, c'est pour dire. Dans le reportage, on monte des poules élevées dans des conditions abominables, des poussins, et des poules qui crèvent et vivent ensemble... élevées avec des bactéries et élevés avec des médicaments aux antibiotiques. Cela fait plusieurs semaines que je suis réduite à manger des légumes et des fruits. J'occupe mes journées à boire de l'eau, à manger des yaourts, des fruits, des légumes, à faire à manger, à mettre le nez dans les comptes, à calculer toute la journée, à faire les cent pas avec l'application weward qui fait gagner de l'argent en marchant même si ce sont quelques centimes par ci par là, c'est déjà cela de gagné. J'ai gagné deux euros en une semaine, et je suis ravie, je vide mon dressing sur Vinted. Je vais mettre des objets à la brocante de ma sœur. Je calcule et re calcule sans arrêt tout pour pouvoir finir les fins de mois, économiser pour les enfants, leurs études et leur permis et pour moi, pour ma retraire. Comme je ne travaille pas, je n'aurais droit à rien et au cas où Florent meurt avant moi ou au cas où je me retrouve seule sans lui avec les enfants s'il me quitte ou s'il crève pour une raison ou une autre, bourré au volant de sa voiture ou d'une crise cardiaque, que sais-je ! Je préfère me remplir de liquide pour me remplir l'estomac pour oublier que j'ai faim et jubiler le lendemain de voir ces grammes en moins sur ma balance.
Ce soir, je ne mange pas.

Voilà plusieurs jours à ne manger que 500 calories par jour !

Octobre 2019

Ce soir, c'est Macdo pour les enfants. L'odeur est agréable pourtant, mais c'est avec des visions d'horreur que je suis poursuivie maintenant. Tiraillée par mon ventre qui a faim, je me jette sur la salade qui m'attend. Je n'en suis pas encore à être écœurée de poisson. Et me suis jeté chez picard pour m'acheter du carpaccio de saumon, peut-être un jour serais-je définitivement végétarienne à la suite d'un documentaire accablant suite l'élevage des poissons ! Mais la viande, oh, mon dieu, quelle horreur ! C'est définitif. Je tiens un discours devant les enfants sur ce documentaire et ils ne comprennent pas pourquoi du coup chez Picard je leur demande s'ils veulent des boulettes de bœuf. Ils me disent que je leur dis qu'il faut ne plus manger de viande. Non, il faut en mange le moins possible même si pour moi c'est niet, c'est zéro et un zéro définitif. Mais pour eux, je leur conseille de réduire au maximum. Alors ce soir, je leur ai parlé un peu des nuggets et du fait que j'imagine que le pourcentage de poulet dans un nugget est sûrement infime et que je n'imagine même pas ce qu'il y a comme cochonnerie pour fabriquer un truc pareil… même si c'est bon au palais et nul à chier pour la santé. Pour moi, plus jamais cette horreur.

Je suis contradictoire. J'ai envie de mourir jeune pour ne pas avoir à me retrouver seule après la mort de mon mari, car je préfère mourir avant lui et de toute manière comme je suis incapable de travailler, handicapée, je ne toucherais rien de retraite, alors autant mourir jeune, et pour tout, je cherche à tout faire pour conserver ma santé... alors que je devrais la pourrir. Et je la pourris de toute manière avec l'anorexie. Je tiens un discours sur la santé, sur ce qu'il faut faire pour être en bonne santé, ce que je dois faire... comme si je voulais être en bonne santé, et je m'autodétruis de l'autre côté...

Octobre 2019

Je ne mange que du vert. Tout dans mon assiette est vert : poireaux, avocat, salade verte, haricots verts, asperges, pomme granny, des poivrons verts... il faut que tout soit vert. Le vert pour moi symbolise la santé. Avec parfois une pointe de blanc avec des champignons, une pointe de rouge avec des tomates...

J'ai divisé mon alimentation en partie : qui est bon, mauvais, et neutre, à prendre avec modération... et bien sûr, je prends parfois des choses dans ce que je crois être mauvais pour la santé et je me déteste, comme l'alcool, comme les chips...

Ma psychologue dira que c'est totalement typique de l'autisme, compartimenter, sélectionner par couleur.

Je suis au début de mon végétarisme et les tentations sont encore là. J'ai fait des hamburgers maison pour ma famille avec du bon steak haché du boucher local. J'adore le steak haché, seule viande que je puisse avaler sans craindre de m'étouffer. L'odeur me prenait les narines et je luttais. Puis il y avait aussi ces jambons, coppas, et charcuteries à finir, moi la spécialiste des plats à finir, une vraie poubelle...

Je n'ai pas craqué pour le steak, mais un soir, j'ai pris un jambon, je l'ai mis à ma bouche, j'ai eu un écœurement et j'ai tout recraché... je n'arrive même plus à manger du jambon malgré mon envie, malgré l'estomac qui dit oui... j'avais l'impression de bouffer de la viande avariée. Dégueulasse alors j'ai décidé que lors des prochaines courses, j'achèterais du steak végétal. Peut-être que j'aurais l'impression de manger de la viande sans en manger !

Je crois que la période de transition doit être la plus difficile pour tout végétarien qui se décide de le devenir.

Je travaille en ce moment avec ma psychologue sur mes carences affectives qui font que je bois du sucré sous forme de rosé, ou que j'ingurgite régulièrement quelque chose au fil de la journée comme dit-elle pour combler un manque affectif. Je lui parle de mon père et de son manque de tendresse et que j'ai toujours été à la recherche de son amour depuis toute petite et que je n'ai reçu que ses coups.

Je travaille avec elle aussi sur ce qu'on appelle la phagophobie, la peur de m'étouffer en avalant, en mangeant. Qui remonte à mon enfance, et certainement depuis mes viols par fellations (une fois, j'ai eu l'impression d'étouffer tellement leurs sexes étaient enfoncés dans ma gorge et je me suis mise à vomir sur ma robe violette, ce qui m'a permis de dater les faits à mes 8 ans, mais je ne sais pas si cela a commencé avant.) ?

Novembre 2019

Mon végétarisme est sur son train de croisière. Je ne suis plus tentée par la viande, et quasiment plus par le poisson. Je commence à bien mélanger les différents aliments, féculents, légumes, légumineuses... j'aime me faire un bon chili veggie.

J'ai vu ma diététicienne, car c'est mon fils qui m'inquiétait, car il fait de la rigidité alimentaire typique de l'autisme et il mange de moins en moins de choses et grandit de moins de moins en moins et est en train de se faire rattraper par son petit frère qui grandit quatre fois plus vite que lui ! on attend les résultats des tests de dépistages. Je ne sais pas s'il existe des nutritionnistes/diététiciennes spécialisées dans l'autisme. J'aimerais aider mon fils.

Pour l'instant, je ne perds pas de poids. Je suis tentée par le jeûne intermittent pour ses vertus, mais aussi pour sa perte de poids. Je ne sais pas quand je vais commencer.

J'ai pris deux kilos à cause de mes menstruations. J'en ai marre de faire le yoyo tous les mois à cause de cela.

Je suis contente de ma diététicienne, car elle va dans le sens de mon végétarisme contrairement à mon ancienne nutritionniste qui m'obligeait à manger du poisson malgré moi. Elle m'a parlé des associations de légumes. Et je suis plutôt contente, car bien écoutée. Bientôt je serais complètement végétarienne à 100 %. J'ai recommencé à manger un peu de pâtes que j'avais totalement retirées de mon alimentation depuis plusieurs mois. Il faut que je fasse de bonnes associations donc, il faut bien ! et je suis dans ma période « pâtes » !

Novembre 2019

Ma mère ne fait que m'imposer ses désirs et ses perversités. Elle s'impose avec mon beau-père alors qu'il est interdit de venir chez moi. Et je me fais traiter d'emmerdeuse parce que je ressasse des histoires alors que c'est ma mère qui va contre mes principes, mon besoin de protéger ma famille. Il n'y a qu'elle qui a plein pouvoir, elle fait pression, elle a raison sur tout, elle décide de tout, tout le monde doit lui obéir et céder à ses caprices. Non, ce sont nous ses pions, nous qui devons écouter et approuver ses désirs et elle doit nous écraser. Je sens que je suis à un tournant de notre relation, qu'elle empiète peu à peu sur ma vie, et met en danger les miens. Elle menace de mort mon mari parce qu'il ne correspond pas à son idéal. Et quel est son idéal ? Celui qui dit oui à tout, qui dit amen à tout, qui est à ses pieds. Seul son toutou de Pascal est son bien-aimé, les autres ne sont que des bons à rien, à ses yeux, il faut éradiquer les gens, elle n'a que la haine et la mort à la bouche. Battre ses enfants, battre mes enfants, couper les mains des voleurs, racisme... je vois ma mère telle qu'elle est, le masque est tombé et mon Dieu, c'est moche. Elle est que haine.

Je sais que cette mère n'a jamais aimé qu'elle-même, et encore, on ne peut pas s'aimer quand on n'a que la haine dans son cœur. Comment pouvait-elle m'aimer ?

Je suis le vilain petit canard, et la mauvaise fille, car j'ai osé révéler ses défauts, tout ce qu'elle n'a jamais fait, son égoïsme, ses maltraitances, ses manigances et ses manipulations, et non, lui renvoyer ses erreurs, ça ne plaît pas, j'ai tort, je suis une fille ingrate, un enfant ne doit pas critiquer ses parents, mais peut être l'a-t-elle cherché, non.

Me pousser au suicide ! me pousser dans les bras des violeurs, me dire que c'est ma faute, me pousser à battre mes enfants, dire à mon mari qu'il serait mieux mort, dire que tout ce qui arrive est ma faute, que sa vie aurait été mieux sans moi. Soit ! que cela ne tienne, je lui claque la porte, mes enfants seront mieux sans sa toxicité et moi aussi.

Elle est venue chez moi un jour, pour me dire qu'elle ne comprenait toujours pas pourquoi je refusais d'accueillir Pascal. Pour elle je suis juste dépressive. Maintenant que je ne le suis plus, il n'y a plus de raison que je ne le fasse pas. Deux jours après, alors qu'elle revient pour voir les enfants, elle s'impose avec Pascal. Que n'a-t-elle pas compris il y a deux jours ? Je ne veux plus le voir ! Non, c'est non !

Mais d'après elle, de toute manière je n'ai pas les couilles de lui fermer la porte au nez, alors elle vient quand même, forçant le passage puisque je suis si faible !

Sachant toute la souffrance que cela m'inflige ! sachant pourtant combien cela peut me blesser ! non, parce qu'elle ne comprend pas, elle n'a aucune empathie. Elle ne s'imagine même pas ce que je ressens, elle n'a qu'une idée en tête, passer en force, pour qu'il y ait confrontation, pour qu'un jour je réalise que j'ai tort, que tout ce à quoi j'ai pensé, ou imaginé, n'est qu'affabulation, et que c'est moi la folle. Passer en force pour avoir la paix, pour enfin croire à l'espoir d'une famille réunie, celle à laquelle elle a toujours cru, celle qui n'a jamais existé que dans ses rêves et qui a explosé il y a plus de vingt ans.

Parce qu'elle s'en fiche de piétiner sa fille, elle s'en fiche de ce que je pense ou ce que je croie. Ce sont ses désirs qui priment. Depuis toujours.

Dès que cela ne concordait pas à sa vision de la vie, elle le niait.

Mes hommes, tous des pervers ou des merdeux, des bons à rien à évincer.

Mon père en a fait les frais. Il était un de ceux qui fallait évincer aussi. Un autre.

Le seul qui a grâce à ses yeux, Pascal. Et surtout, ne pas toucher à l'image idéale qu'elle se fait de lui.

Même si tout le monde dit de lui que c'est un pervers et qu'il cache son jeu.

Mon mari mérite la mort, mon ex méritait toute la haine qu'elle avait pour lui, pour cette haine qu'elle a pour les arabes, violents avec les femmes. Non pas par compassion pour sa fille, mais juste pour déverser sa haine des étrangers. Moi, j'étais juste là où il ne fallait pas.

Tout juste un « je te l'avais bien dit » et le sujet était clôt. Ma mère avait raison, elle a toujours raison, une manière comme une autre de dire que c'est elle la meilleure.

Alors c'est à moi de m'écraser.

J'ai cherché son regard tant de fois, dans les moments où j'allais mal, dans les moments où je l'appelais à l'aide, où je lui parlais, mais mes paroles volaient dans le vide, mes regards se perdaient au loin sans qu'ils s'accrochent aux siens, puisque face à ma souffrance, elle détournait la tête, en disant que sa fille était folle, bonne pour l'asile.

Je n'étais pour elle qu'une folle, folle à interner.

Je ne correspondais pas à ses attentes.

J'étais à ses yeux, une folle et une salope.

Que fallait-il pour que je lui plaise ?

Je sais à ce moment-là que notre relation va à sa perte. Je ne supporte plus nos tensions, que ma mère fasse tout pour mettre en danger, ma vie, mais aussi celle de mes enfants quand elle force le passage, permettant qu'un pervers qui a abusé de moi entre dans mon domicile et détruise le bonheur que j'ai construit, et permet qu'il touche ne serait-ce un cheveu de mes enfants.

Décembre 2019

Je me suis fait plaisir pendant les vacances de décembre avec du poisson et un bon plateau de fruit de mer. Je ne suis peut-être pas totalement végétarienne, mais tends à limiter. Je me suis fait plaisir à Noël.

Mon père me demande « tu as le droit ? ». Bien sûr, le régime végétarien n'est pas une secte non plus, j'ai le droit à des écarts si je le veux, je ne vais pas être foudroyée sur place si je mange des huîtres ou du saumon ?

En réfléchissant sur le lien entre anorexie, troubles alimentaires et autisme, j'ai pu remarquer que tout ne venait pas forcément que de mon passé de victime d'inceste. Cela y joue fortement, mais mes troubles alimentaires sont en lien aussi avec des rigidités alimentaires comme la texture de la viande, le goût d'avarié quand je mange du jambon, le fait que je préfère ne manger de la viande et du poisson qu'en tartare ou en carpaccio, froids, le fait que je mange essentiellement du vert ou du rouge, comme des légumes tout verts, ou des tomates ou gaspacho...

Le fait d'éradiquer la viande pour le végétarisme aide à avoir des aliments moins conséquents, moins gros. La viande est composée en général de gros morceaux et je ne les supporte pas. En général dans le végétarisme, cela se compose de légumineuses fait de graines comme le quinoa, lentilles, haricots. Cela passe sans problèmes dans le gosier...

J'ai un problème pour avaler les aliments. Du fait de mon passé d'abusée, de par ma peur d'étouffer et sûrement par le côté texture.

Janvier 2020

J'ai ma mère au téléphone, elle me hérisse. Elle dit que je serais mieux sans Florent et que sa mort est ce qu'il pourrait m'arriver de mieux. Je la déteste.
Puis le lendemain, elle s'excuse lamentablement. Elle n'est pas bien en ce moment, elle ne supporte personne.
La manipulation à l'état pure.
Elle ne peut pas sentir Florent depuis le début tout simplement et ceux qu'elle déteste méritent la mort.
Et après c'est moi qu'elle envoie sur les roses disant que je suis haineuse et que je vois des pervers partout !
Elle n'est que haine, violence. Et n'a aucun respect pour ceux qu'elle aime. Pas même moi.

Février 2020

Je me suis fait ligatures les trompes. À cause de mes handicaps et de mes médicaments, il était inconcevable que j'aie une grossesse même par accident. J'ai décidé de me faire stériliser.

J'étais à 76 kilos.

Je laisse un petit message à ma mère, disant que l'opération s'est bien passée, mais bon, le message est glacial.

Mars 2020

Nous sommes en confinement à cause d'une pandémie mondiale. Le coronavirus. On ne peut plus sortir sauf si prétexte valable. Je ne bouge plus. Je ne marche plus. Mon mari et moi, c'est rosé et bière tous les soirs. Je prends 4 kilos en 2 mois.

Mai 2020

Je pèse 81 kilos

Juin 2020

Je fais un constat. Ma mère est une manipulatrice et dans son jeu malsain, elle a toujours cherché à faire de moi son objet, et me traiter comme une salope quand j'étais une personne sexuée alors qu'elle aurait voulu que je sois et que je reste un éternel bébé dans ses bras. Elle m'a poussé dans les bras de mon beau-père et a voulu que je l'aime comme elle l'aimait et que je me montre docile avec lui et sa tendresse sous ses caresses. Je criais à l'inceste alors qu'elle n'y voyait ou ne voulait voir que l'amour paternel. Ou peut-être pas ? Elle m'imposait ses désirs, sans écouter les miens, sa violence, son pervers de mari, je ne devais que l'écouter, écouter son égocentrisme, et son immaturité. Elle s'est fâchée avec tout son entourage et ne se remet pas en question. Elle me voulait malléable et que je reste sa poupée, son bébé. Elle voulait que je sois son prolongement, que je sois son double, que je lui ressemble, que je fasse tout comme elle, et que j'obéisse à ses désirs. Et m'a infantilisé, m'a manipulé, et en quelque sorte, j'ai répondu à ses désirs tout en luttant avec l'anorexie. Chez bon nombre de thérapeutes et de psychanalystes, il y a un lien entre l'anorexie et la relation avec la mère.

J'apprends à ce moment qu'elle est même complice des perversités de mon beau-père. Soit elle est aveugle, soit elle y joue un rôle. Jouer la voyeuse avec lui à bien des reprises, me faire passer pour celle qui n'a aucun humour, et la folle de service, leur exhibitionnisme et leur manque de pudeur est à vomir.

Protéger l'abuseur pour éviter de se retrouver seule ! ma mère cautionne le pire pour éviter de se responsabiliser. Sa faiblesse et la maladie n'excusent pas la trahison, la négligence, l'abandon et la maltraitance. Me faire passer pour une salope et une folle plutôt que de s'avouer incapable de réagir, par peur. Détruire ses enfants par peur de regarder ses propres failles.

Détruire les autres pour qu'on ne la détruise pas, y compris par ses propres enfants.

J'ai coupé les ponts avec elle.

Mon sentiment d'abandon s'est aussitôt estompé une fois que j'ai compris son origine, et que j'ai découvert que mes carences affectives venaient de ma relation avec ma mère et son impossibilité de répondre à mes besoins de protection, elle m'a abandonné psychologiquement, elle m'a abandonné aux mains des ravisseurs, car elle savait, elle a toujours su, elle était parfois leur complice, quand elle ne les incitait pas, comme mon père à sévir encore plus.

Une mère n'est pas qu'une simple génitrice, n'est pas là que pour nourrir, langer, donner un toit, elle est là pour aimer, protéger, écouter, mais ma mère n'a rien fait de cela.

Elle m'a rejeté de manière lâche, comme un jouet qui est cassé, non conforme à ce qu'on attendait.

Je n'appelle pas ça une mère.

Et tant de fois j'ai cherché dans ses yeux la consolation, et l'amour, pour tout ce que j'avais pu subir, juste quelques mots pour me dire qu'elle était là et qu'il ne pouvait plus rien m'arriver tant que je serais dans ses bras. Qu'elle me croyait !

Mais ça n'est jamais arrivé et ça n'arrivera jamais.

Parce qu'à ses yeux, c'est moi la coupable, je suis la perverse. Celle qui a sali le nom de la famille. Celle qui l'a détruit.

Pour ma part, cela fait partie d'un tout. Les viols, ma relation avec ma mère, l'autisme, la bipolarité.

Elle se fâche avec tout le monde et quand elle parle de moi, dit que je fais des histoires et que je l'ai tant fait souffrir que je suis la seule responsable de ce qui leur arrive et que la situation est très bien telle qu'elle est.

Ma tante avec qui j'ai des contacts ne la comprend pas. On ne vit que pour ses enfants.

Chaque jour de ma vie, je la voue à mes enfants et chacune de leurs larmes, de leurs joie et détresse, je la vis à 1000 pour cent et je sais que leur détresse me bouleverse.

Je donnerais ma vie pour eux. Chaque jour que je vis avec eux me montre tous les défauts et ce que ma mère n'a pas fait pour moi. Elle me renvoie sa négligence et je ne comprends pas ni ma belle-mère ni son comportement à mon égard.

Plus je m'occupe de mes enfants, plus j'avance en thérapie, moins je comprends ma mère. Et je découvre chaque jour tous les dégâts qu'elle a causés autour d'elle, jusqu'à la manipulation au sein de son propre couple.

Non, j'ai fini de porter la culpabilité à sa place. J'ai compris que ce n'était pas à moi de me sentir responsable. Que ce n'était pas moi la méchante.

Que je n'étais qu'une petite fille naïve qui cherchait à se faire aimer et qui a trouvé sur son chemin des pervers, de manipulateurs, et des personnes mauvaises.

Maintenant, je ne vais pas m'autoflageller toute ma vie, pour un poids qui n'est pas le mien. Je ne vais pas continuer à porter une croix et détruire un corps que tant d'autres ont voulu détruire.

Je l'aime et je vais l'aimer, avec ses blessures, ses souffrances, mais avec aussi ses qualités.

Parce que dans l'anorexie, il y a le contrôle, le contrôle sur un corps, le contrôle sur la vie. Il faut apprendre à lâcher prise, à comprendre que pas même nous ne pouvons être parfait, que notre corps avec ses blessures est beau tel qu'il est et tant pis si les autres ne l'aiment pas tel quel. C'est à nous de l'aimer ainsi. En l'aimant, en l'acceptant, nous apprenons aux autres par le regard nouveau que nous aurons sur lui, rayonnant, et lumineux, à l'aimer lui aussi. En s'aimant, on apprendra aux autres à le respecter, à nous respecter.

Maintenant. Le premier pas est vers le chemin de la réconciliation avec ce corps blessé ? L'aimer et le respecter pour que les autres t'aiment aussi.

Mai 2019

S'accrocher à la faim
Pour l'illusion d'une chimère
Du vide
Un ventre qui parle
Pour ne plus être
Qu'une plume,
Une brindille
Qui plie
Mais jamais ne casse.

N'être que pureté
Pour mourir
Et renaître à soi même
À l'innocence d'hier
Pour un nouveau demain.

Mai 2019

Il y a comme une autre
Une petite voix qui susurre
Des mots vides
Obsessions, obsessives
Comme un fantôme
Une ombre
Ana qui me suit
Me poursuit
Je connais ses méfaits
Ses travers
La mort qui attend toute âme
Qu'elle enveloppe de ses ailes
Je ne veux pas
Non, je ne veux pas
Qu'elle brûle mes entrailles !

Mai 2019

Mon cœur se désespère
De ne pas sortir ce cri
De ses entrailles
Qui se liquéfient
Dans son sang
De ces vomissures.
Mon cœur vole en éclats
Il n'est que poussière
Et mon ventre se creuse
De ce vide
Et n'attend
Que d'être enveloppé
Des ailes protectrices d'une mère.

Juin 2019

Pourquoi m'autodétruire ?
Pourquoi cette faim de l'âme ?
Pourquoi ce besoin de rien ?
Pureté, blancheur, être rien, un vide, un néant
Disparaître,
Redevenir cette enfant que ma mère a bercée dans ses bras,
A allaité en son sein
Alors que rien ne pouvait lui arriver
Protégée, épargnée...
Ce sang ne coulait pas de ses bras...
Le poison ne dégoulinait pas de son ventre...
Je me hais, je les hais
C'était bien avant
Avant...

Juin 2019

Tout coule, tout dégouline
Sur mes bras, mes jambes, ma peau
Du sang, de la graisse, du vomi
De l'impur, des calories, des grammes
Peser un petit poids
Peser un rien du tout
Jusqu'à fondre comme de la glace
Et disparaître.
C'est une soif du vide,
Un gouffre qui m'aspire
À m'autodétruire.
Quel sens aura cette mort ?

Juin 2019

Épuisement
Vertiges
Tension
La lutte du petit poids
S'adonne à une bataille
Sans faim.
L'aveuglement de l'entourage
Face à ma maigreur
L'indifférence
M'anéantit
Et m'enfonce
Dans mon autodestruction
Jusqu'à la mort
Jusqu'au suicide
De l'anorexie

Juin 2019

Cloîtrée derrière une prison invisible
Comme une protection
Une coquille face à l'extérieur
La peur au ventre
La phobie du monde
Phobie des autres
Et de leur perversité.
M'enfermer, me scarifier,
Me punir, me détruire
D'avoir été salie.
Vivre comme une recluse oubliée des autres
Pour que l'on m'oublie aussi
D'avoir été touchée par l'impur
Se laver, se vider, se saigner,
Rien n'effacera jamais les traces
Celles qu'ils m'ont faites
Celles que je me suis faites
Je voudrais renaître pure
Une seconde vie
Pour ne pas contaminer
Mes enfants de mon péché

Juin 2019

Faim, faim,
Clame l'âme de la douleur
Ne plus exister
Ne plus vivre
Pourquoi ?
Ils m'ont brisé
Ces pics !
Ce sang
Vomir, pour tout recracher leur semence
Leur impureté
Et redevenir ce que j'étais avant
Avant
Avant
Lorsque j'étais
Pure
Dans le ventre de maman !

Juin 2019

Ana me défigure en sac d'os
Affamée d'une lutte incessante
Entre le blanc et le noir !
Maudit sois-tu ?
Mon amour, dont l'impuissance
Et la main tressaille
Sous la pointe de mes os

Relève-toi, réveille-toi !!
Entends ma voix
Et renaît à la vie mon amour.

Juillet 2019

Voguer vers des lendemains troubles
Chargés de putrescentes odeurs
Comme un fardeau dont on n'arrive pas
À se délester

Une histoire
Celle d'une honte, celle d'un combat
Contre la vie
Contre la faim

Tantôt lutter contre l'orgie,
Tantôt lutter contre la famine

Nuit sans fin
Nuit d'affamée, rêvant d'orgie à n'en plus finir.
La faim qui me tenaille le ventre
Et me tient éveillée.

Je reprends goût à la vie
Mais la guérison n'est pas encore là.
La maladie reste comme une ombre
Qui plane au-dessus de ma tête
Un fantôme
Prêt à refaire surface et à réintégrer mon corps

Bilan

D'obésité en maigreur, d'anorexie à de rares crises de boulimie, de régime en restriction anorexique, en passant par les jeûnes. Je fais le yoyo en permanence. 20, 30, 40 kilos parfois en moins de 6 mois, que cela soit en perte ou en gain de poids. Mon corps se déforme et ne se stabilise pas. C'est un combat incessant avec moi-même, avec ce corps que je n'ose plus montrer. J'ai une piscine dans mon jardin, je commence tout juste à enfin oser montrer mon corps.

J'ai suivi des séances en éducation thérapeutique à l'hôpital de Gisors, pour mon obésité. J'en ai conclu que je m'aimais comme j'étais.

J'ai suivi nombres de thérapies et les dernières m'ont appris que ma peur de l'abandon était le seul fait de ma mère et de son abandon, de nous avoir laissés et négligés tant de fois. Elle nous a certes fait des soins, lavé, nourri, mais pour ce qui est des soins maternels, nous protéger, nous écouter, elle n'était plus là. C'est un abandon. Négligence maternelle psychologique. Une maltraitance psychologique qui se rajoute à ses insultes répétitives.

J'ai le profil d'une personne, d'une enfant en carence affective.

Je me suis sentie abandonnée par ma mère et ce sentiment d'abandon est resté prégnant tant que je cherchais son regard et ne trouvait que du vide. Une fois que j'ai compris que je n'aurais jamais rien d'elle, qu'elle n'était pas la mère que j'aurais espérée, qu'elle n'était finalement pas une mère, juste une génitrice, qu'il a fallu couper les ponts, ce sentiment d'abandon est parti. L'impression d'un soulagement. Puis le travail sur la culpabilité.

J'ai fait mon deuil. Je me suis considérée comme orpheline de mère.

Savoir s'affirmer et comprendre qui je suis en comprenant mes handicaps et ma différence a fait que je me sens bien dans mon corps maintenant.

J'ai découvert qui j'étais et en connaissant mes handicaps, en lesquels consistaient leurs particularités, j'ai compris enfin comment je fonctionnais, et au lieu de me battre avec moi-même, j'ai enfin appris à m'affirmer, à dire non, à m'accepter au lieu de vouloir me conformer aux autres pour vouloir être aimée.

Ils doivent m'aimer telle que je suis sinon, ils vont voir ailleurs.

J'ai été aidé, une psychologue admirable, spécialiste en autisme.

Je sais que l'autisme joue un grand rôle dans l'anorexie, autant que mes abus et ma mère.

Mon poids ? C'est un détail, je m'en moque maintenant.

Mon surnom, c'est mammouth ! Je me moque de moi-même avec humour pour éviter d'en pleurer !

On chahute, je fais des câlins à mes enfants et on rigole quand je me mets sur eux et qu'ils crient que je les étouffe. Je les étouffe de mon amour.

Je ne pense pas perdre de poids maintenant. L'effet Yoyo, les médicaments, l'arrivée de la ménopause qui se profile, je n'espère plus avoir ce corps de rêve que j'avais étant jeune fille. La maladie et les grossesses sont passées par là. Je m'aime telle que je suis.

Ma famille a toujours été dans le déni, ma sœur a fait une sleeve, une réduction de l'estomac pour pouvoir maigrir, son poids étant devenu un danger pour elle, hypertension et problèmes musculosquelettiques. Mais elle reste dans le déni des causes de son obésité. Il y a un lien entre troubles alimentaires et abus sexuels. Elle révèle sa boulimie, mais ne fait pas le lien avec son passé. Elle ne me croit pas lorsque je parle de statistique, mais elle n'a jamais fait de thérapie comme moi, pire elle désapprouve tous mes problèmes, mes dépressions, mes envies de tatouage et de piercing, comme si ses problèmes n'avaient aucun lien avec son passé et que j'étais trop différente et que je me prenais trop la tête pour rien. Mais elle est dans le déni sans n'avoir jamais voulu faire une thérapie en prônant la violence éducative que j'ai toujours désapprouvée.

Si elle s'en sort avec beauté tant mieux, mais que diront ses enfants le jour où ils remettront en question leur éducation.

Mon combat a été de ne jamais reproduire la souffrance que j'avais vécue.

Ma belle-famille a toujours été à mes côtés, même si parfois on s'est mal compris. Par moment, mes maladies ont créé des tensions, cela n'a pas été simple tous les jours pour tout le monde. Ça donnait parfois envie de fuir, ou ce sentiment d'impuissance quand on voit l'autre souffrir et se détruire sans arriver à l'aider.

J'avais parfois la rage, l'impression d'être seule et le sentiment que personne ne se rendait compte de ma souffrance, pire que tout le monde était contre moi. C'était faux. On cherchait à m'aider, parfois maladroitement, mais je refusais cette aide. Parfois, j'avais juste envie d'être sous la couette et dormir. Et la violence venait de dehors. Des autres, qui cherchaient à me secouer. Je ne l'acceptais pas.

Vivre avec une personne malade, vivre avec une personne anorexique n'est pas simple tous les jours.

Ma mère n'a jamais été là pour le constater. Aux abonnées absente, ou tout simplement aveugle quand c'est tout simplement dans un refus catégorique de voir que sa fille souffre. La politique d'autruche. Non-assistance à personne en danger. Abandon tout simple.

Quel fut le rôle de mes abus dans mes troubles alimentaires et l'impact du regard de ma mère qui m'a traité de salope, abandonné et rejeté dès lors qu'elle m'a prise pour une jeune fille perverse et coupable et responsable dans les actes de viols et d'inceste dont j'ai été victime… et dont elle ne m'a jamais ni aidé ni soutenue. Quel rôle a-t-elle joué dans mes troubles alimentaires quand elle n'a pas accepté de moi de me voir grandir et devenir une femme et qu'elle a vu en moi une rivale et qu'elle aurait préféré que je sois son bébé docile et obéissant qu'elle aurait voulu bercer dans ses bras toute sa vie ! Une simple poupée inerte qu'on habille et déshabille avec laquelle on joue comme lorsqu'on est enfant. Je sais qu'elle ne m'a jamais vraiment aimé comme une mère aime un enfant, que j'ai vécu avec elle des carences affectives, que j'ai vécu un abandon affectif. Elle m'a peut-être habillé, fait manger, éduqué, été là pour les besoins primaires, mais pour les besoins affectifs, pour me protéger, pour me soutenir, elle n'a jamais été là. Cette petite fille-là, que j'ai été l'a ressenti, je l'ai cherché dans son regard, et je n'ai vu que du vide, ce vide que j'ai tenté de combler avec mes addictions, avec l'anorexie, puis l'alcool, puis les automutilations. La maladie aux multiples causes : mon autisme, ma bipolarité, aux abus sexuels, le trouble dissociatif de l'identité, mais surtout aux carences affectives de ma mère. Si elle avait répondu présente à mes demandes d'aide, au lieu de me traiter de salope, peut être que je ne me serais pas détruite à ce point.

Lorsque le lien est sécure, l'enfant n'a pas lieu de se détruire.

Tomber encore et encore et se relever chaque fois. J'ai pris du poids depuis que je suis en hypothyroïdie sous Levothyrox. Les problèmes de thyroïde, les médicaments contre le trouble bipolaire n'ont rien arrangé à la prise de poids assez conséquente. Accepter de vieillir et accepter ses rondeurs et de lâcher prise sur ses comportements obsessionnels. Accepter d'arrêter de vouloir tout contrôler encore et encore. Car chez certaines personnes souffrant de TCA, il y a cet hypercontrôle, et le plus difficile, c'est de lâcher prise. Les victimes d'abus sexuels et de viol ont tendance à être dans l'hyper contrôle. N'ayant pas eu le contrôle de leur corps lors du viol, elle focalise sur le contrôle de leur propre alimentation. Maintenant, il faut que je regarde vers l'avenir. Plus personne ne me fera de mal. Mes abuseurs sont tous partis, ils ont quitté ma vie. Je ne suis plus une enfant. Mon mari m'aime avec le corps que j'ai même si je ressemble à un mammouth. Lui, il aime le toucher, le caresser, il aime ses formes et les voir. C'est que je ne suis pas si laide que cela. J'ai le droit à une alimentation équilibrée si je le souhaite, mais pas de me priver et me restreindre en martyrisant mon corps comme par le passé. Il faut que je m'aime. Que je me respecte. Je ne suis pas un boudin. Mes enfants me disent que je suis belle.

Maintenant est le départ d'une nouvelle histoire, celui du respect envers moi-même. Et de dire adieu à celle de mes TCA.

BIBLIOGRAPHIE

Les mères toxiques, P. Streep

Le lien entre l'anorexie et l'autisme, expliqué | Spectre | Nouvelles de la recherche sur l'autisme (spectrumnews.org)

Automutilation : souffrir pour vivre — Doctissimo

https://femmesautistesfrancophones.com/2017/01/18 /le-lien-invisible-entre-autisme-et-anorexie/

Quels sont les symptômes du trouble dissociatif TDI ? (journaldesfemmes.fr)

Trouble dissociatif de l'identité : comprendre « les personnalités multiples » | Santé Magazine (santemagazine.fr)

Trouble dissociatif de l'identité — Wikipédia (wikipedia.org)

Merci d'avoir pris le temps de lire mon témoignage. Si vous voulez en savoir un peu plus sur mes livres et moi, retrouvez-moi sur mon site internet : http://www.mayasoleil.fr et n'hésitez pas à mettre une appréciation, des questions ou des choses que vous auriez voulu que j'aborde dans ce livre ou l'un de mes autres livres.

Merci.

Du même auteur

Autobiographies

À fleur de peau, Éd. Amazon, 2020
Atypiques, Je ne vous appartiens pas (tome 1),
Éd. Librinova, 2020
Atypiques, Une mère au bord de la folie (tome 2),
Éd. Amazon, 2020
Atypiques, Une famille atypique (tome 3),
Éd. Amazon, 2021
Atypiques, Le venin (tome 4), Éd. Amazon, 2020
Atypiques, J'ai mal à ma mère (tome 5),
Éd. Amazon, 2022

Poèmes

Un cri, Éd. Amazon, 2022
Cœur céleste, Éd. Amazon, 2022

Romans

Mémoire effacée, Éd. Librinova, 2020
Le Combat pour la liberté, Éd. Amazon, 2020
Rien que toi et moi, Éd. Amazon, 2021
Je te vois, Éd. Amazon, 2021
Que Dieu lui pardonne, Éd. Librinova, 2022
Il n'en restera qu'une, Éd. Amazon, 2022
Sous tension, Éd. Amazon, 2023
Possession, tome 1, Éd. Amazon, 2023

Guide

Autisme et automutilation, Éd. Amazon, 2021
Autisme et mutisme, Éd. Amazon, 2023
Autisme et alimentation, Éd. Amazon, 2023
Comment être une maman... au naturel, Éd. Amazon, 2023

Table des matières
Avant-propos 7
Anorexie 13
Anorexie et orthorexie 23
Anorexie et autisme 27
Anorexie, autisme et abus sexuels 37
Anorexie, une maladie qui peut en cacher une
autre 41
Ma famille atypique 51
Aurélien 55
Clément 58
Tristan 60
Mon mari 64
2023 65
Mes silences 71
L'autre 81
Mon enfance saccagée 85
Anorexique adulte 89
Anorexie et autisme 95
Ma vie d'adulte 113
Mon amour, ... 127

Anorexie, une identité ?..................................131
L'origine du mal..135
1996...141
1999-2004...149
04 février 2004..153
Contrôle..161
M'acheter...165
2004...169
Végétarienne..171
Végétarienne ou orthorexique................175
2008...183
Anorexie, automutilation, dissociation............213
Anorexie et dissociation..........................219
Anorexie et hypomanie............................225
2011...229
2013...235
2018-2019...249
Février 2019..273
Mars 2019..288
La grosse..297
Avril 2019..304
L'obsession de la balance........................304

Mensonges	311
Mai 2019	322
Mai 2019	330
Grandir	339
Maman	345
Juillet 2019	353
Septembre 2019	355
Octobre 2019	356
Novembre 2019	361
Décembre 2019	367
Janvier 2020	369
Février 2020	369
Mars 2020	370
Mai 2020	370
Juin 2020	370
Juillet 2019	386
Bilan	387
BIBLIOGRAPHIE	395

Printed in France by Amazon
Brétigny-sur-Orge, FR